Mosaiksteine des Lebens

*In dankbarer Erinnerung
an meine lieben Eltern,
Anna und Willy Rössel
und an die Großeltern,
Anna und Karl Rössel.*

Mosaiksteine des Lebens

Band 1

von GOTTFRIED RÖSSEL

Bibliografische Information der Deutschen Nationalbibliothek:
Die Deutsche Nationalbibliothek verzeichnet diese Publikation
in der Deutschen Nationalbibliografie; detaillierte bibliografische
Daten sind im Internet über dnb.dnb.de abrufbar.

1. Auflage

Originalausgabe Juli 2016

© 2016 Prof. Dr. Gottfried Rössel
Umschlaggestaltung: YAMERA GbR, Berlin
Bilder (Aquarelle): Rosemarie Arnold, Schwerin
Redaktion, Layout und Satz: YAMERA GbR, Berlin

Herstellung und Verlag:
BoD – Books on Demand, Norderstedt

ISBN: 978-3-7412-5298-3

www.yamera.de
www.bod.de

Inhaltsverzeichnis

Vorwort	7
Der versoffene Christian	9
Das fünfte Wort	13
Der Ochsenziemer	17
Unwetter	20
Der Zauber der Natur und das Maß der Dinge	22
Die Angst und die Wahrheit	25
Die Maske	29
Von Allem ein wenig (Von aollen äh wing)	33
Leerer Bauch und rosa Illusionen	38
Das Giftmännlein (Das Giftmannl)	41
Zerschnittene Häuser	44
Der lange Tod (Dr laange Tuht)	48
Die Sprache der Bilder	52
Apfelzeit	57
Die Welt erobern	60
E – wie Esel	64
Satt werden ist ein Kinderrecht	67
Heimkehr	69

Amizigaretten	74
Schwarze Königin	79
Der KZ-ler	84
Ankunft eines Fremden	92
Der Hungertisch	98
Großvaters große Reise	103
Die Großmutter und die Dinge	109
Tünche, alles Tünche	112
Hannibal ad portas	113
Die Arme der Götter	117
Blaubeeren – oder Regime des Chaos	121
Systemwechsel	127
Der blaue Fetzen	131
Der Hasenbaron – oder das Ding mit der Verantwortung	138
Der Bau	143
Der Schacht	150
Unsereins	159
Ein wenig Licht und viel Schatten	165
Die Schwarzblechtafel	171
Der Konfirmandenanzug	178
Biografie	184

Vorwort

In den „Mosaiksteinen des Lebens" (Band 1) wird das Wachsen und Werden eines kleinen Jungen in der Nachkriegszeit im Erzgebirge erzählt.

Not, Hunger, tiefe Umbrüche und neu Entstehendes prägen diese Zeit und führten zu markanten, nachhaltigen, tief verinnerlichten Erlebnissen einer Kindheit und Jugend.

Diese Mosaiksteine, das sind Ereignisse und Erlebnisse, die tiefe Spuren hinterlassen haben. Manchmal wurden sie zu Erfahrungen, führten zu Erkenntnissen, verdichteten sich zu Positionen und Lebensmaximen. Sie halfen, wenn sich Charaktere entwickelten, Schicksale und Lebenswege sich formten.

Jeder Mosaikstein ist einmalig und doch vergleichbar mit vielen ähnlichen Erlebnissen einer Generation. Vieles ist vielleicht auch für andere Generationen von Bedeutung. Erkenntnisse, Erfahrungen, Schlussfolgerungen und Konsequenzen sind hoffentlich von bleibendem Wert.

Ich wünsche Ihnen ein großes Lesevergnügen und ein gutes Maß an Erkenntnisgewinn!

Gottfried Rössel

Der versoffene Christian

Die Anna, die Ehefrau des Klempnergesellen, bekam ein Kind. Im Frühjahr des Jahres 1939 wurde es sichtbar. Das Bäuchlein der kleinen, untersetzten Frau begann sich zu runden. Sie strahlte glücklich, wenn andere es bemerkten. Der angehende Vater war voller Stolz. Denn schon seit einiger Zeit hänselten ihn seine Brüder beim sonntäglichen familiären Frühschoppen. „Racht haben se", bemerkte die Großmutter, nach acht Jahren Ehe wurde es Zeit, dass der Nachwuchs sich meldete. „Noh, wos sol´s den wern", wurde das Paar gefragt, „Mir hätte fei gern äeen Gung", sagte der künftige Vater. „Eh Madl is fei ah schieh", ergänzte die angehende Mutter.

„Doas is net wichtig", bemerkte weise die Großmutter und Patronin der Familie, „Hauptsach´ Mudder ands Kind sei gesund", fügte sie bedeutungsschwer hinzu. Dem stimmte die versammelte Großfamilie ohne Weiteres zu. „Hobt ihr den schuh een Namen für doas Kind?", fragte einer der angehenden Onkels. „Nu, mehr denken, wenn´s eh Gung wird, haßt er Christian und wenn es eh Madel wird, heißt´s Anna, noch der Mutter und der Großmutter", erklärte sich der Vater.

Nach alter Sitte wurde über solche Dinge wie Namensgebung der Enkel in der Familie beraten. Letztlich hatte aber die Großmutter, von allen geachtet und geehrt, dabei ein wichtiges Wort mitzureden. Sie überlegte nur kurz und nickte bald zustimmend. Die Namenswahl für das Ungeborene gefiel ihr.

Christian, das hatte mit Christus zu tun und passte zur langjährigen christlichen Tradition der Familie. Die Familie stellte mehrere Kirchenvorstände, sogar einen in der Kreisstadt. Da musste eine so wichtige Frage, wie die Namensgebung der Enkel, sowieso mit göttlichem Einverständnis und Segen „vom Herrn", wie sie bedeutungsvoll sagte, erfolgen. Sollte es ein Mädchen sein, so schmeichelte es ihr, wenn das Kind ihren Namen trug.

So waren alle bald einverstanden, dass ein Christian oder eine Anna die Familie in Kürze vergrößern würden. Für die angehende Mutter gab es die besten Wünsche.

Die Frauen boten Hilfe an für die schweren Tage der künftigen Wöchnerin. Im Mai sollte es soweit sein.

Anfang Mai blühten die Sauerkirschbäume in der Siedlung. Der Löwenzahn zeigte sein strahlendes Gelb und früh und abends sangen die Amseln. Die angehende Mutter hatte sich in ein Krankenhaus in Ch. bringen lassen. Hier wollte sie in Ruhe und bei guter ärztlicher Betreuung ihr Kind zur Welt bringen.

An einem Sonntagabend zum Glockenläuten war es dann soweit, der kleine Christian war geboren. Mit rötlich-blonden Haaren auf einem viel zu großen Kopf. Der machte der Hebamme und einem jungen Assistenzarzt, der den Sonntagsdienst versah, bei der Geburt einige Schwierigkeiten. – Letztlich ging aber alles gut. Per Telefon wurde der Vater benachrichtigt und natürlich die Großmutter. In der Familie verbreitete sich die Neuigkeit in Windeseile. Der Vater, im Überschwang der Gefühle, – der Frau und Kind sicher und gesund wusste – machte einen Freudentanz.

Dann aber musste die gute Nachricht zu den Freunden, den Klempnern, ein, zwei Bergleuten, den Tischlern und Maurern. Bald sind sie fast zehn junge Männer und ziehen durch die Ortskneipen.

Zuerst zur „Teichschänke", dann ins „Glückauf", weiter zum „Reichhof", danach in den „Wilhelmsschacht", ja, und dann noch zu guter Letzt zur „Hilma", einer kleinen Eckkneipe, direkt gegenüber dem elterlichen Haus des frischgebackenen Vaters.

Überall gab es Gersdorfer Bier und Schnaps und Schnaps und Bier. Und natürlich, er lebe hoch, er lebe hoch – der kleine neue Erdenbürger, dieser Christian! Von Kneipe zu Kneipe wird die Truppe lauter. Nun trinkt man auf das Wohl des Vaters, dann auf das Wohl der Mutter! „Sollte man nicht auch auf das Wohl der Großmutter trinken?", fragte einer aus der Runde. Aber das verbietet der junge Vater mit einer energischen Armbewegung. Nach der vierten Kneipe steht der stolze Vater schon etwas unsicher auf seinen stämmigen, kurzen Beinen. Er hat kein Geld mehr, aber einen guten Freund, der ihm borgt. Der Trupp wird größer und größer, als sie endlich bei „Hilma" landen, sind sie schon fast zwanzig. Nun gibt er eine Saalrunde. Das geborgte Geld ist auch bald alle, man einigt sich auf´s „anschreiben"! Endlich entschließt sich der junge Vater, lange schon nach Mitternacht, die Feier zu beenden. Seine Kumpels sind dagegen, die Wirtin will nicht mehr ausschenken und droht mit der Polizeistunde. Der besoffene Vater geht, nein, er will gehen. Dann tragen ihn seine Freunde die Treppe runter über die Straße, in Richtung Elternhaus.

Die Großmutter ist längst von dem Lärm erwacht und steht mit der alten Sturmlaterne in der Hand, im Nachthemd, mit dem großen blauen Umschlagtuch in der Haustüre. Finster schaut sie auf den Zug, der auf ihre Haustüre zuschwankt. Vier Kerle tragen und schleifen ihren besoffenen Sohn ins Haus. Sie schmeißen ihn recht robust aufs Sofa in der Küche. Als die Träger noch nach einem Schnaps fragen, wird die Großmutter sehr ungemütlich. Ruckzuck sind die Kerle draußen und die Türe fällt ins Schloss.

Nun besieht sie sich den Schaden. Er lallt nur noch, schläft sofort ein. Ein penetranter Alkoholgestank schlägt ihr entgegen. Mit viel Mühe zieht sie ihm die Jacke und die Schuhe aus. Schüttelt den Kopf, wirft eine alte Decke über den Schnarchenden. Fürsorglich stellt sie noch einen Eimer in Kopfnähe vor das Sofa.

Ausgerechnet von der „Hilma" kommt die Truppe, empört sie sich innerlich. Die Hilma, das ist eine aufgetakelte Blondine mit aufregenden Blusen, kurzen Röcken, Netzstrümpfen und hochhackigen Schuhen. – Gerade so, wie keine anständige Frau im Ort sich anzieht. „Die Vose" – wie Großmutter verbittert feststellt, die die jungen Bergarbeiter besoffen macht, greift nun auch nach ihren Söhnen.

„Na, warte nehr", sagt sie noch zu dem tief Schnarchenden auf dem Sofa. Dann geht sie wieder ins Bett. Ein paar Stunden später schickt sie ihn – noch voll von Restalkohol – auf Arbeit. Gott sei Dank, es geht an diesem Tage alles gut.

Am Abend nimmt sie ihn sich vor. Wie schwere Hagelkörner in der Aprilsonne prasseln die Vorwürfe auf den Zerknirschten: Ein Lump, der sein Geld versäuft, nicht an Frau und Kind im Krankenhaus denkt, zur Hilma und zu anderen Weibern läuft! Nachts die Ruhe stört, rundum eine Schande, ein Skandal für die ganze Familie! Gegenrede, Entschuldigungen, seine Ausreden, werden nicht zugelassen. Hier tobt das mütterliche Strafgericht, ohne jeden Pardon.

Aber nun das Schlimmste, mit zehn Mann hat er die halbe Nacht auf den kleinen Christian gesoffen. Das bringt Unglück, das fordert Strafe! Soll der Kleine vielleicht einmal Säufer werden, wie der Herr Papa? Wie soll Gott dieses gottlose Treiben ertragen? „Der Herr" wird sich in Wut und Ärger von dem kleinen Christian abwenden. Sein Name ist besudelt durch diesen schamlosen, gewissenlosen Vater. Was tun, wie konnte man den Frevel wieder gutmachen? Vor allem Rettung finden für den kleinen, nun total versoffenen Christian.

Großmutter ging nachdenklich in der Stube auf und ab und ab und auf. Sie überlegte angestrengt. Endlich, endlich hatte sie die Lösung. Da ihr verlorener Sohn und die sauflustige Meute immer auf den kleinen Christian getrunken hatten, sollte dieser Name nicht mehr sein. Der Kleine durfte nicht Christian getauft werden, das wäre eine Sünde, da war sie ganz sicher. Ein neuer Name musste her, die Eltern würde sie schon überzeugen. Der Sohn würde nach dem gestrigen Abend und dem heutigen Tag jeden Vorschlag zustimmen. Mit der Schwiegertochter würde sie sprechen. Da hatte sie auch schon den entscheidenden Einfall – Gottfried sollte der Kleine heißen. Auch ein Name, der mit Gott verbunden war. Außerdem, in der Familie hatte es einen Urgroßvater gegeben, der so hieß und ein tüchtiger Kerl gewesen war. Vor allem aber – der hatte nie getrunken! Ja, so beschloss sie, so sollte es sein und so wurde es. Denn der Familienrat stimmte ihrem Vorschlag später ohne Widerspruch zu.

Die Eltern waren heilfroh, so aus dem Dilemma herauszukommen. Denn der Saufabend war im Ort noch ein paar Wochen in aller Munde. Aber langsam, ganz langsam, wuchs Gras darüber.

Ja, nun weiß man, wie man manchmal zu seinem Namen kommt. Ein Name, der einem ein Leben lang anhängt. Der von dem einen so und dem anderen so gesehen wird, über den man sich manchmal freut oder auch ärgert. Egal, wie man darüber denkt, der Name bleibt einem treu und haftet so fest, dass er eines Tages auch noch den Grabstein zieren wird.

Vielleicht denkt man dann, eigentlich, ja eigentlich, hätte ich ja lieber Christian geheißen! Leider wurde ich aber überhaupt nicht gefragt.

Das fünfte Wort

Am Sonntag, nach der Kirche traf sich die Familie oft bei der Großmutter. Vier erwachsene Söhne, die Schwiegertöchter und ein halbes Dutzend Enkel drängten sich besonders im Herbst und Winter in der „guten Stube" zusammen. Im Sommer hatte man mehr Platz, da fand das Familientreffen im Garten unter dem alten knorrigen Birnbaum statt.

Die Gastgeberin war eine rüstige Seniorin, die schon auf die Achtzig zuging. Klein, drahtig mit kerzengradem Gang, heute im dunklen Sonntagskleid mit gestärkter weißer Schürze. Sie gab den Ton an.

Sie wies die Plätze an, brachte den Kaffee für die Schwiegertöchter und trug das Bier zum Tisch. Für die Kinder hatte sie Spielsachen und Bonbons.

Um den runden schweren Eichentisch standen dann bereits vier bequeme Armlehnstühle. In der Mitte des Tisches thronte ein großer versilberter Bierhumpen mit poliertem Messingdeckel. Großmutter holte das Bier aus ihrer Kammer und füllte den Bierkrug. Drei große Flaschen wurden leer, dann war der Krug voll und der Bierschaum quoll über.

„So", sagte die Großmutter und schaute zufrieden in die Runde, „damit die Mannsen erscht emol was trinken könne!" Spitzbübig lächelnd fügte sie hinzu, „die Predigt war ja ah´ wieder ewweng trocken". Alles lachte, der älteste der Brüder nahm einen großen Schluck und schob den Krug weiter zu seinem Tischnachbarn. So war es in der Familie immer, am Sonntagvormittag wurde „einer Geschoben" Dabei überwachte die Großmutter die Trinkerei anhand der leeren Flaschen und sorgte dafür, dass am „Tag des Herrn, ja auch alles ordentlich zuging".

Die Frauen saßen neben den Fenstern an kleinen Tischen, tranken Kaffee und knabberten Oma´s selbstgebackene Plätzchen. Am Boden krabbelten die Enkel, spielten mit Kugeln und machten manchmal einen Heidenlärm.

Für ihre Enkel hatte die Großmutter immer etwas Besonders in den Schürzentaschen. Manchmal grüne Pfefferminzbonbons im gelben Papier, gut für die Gesundheit. Die schmecken den Enkeln gar nicht. Das war der Großmutter egal. Sie stopfte jedem der Kleinen einen Bonbon in das Mäulchen und wenn diese den scharfen Geschmack nicht mochten und die Bonbons ausspuckten, so lachte sie nur. Manchmal drohte sie vielleicht auch mit ihren gichtigen Fingern. Alle kannten und spürten ihre Herzensgüte. Schon bald hingen die Kleinen wieder an ihrem Rock. Wurde es dann manchmal zu laut, so stand eine der Schwiegertöchter aus ihrer Gesprächsrunde auf und hockte sich zu den Kindern und erzählte ihnen ein kleines Märchen.

Alle mochten diese Sonntagsvormittage, das Familientreffen, den Meinungsaustausch, die Gemütlichkeit, die familiäre Geborgenheit, aber auch den Klatsch und Tratsch über die Nachbarn.

Die Männer erläuterten beim Bier die große Weltpolitik, und im Herbst 1941 war da viel zu besprechen. Einer, der meinte, der größte Feldherr aller Zeiten zu sein, hatte gerade begonnen, Europa in Schutt und Asche zu legen. Den Männern drohte die Einberufung, ein wenig freilich schützte sie ihr Beruf, sie waren Bergarbeiter.

Die Informationsbörse der Familie stand an diesen Vormittagen weit offen, und jeder schien das Seine zu finden. Nur die Kinder verloren dann manchmal die Geduld und wurden unruhig.

Ein Dreikäsehoch von knapp zwei Jahren rannte wie aufgezogen immer um den Männertisch herum. Sein Vater versuchte ihn zu greifen, aber der Kleine war viel zu flink. Vier Wörter konnte er schon sagen, Vati, Mutti, Oma und Daz, das letztere sollte sein Name sein. Kurze Beine, rote Haare, die zu Berge standen, großer Kopf mit dicken Beulen an der Stirn, denn bei jedem Fall, und er fiel oft, schlug der Kopf nochmals auf die Dielen. Jetzt stand er vor dem Tisch und lachte. So schnell würde ihn keiner fangen.

Heute nun hatte er auf dem Tisch den kreisenden Bierhumpen beobachtet. Nun stand er vor einem seiner Onkel, der gerade aus dem Krug trank und sich danach mit dem Handrücken den Bierschaum aus dem Bart wischte. Der spürte, wie eine kleine Faust an seinen Oberschenkel klopfte und von unten piepste ein dünnes aber energisches Stimmchen, „Bieer, Bieer, Bieer". Der Onkel lachte, schaute nach unten und glaubte, er hätte sich verhört. Vorsorglich schob er den großen Krug zu seinem Nachbarn. In Windeseile stolperte der Kleine weiter, dorthin, wo der Krug nun stand. Und nun hörten es alle, von unten krähte es ganz deutlich, schon ein wenig ungeduldig, Bieer, Bieer, Bieer!

„Ach du lieber Schreck", sagte seine Mutter laut, „das ist sein fünftes Wort, wo hat er das bloß gelernt?" Die Frauen schwiegen betroffen. Dieses langgezogene, fordernde, krähende, Bieer, Bieer, Bieer, schallte jetzt durch den Raum.

Die Männer konnten sich vor Lachen nicht halten und klopften mit den Händen auf den Tisch, dass es dröhnte. Was tun? Der Wichtelmann gab keine Ruhe. Jetzt stand der Krug direkt vor dem Vater des Kleinen und wieder war das Kerlchen zur Stelle. Der Vater erbarmte sich, fasste den großen Krug mit zwei Händen, öffnete langsam den Deckel und hob vorsichtig den Rand des Kruges hinunter an den kleinen, weit aufgesperrten Mund. Die Familie stand im Kreis und staunte. Der Kleine nahm tatsächlich ein, zwei, drei kleine Schlucke und wollte mehr.

„Puh", rief da eine der Tanten, „das schmeckt doch bitter, ganz bitter!" Den Kleinen störte es nicht. Seine Nase, das Kinn und die Stirn waren schon voller Bierschaum. Nun machte er sich daran, und dabei störten die vielen Zuschauer gar nicht, mit Zunge und Händchen diesen Schaum noch genüsslich ins Mäulchen zu schieben. Es schien wunderbar zu schmecken. Jetzt lachte alles. Da ertönte die resolute und kräftige Stimme der Großmutter:

„Gabt dann Gong fei blohß ka Bier, drr werdt sonst platzdumm!" (Gebt dem Jungen kein Bier, der wird sonst sehr dumm.)

Den kleinen Sünder schien auch das nichts auszumachen. Die Augen strahlten, das Kerlchen lachte. Da griff die leibliche Mutter ein, nahm ihn wortlos auf den Arm und ging nach draußen. In der guten Stube herrschte betroffenes Schweigen.

„Na, dos ko emol eener wärn", sagte endlich vieldeutig einer der Onkels und brannte sich seine Pfeife an. „Sowos hat mer fei noch net derlebt" merkte eine Tante an.

Der familiäre Frühschoppen löste sich an diesem Sonntag schneller auf als gewöhnlich.

Künftig fehlten der Kindesvater und seine Familie oft am mütterlichen

Das fünfte Wort

Stammtisch. Wollten die Eltern vielleicht ihren Sprössling nicht in Versuchung führen?

Na, und wenn sich so was rumspricht im Ort. Nein, die Großmutter wurde allein schon bei dem Gedanken blass, „doos die Leit das fei erfahren könnten."

Hoffentlich vergisst er das Wort bald wieder, dachte besorgt die Mutter an diesem Tag. Nur der Vater herzte mit seinem Söhnchen, lachte und sagte dann zu ihm: „So schlimm wird es schon nicht werden, was mein Kleiner?" Und so ist es dann auch gekommen, es hat sich alles gut normalisiert, das mit dem Bier trinken und das mit der Dummheit auch. Aber alle, die es erlebt haben, lachen noch heute über diese Geschichte.

Der Ochsenziemer

Er hing immer an der Seite des großen eisernen Küchenherdes, an einem Lederband. Ein handfester mittellanger Knüppel, sauber gedrechselt, der Griff gut ausgearbeitet, gelb mit Lackfarbe gestrichen, an seinem Ende hingen, fest verschraubt, neun schmale Lederschnüre, lang, zäh, dünn und sehr beweglich – das war er, der Ochsenziemer.

In der Familie wusste wohl keiner, wo er herkam und eigentlich hatte er auch keine Funktion. Eines Tages allerdings sollte sich das ändern. Es muss ein Aprilmittwoch des Jahres 1944 gewesen sein, es regnete leicht aber ausdauernd, die Wege waren noch glatt, der Boden begann erst aufzutauen.

Straßen und Wege waren fast menschenleer. Die Kinder blieben in den Stuben. In der kleinen, engen Wohnküche der Familie hatte es sich der fünfjährige Sohn unter dem breiten Küchentisch bequem gemacht und spielte. Der Bauernhof war aufgebaut, die Ochsen waren angespannt, die Hühner und Enten waren gefüttert. Nun wollte er gerade auf´s Feld fahren, um mit dem Ochsengespann Grünfutter für die Kühe zu holen. Tief war er in sein Spiel versunken, dabei vergaß er alles. Die kindliche Phantasie malte immer neue Bilder, Visionen und erträumte Erlebnisse, die Zeit und Wirklichkeit vergessen machten. Aus einem solchen wunderschönen Tagtraum wurde er nun jäh geweckt.

Energisch rief ihn die Mutter unsanft in die Wirklichkeit. Milch sollte er holen, später weiter spielen. Sehr wenig begeistert kroch er unter seinem Tisch hervor. Eigentlich hatte er ja keine Zeit, was hatte so ein Bauer doch auch alles zu tun. Gerade jetzt, wo er aufs Feld musste.

Vor ihm stand die Mutter, nun schon recht ungeduldig. Sie schob ihn in seine Winterjacke, die Schuhe standen schon parat. Auf dem Tisch stand, blankgeputzt, die leicht verbeulte Milchkanne aus Aluminium. Das Milchgeld steckte in einer kleinen Geldbörse, die neben der Kanne lag.

Heute war Mittwoch, da gab es einen halben Liter Magermilch für die Kinder. Die musste jetzt geholt werden, denn um 12.00 Uhr schloss der Laden. Deshalb sollte er jetzt, sofort gehen und die Milch holen. – Er wollte nicht. Er versuchte es mit Bitten, es sei zu kalt, zu nass, zu glatt, er könnte mit der Kanne fallen. Mutter versuchte ihn zu überreden, eine kleine Belohnung wurde in Aussicht gestellt. Er wurde bockig, überhörte ihre Bitten. Sie drückte ihm die Kanne und das Portemonnaie in die Hände.

Da wurde er wütend, er warf den Milchkrug auf den Boden, dass es laut schepperte. Das Milchgeld rollte über die Fliesen unter den Herd und den Tisch. Mit hochrotem Kopf brüllte er: „Nein, nein, nein, ich gehe nicht" und stampfte mit dem Fuß auf! Noch nie hatte er so etwas gemacht. Wenn er etwas nicht wollte, so wurde es bisher immer respektiert, warum also heute nicht?

In dem kleinen Kopf und in der Kinderseele waren Grenzen und Pflichten, Zwänge und Verantwortung noch keine Gegebenheiten. Lust und Freude an den Dingen bestimmte immer was er tat und was nicht. Das war seine Freiheit, so wie er sie sich vorstellte. So sollte es sein, so wollte er es und nicht anders.

Nun wurde auch die Mutter wütend. Ahnte sie, dass hier und heute die Frage entschieden wurde, wer, wie und wann etwas durchsetzt, etwas erreicht? Glaubte sie in diesem Wutanfall ihres Sprösslings den Jähzorn ihres Mannes wiederzuerkennen, den sie so fürchtete? Jetzt brüllte sie, „du gehst jetzt, oder"?! – Dieses „oder" schwebte lange in der Luft. Der Sohn grinste, „oder", ahmte er sie nach und schaute fragend. Sie kochte innerlich, ganz langsam nahm sie den Ochsenziemer vom Herd, scheinbar völlig ruhig fragte sie zum letzten Mal: „Holst du jetzt die Milch?"

Gerade wollte er zurück an sein Spiel gehen, „hol doch deine blöde Milch selber", rief er ihr noch zu. Da pfiffen die dünnen Lederriemen des Ochsenziemers durch die Luft und trafen seine Beine, einmal, zweimal, dreimal, viermal. Er war vor Schreck ganz still, dann brüllte er los und tanzte durch das Zimmer. Er schrie vor Wut und Schmerz, die Schläge prasselten weiter, kein Entkommen war möglich.

Da griff er vom Tisch die Kanne, sammelte das Geld vom Boden auf und stürzte durch die Tür. Bald war er mit der Milch zurück. Der Kampf war zu Ende.

Noch nach Tagen waren die blutunterlaufenen Striemen auf den Beinen des Jungen zu sehen. Nachts heulte er in die Kissen, nicht vor Schmerz, nein vor Wut, weil er seinen Willen nicht hatte durchsetzen können.

Das Verhältnis zur Mutter hatte einen tiefen Riss erhalten, der schwer zu kitten war. Später wusste er, dass an diesem Tag seine Lebensphase als Kleinkind ein Ende hatte. Er bekam ein Verhältnis zu Pflichten und Aufgaben, zu dem ehernen „Muss", das das Leben fast immer bestimmt. Er hatte erfahren, dass es nicht gut tat, sich gegen blanke Gewalt zu stellen, oder diese herauszufordern. Dass man seinen Kopf nicht unbedingt durchsetzen musste, auch wenn man meinte, es sei richtig und wichtig.

Von da an galt er als gut erzogenes Kind. Die Mutter sagte stolz zu den Nachbarinnen, dass er „pariere". Als er sieben oder acht Jahre alt war, wandelte sich das „parieren" langsam in die Einsicht, dass man den Eltern, die mit tausend Dingen in schwerer Zeit hart belastet waren, helfen sollte und es damit auch wollte. So war und blieb seine Bekanntschaft mit dem Ochsenziemer einmalig und war doch ein Wendepunkt.

Pflichten und Ernst des Lebens, Disziplin, Verantwortung für übernommene Aufgaben und deren Resultate, waren schmerzhaft in sein Leben getreten und wurden später alles bestimmend. Irgendwann, als junger Mann würde er bei Engels lesen, dass es keine absolute Freiheit geben kann, sondern dass wahre Freiheit immer die Einsicht in die Notwendigkeit voraussetzt. Er würde lernen müssen, dass das stolze Wort Freiheit häufig aus diesem unbequemen Zusammenhang gelöst wird. Und dann glaubt jeder alles tun und lassen zu können, ohne nach den Notwendigkeiten einer kleinen Menschengruppe, einer Familie, eines Staates oder einer ganzen Menschengesellschaft zu fragen, wenn es nur ihm nutzt!

Manchmal fragte er sich (natürlich nur allein im Stillen), ob hier vielleicht auch ein Ochsenziemer helfen könnte? Aber wie groß müsste der sein und wer sollte ihn schwingen?

Unwetter

Draußen, da schien die Welt zusammenzustürzen. Blitze zuckten hell auf, der Donner krachte ohrenbetäubend, Schlag auf Schlag. Regen peitschte sintflutartig gegen die Fenster. Hagelkörner lagen auf dem Fensterbrett.

Zu Tode verängstigt und erschrocken, verkriecht sich der kleine Junge in die Sofaecke. Zieht sich ein dickes Kissen über den Kopf. Er will es nicht sehen, nicht hören, er schluchzt laut. Die Angst schnürt ihm die Brust ab. Tränen rinnen über das Gesicht. Er weiß, die Mutter ist jetzt da draußen - in diesem Orkan. Wird sie der Blitz treffen, der Sturm umwerfen, werden sie die Wassermassen in den Bach drücken?

Da sieht er, an der Wand hängt sein kleines Holzkreuz mit dem silbernen Jesus. Die Großmutter, die Mutter, aber auch der Pfarrer, sie haben es immer wieder gesagt: Der Gekreuzigte kann helfen, wenn man in Not ist. Schnell nimmt er das Kreuz von der Wand, legt es vor sich auf den Tisch, weint und bittet für seine Mutter. Denn was soll aus ihm werden, wenn die Mutter nicht zurück kommt? Der Vater ist in Gefangenschaft – er wäre dann ganz allein! „Jesus hilf, Jesus hilf", fleht er. Es beginnt bereits zu dunkeln, er fröstelt.

Da endlich, endlich hört er das vertraute, leise Schließen der Wohnungstür. War er eingeschlafen? Die Mutter steht mitten im Zimmer, völlig durchnässt, sichtlich erschöpft, aber glücklich. Der helle Sommermantel klebt ihr förmlich am Körper. Die lederne, alte Versicherungstasche, mit der sie über die Dörfer zieht, hängt triefnass und schwer von ihrer Schulter. Die Schuhe aufgeweicht und verquollen. Die Haare hängen ihr wirr und struppig ins Gesicht. Aber sie strahlt und ihre Augen lachen. Noch vor Nässe tropfend nimmt sie ihr Kind in die Arme. Geschafft, trotz Gewitter, Sturm und Regen, wie war sie gelaufen. Nach Hause, nur nach Hause, dachte sie – denn sie ahnte, nein sie wusste um die Angst des Kleinen.

Sie macht Feuer, es wird warm, sie trocknet ihre Kleider. Der Kleine ist glücklich, er dankt seinem Jesus. Alles ist gut, Gott hat geholfen, so denkt er.

Immer wenn die Sorge uns zuschnürt, die Angst uns jagt, wenden wir uns hilfesuchend an Gott, an Jesus, an Jehova, an Allah, an Buddha, den Erlöser, den Schöpfer, den Weltenlenker …

Immer im tiefsten Schmerz, konfrontiert mit dem Unerklärbaren, dem Furchtbaren, entrinnt uns ein tiefes schweres „Oh Gott" oder „Oh mein Gott!"

Ist da Jemand, der uns helfen kann? Jemand, der uns stützt, der uns greift? Jemand, der uns schützt vor dem Unfassbaren, dem Unvorstellbaren – dem Tod?

Wie klug und mächtig der Mensch auch ist und noch werden mag, dieses „Oh mein Gott" – in Konfrontation mit den Mächten des Schicksals, wird uns wohl auf ewig bleiben. Und das ist wahrscheinlich auch gut so.

Der Zauber der Natur und das Maß der Dinge

Für Rotschopf stand es felsenfest, „die Hering Mamm" hatte einen Zaubergarten. Sie war eine alte Kriegerwitwe, mit zwei erwachsenen Töchtern, die schon ewig in der Siedlung lebte. Vom Frühjahr bis in den späten Herbst hinein buddelte sie fast täglich in ihrem großen Garten. Dort wuchs alles, was man brauchte. Staunend sah Rotschopf, wie im Frühjahr der Garten aus dem Winterschlaf erwachte. Auf den kahlen Flächen wuchsen Schneeglöckchen, Krokusse, Tulpen und Freesien. Wenig später gab es schon Salat und Radieschen, Petersilie und Erdbeeren. Ja, Erdbeeren, solche großen, tiefgenarbten, dunkelroten, von denen man gar nicht genug essen konnte.

Wie das Werk eines Zauberers erschien es dem Jungen, das Wachsen, das Blühen und das Reifen der vielen verschiedenen Blumen, der Äpfel, der Birnen und Pflaumen. Immer fielen irgendwo Früchte von den Bäumen. Im Frühjahr zuerst die Weizenbirnen, fest, hart und knackig, in die biss er am liebsten gleich hinein. Dann gab es Pflaumen - große, süße, gelbe und kleine feste blaue. Dazu Äpfel, frühe und späte, die mochte er nicht so gern, weil viele sauer schmeckten.

Im Herbst gab es dann die Winterbirnen, die erst im Keller reiften, aus denen sofort der süße Saft tropfte, wenn man hineinbiss.

Für Rotschopf stand es fest, im Garten wohnte ein großer Zauberer, der den Menschen jeden Tag etwas Schönes schenkte. Das erklärte er sehr ernsthaft und ausführlich seiner Mutter und der „Hering Mamm", die dann aufmerksam zuhören mussten.

Kam er früh in den Garten, so suchte er zuerst, was der Zauberer wohl über Nacht schon wieder für ihn versteckt hatte. Und er strahlte vor Glück, wenn sich etwas fand – und es fand sich fast immer etwas. War der Herbst herangekommen und die Früchtepracht abgeerntet, so entdeckte er bestimmt noch ein unwirklich buntes Blatt, das der große Zauberer nur für ihn dort hingelegt hatte.

Garten, das war für ihn das Glück vom Suchen und Finden, Entdecken und Bewundern, Erleben und Genießen. Ein Reich der Fantasie und der unbegrenzten Möglichkeiten. Der Krieg mit seinen Sorgen und Nöten hatte für ihn im Garten keine Bedeutung. Der blieb einfach vor dem Gartentor stehen, denn hier regierte sein Zauberer.

Als Fünfjähriger wollte er im Frühjahr, schon selber säen, pflegen und natürlich ernten. Er drängelte die Alte, er brauchte zwei Quadratmeter Gartenland, um alles selber auszuprobieren. Gern gab die gutmütige Alte nach, auf zwei Quadratmetern sollte er Radieschen anbauen. Denn Radieschen mochte er sehr gerne. Nach dem Graben und dem Glattrechen säte er unter Anleitung der Mutter ein paar Reihen. Fleißig goss er die Aussaat. Die ging dick und kräftig auf. Vor Freude klatschte er in die Hände und zupfte das Unkraut aus.

Nach 14 Tagen guten Wachstums sagt die Hering Mamm zu ihm: „Die Radieschen musst du tüchtig ausdünnen, die stehen viel zu dicht." Mit ihren dicken, gichtigen Fingern zupfte sie die jungen Pflanzen aus, warf sie achtlos auf den Weg und ließ nur alle paar Zentimeter eine kräftige Pflanze stehen.

Er sah es mit Entsetzen, begann zu weinen und zu schreien. Die „Hering Mamm" war erschrocken. „Aber das muss doch so sein, du Dummerle" sagt sie, „sonst bekommst du kein einziges schönes Radieschen". Nein, das glaubte er ihr überhaupt nicht. Am liebsten würde er die ausgerupften Pflänzchen wieder einsetzen. Denn er will viele, viele Radieschen und trotzdem sollen sie riesig groß sein! Die Alte hörte auf auszudünnen. Nur ein kleines Stück der ersten Reihe hat sie bearbeitet. Viereinhalb Reihen stehen die Pflanzen danach eng bei eng, wie die Soldaten.

Rotschopf gießt fleißig weiter und hackt die Pflanzen vorsichtig zwischen den Reihen. Die Radieschen wachsen und wachsen, bald sind sie so groß wie er und fangen auch noch an zu blühen. Das wunderte ihn nun doch, wozu diese vielen Blüten?

Nur auf der ersten Reihe, wo die „Hering Mamm" angefangen hatte auszudünnen, sieht es besser aus. Die Pflanzen sind nur mittelgroß, haben einen kräftigen Wurzelansatz und unten erkennt er schon die kleinen Radieschen. Ein paar Tage später zieht die Hering Mamm hier tatsächlich ein paar schöne, runde, rote Radieschen. Sie gibt ihm eins in die Hand. Er wischte den Sand an seiner Hose ab und steckte es in den Mund. Sandreste knirschten zwischen den Zähnen, aber das Radieschen schmeckte wunderbar.

Traurig betrachtete er dann seinen „Radieschen-Wald", alles hohe, feste Strünke, viele in der Blüte aber unten nur kahle, harte kleine Wurzeln. – Ungenießbar, wie die heimliche Probe zeigte.

Als die „Hering Mamm" ein paar Tage später fragte, ob sie den Radieschenwald nun ausreißen könne und auf den Kompost bringen, nickte er nur traurig mit dem Kopf. Zögernd packte er auch an und riss ein paar der harten Stiele aus.

Schmunzelnd dachte Rotschopf später über diesen, seinen ersten „Feldversuch," nach. Vielleicht hatte er dabei doch einiges gelernt.

Die Älteren, die Erfahrenen, wissen oft recht genau, wie es um die Dinge des Wachsens und des Werdens, des Gehens und des Vergehens bestellt ist. Vielleicht sollte man doch öfter mal auf ihren Rat hören. Und wenn man von den Dingen des Lebens gleich allzu viel haben will, bekommt man manchmal gar nichts. Denn alles im Leben hat sein Maß, auch so der Erfolg und der Misserfolg.

Die Angst und die Wahrheit

Es quietschte, knarrte, kratzte und pfiff im Radio aus der Küche. Jetzt folgte ein dumpfes rhythmisches Pochen, eine kräftige Männerstimme sprach betont deutlich mit wenig Akzent, „hier ist England, hier ist England, hier ist England!".

Der Rotschopf wurde rasch munter, die Tür zum Schlafzimmer war nur angelehnt. Er schlüpfte aus dem Bett, der Fußboden war kalt. Im Flur sah er, dass auch die Küchentür einen kleinen Spalt offen stand.

In der Küche brannte eine Kerze und warf flackernden Schatten an die Wände. Der Raum war wegen der Luftangriffe abgedunkelt. Die Mutter saß vor dem Abwaschtisch, auf dem der große Schaub-Empfänger stand. Sie hatte ihr Ohr ganz dicht an den Metallgrill des Radios gelegt und versuchte konzentriert mit beiden Händen Lautstärke und Sender nachzustellen. Das Radio war an der Rückwand und den Seitenwänden mit einer Decke abgedeckt, so sollte möglichst wenig von den Geräuschen in die Nachbarwohnung dringen.

Sie erschrak, denn schon wieder ertönte das dumpfe Pochen und die markante Stimme: „Hier ist England, hier ist England" drang wieder viel zu laut durch das Zimmer. Endlich bekam sie Sender und Lautstärke in den Griff, es wurde leiser. Rotschopf stand in der Tür, sie hatte ihn nicht kommen gehört. Nun gab es Nachrichten, Frontberichte, Vormarsch der Alliierten an der Südfront, harte Kämpfe in Jugoslawien, Vorrücken der Roten Armee im Osten, Luftangriffe auf deutsche Städte, Versenkung von deutschen U-Booten im Atlantik.

Der Kleine verstand davon nichts. Er verfolgte nur das angespannte, konzentrierte Gesicht der Mutter, die jede Nachricht aufzusaugen schien. Ihre Konzentration und ihr Bemühen, das Radio auf minimaler Lautstärke und klarem Empfang zu halten. Endlich waren die Nachrichten zu Ende. Sie verdrehte konzentriert den Sender, stellte leise Musik ein, nahm die Decke vom Radio. Da erst bemerkte sie ihn, sie erschrak sehr und trug ihn liebevoll ins Bett.

Am nächsten Tag würde er sie nach diesem nächtlichen Radiobericht fragen. Er bekam eine ausweichende Antwort. Aber es wurde ihm eingeschärft, niemandem zu sagen, dass sie nachts Radio höre. Dabei spürte er, dass sie große Angst hatte. Ein paar Tage später sagte sie ihm, dass sie nachts Radio höre, um die Wahrheit zu erfahren, das sei ihr sehr wichtig. Aber das sei verboten, und deshalb dürfe er zu keinem Menschen davon ein Wort sagen. Das musste er ihr hoch und heilig versprechen. Dabei war sie sehr ernst und eine Sorgenfalte grub sich tief in ihre Stirn. Und wieder schwang die Angst in ihrer Stimme mit.

Später würde er verstehen, dass sie „Feindsender" hörte. Wurde sie denunziert, so standen 1943 darauf bereits lange Gefängnisjahre oder gar KZ. Sie war dann ein „Volksschädling", der der „Feindpropaganda" erlag und diese vielleicht sogar verbreitete. Was würde dann aus dem Kleinen?

Sie pokerte also sehr hoch für dieses Wissen und ein kleines Fünkchen Wahrheit!

Und tatsächlich erzählte ihr im Sommer 45, als alles gerade vorbei war, der Hausbesitzer, der über ihr wohnte, er habe gewusst, dass sie Feindsender höre, habe sie aber nicht angezeigt. Der Schreck und die Angst griffen erneut nach ihr. Sollte sie ihm jetzt dafür dankbar sein? Sie ließ ihn einfach auf der Treppe stehen.

Rotschopf lernte, die Wahrheit wissen zu wollen konnte offensichtlich manchmal schon gefährlich sein, sie zu verbreiten war vielleicht noch schlimmer. Es würden Jahre vergehen, bis er verstehen würde, dass die Wahrheit so viele Gesichter hat.

Dass es Halbwahrheiten gab und Viertelwahrheiten und Lügen, die wie Wahrheit angestrichen waren und gern geglaubt wurden. Und wie schwer es ist, oftmals das „Körnchen Wahrheit" zu finden und abzugrenzen aus der wilden Informationsflut.

Oft beneidete er später die Naturwissenschaftler, sie hatten Naturgesetze, stabil, sicher, nachprüfbar, beständig, verlässlich und ehrlich und eben wahr auch auf Dauer.

Wie schwer taten sich dagegen die Philosophen, Historiker, Politologen, Politökonomen, Soziologen, Psychologen mit der Wahrheit.

Hier war die Wahrheit auch ein Teil der Sicht des Einzelnen auf die Dinge. So konnte es also eine Wahrheit geben, die aus der Sicht des Einen so war und aus der Sicht des Anderen ganz anders. War es aber dann noch Wahrheit?

Später würden sie ihm erklären, dass man die Wahrheit aus einem Standpunkt erkennen und verstehen muss, aus dem „Klassenstandpunkt". „Du musst das vom Klassenstandpunkt aus sehen", sagten sie oft zu ihm, und rückten ihm dann ihre Wahrheit zurecht.

Er nahm es an und hatte für eine Zeit damit auch seine Wahrheit gefunden. Aber war das die Wahrheit? Er ahnte wohl, dass damit manchmal etwas nicht stimmte. Aber wollte er es denn genauer wissen?

Er fühlte, im Besitz der Wahrheit zu sein, das machte ruhig, stark und sicher. Möge mir keiner an meiner Wahrheit drehen! Doch es kam anders.

Wahrheit, so musste er erfahren, hat etwas mit Kommunikation zu tun, mit Kommunikationsmacht mit Meinungshoheit! Wahrheit, ist oft die Meinung der Sieger. Sie bestimmen dann, was wahr ist. Wahrheit, ist die überhaupt gut für mich, für dich, für das Volk? Wie viel Wahrheit verträgt der Einzelne, wie viel ein Volk? Wer will die Wahrheit, die nackte Wahrheit, ist die nicht oft viel zu hart, zu bedrückend? Vielleicht schadet sie sogar? Wem, dem Einzelnen, den Menschengruppen, den Völkern?

Oft stellt man die Wahrheit zu und macht so den Weg frei für Halbwahrheiten, halbe und ganze Lügen im Gestrüpp von Informationen, das uns überall umgibt. Verschweigen, nicht ansprechen, nicht sehen, nicht benennen – immer ist es ein weiter Weg, um der Wahrheit näher zu treten.

Die Wahrheitshändler sind oft gekauft, sie sind Meister der Täuschung, der Fälschung und der Tricks. Täglich polieren sie ihre Waren frisch auf, sortieren, platzieren, managen sie an den riesigen Medienmärkten. Der Inhalt freilich ist oft faul, verrottet und verlogen.

Das ist so, weil die Wahrheit so viel zu tun hat mit der Macht, dem Machterwerb, dem Machtbesitz, dem Machterhalt und der Machtausübung.

Auf diesem Altar hat die Wahrheit in der Regel wenige Chancen.

Man hat es lang akzeptiert und akzeptiert es auch heute noch, dass in jedem Krieg eins zuerst stirbt – die Wahrheit.

Wenn das so ist, wie es ist, was bleibt dann noch für uns im großen Feld der Wahrheitssuche? Was kann man tun?

Es gehört zu den vergnüglichsten Prozessen des menschlichen Geistes – die Wahrheitssuche. Wie es Rotschopfs Großmutter mit einem verschmitzten Lächeln in ihrem Runzelgesicht und blitzenden Äugelein manchmal erzählte, „ewing hinner de Dinge schaue" (ein wenig hinter die Dinge schauen), das habe sie oft erfreut und glücklich gemacht.

So wird Rotschopf später selbst ein Leben lang unterwegs sein und versuchen, ein paar Körnchen Erkenntnis aus Theorie und Praxis zu pressen, für vielleicht eine gelungene, logische Einsicht, einen Beweis oder den Funken einer tragfähigen Idee! Wie wird er sich daran begeistern, wie wird er glühen für ein Fetzchen Wahrheit, das so vielleicht noch nicht ausgesprochen oder aufgeschrieben wurde, und nicht umzustoßen ist durch Halbwissen oder Propaganda.

Und diese Suche nach der Wahrheit wird nie vergehen, nie aufhören, solange Menschen atmen. Damit ist es aber noch nicht genug. Der große Brecht bringt es auf den Punkt, wenn er seinen Galilei sagen lässt, „es wird sich nur soviel Wahrheit durchsetzen, wie wir durchsetzen!"

Eine Sisyphus-Arbeit, die täglich neu beginnt, im Kampf gegen missbrauchte Macht, Kapital, Dummheit, Interessenlosigkeit, Hunger, Not und Elend.

Das ist eine Aufgabe mit Zukunft. Ja, vielleicht lässt sich eines Tages die Wahrheit wie ein Licht in die Welt tragen, um die Dunkelheit immer mehr zu vertreiben! Vielleicht wird der Wahrheitssucher oder auch der Wahrheitsdurchsetzer eines Tages ein sehr geschätzter Beruf! Wer kann das wissen?

Die Maske

Es muss Ende Oktober gewesen sein, im ersten ruhigen Herbst nach dem großen Kriege. Die Abende waren noch warm, die Tage sonnig. Rauch lag in der Luft und früher Nebel. Noch immer zogen abgerissene Wehrmachtssoldaten in zerlumpten, dreckigen Mänteln und zerschlissenen Stiefeln heimwärts. Gleich den Vogelschwärmen, die rastlos vorwärts strebten, so waren auch viele Vertriebene unterwegs, auf der Suche nach Nachtlager, Ruhe und Essen.

Die kleine Siedlung am Rande der Stadt glich so einem Durchzugsort und war Tag und Nacht in Bewegung. Die sonst oft übliche Herbstruhe sollte sich bei den Menschen in diesem Jahr nicht einstellen.

Zu groß waren die Sorge und die Angst, ob und wie man den ersten Nachkriegswinter überleben werde. Würden Brot und Kartoffeln reichen? Konnte man die kleinen Häuser heizen? Gab es Strom an den Abenden? Würden die geflickten Stiefel noch den Winter durchhalten? Fragen über Fragen, die keiner beantwortete. Organisieren und Diskutieren, das schien der Hauptinhalt des Lebens in der Siedlung zu sein. Das Organisieren musste den Lebensfortgang sichern. Suche und biete, waren die Zauberwörter, tausche Goldring gegen Butter, Teppich gegen Kartoffeln, Nägel gegen Bretter, Anzug (kaum getragen) gegen Damenschuhe - nichts, was sich nicht schätzen, bewerten, verhökern ließ. Glücklich der, der etwas anzubieten hatte. So schlug man sich durch – irgendwie, oft nicht recht und oft auch nur sehr schlecht.

Die Diskussionen brauchte man, um den endlosen Strom von täglichen Neuigkeiten und Veränderungen zu verarbeiten, und sich selbst für den nächsten Tag neu auszurichten, so gut es eben ging.

Aus diesen Verhältnissen konnten auch die Jugendlichen nicht entfliehen. Ja, mit den täglichen, erzwungenen Veränderungen schienen sie besonders intensiv zu leben. An den Abenden trafen sich die Halbwüchsigen auf einem leicht abschüssigen großen viereckigen Platz, um ihre Tauschgeschäfte zu machen und ihre Probleme in die Diskussion zu bringen. Der Pätzplatz – so hieß der

Ort seit alters her – schien keinem zu gehören und lag fast in der Mitte der Siedlung.

Oben an der Straße war das Terrain mit hartem, struppigem Gras bewachsen, im unteren Teil standen junge Birken, Weiden und ein paar Fichten. Dort war die Erde rot und lehmig. Fast in der Mitte wurde der Platz von einem kleinen Bächlein durchquert. Das Wasser war sauber und floss langsam durch langes, festes Gras. Hier wurden die Figuren von Karl May lebendig und am Abend brannte oft ein Lagerfeuer. Hütten wurden gebaut, Kämpfe ausgetragen, die Friedenspfeife geraucht. Hier gab es Verstecke und Höhlen, Liege- und Beratungsplätze. Es war der Raum für Ungebundenheit und Romantik, für wilde Spiele und ungehemmte Bewegung, der die Halbwüchsigen magisch anzog.

Damals lagen dort große zentnerschwere Betonringe, wie sie für die Kanalisation gebraucht wurden. Irgendwer hatte sie vor langer Zeit dort abgeladen, achtlos waren sie im Kriege liegengeblieben.

An einem Herbstabend brannte in einem dieser umgekippten Betonringe ein Lagerfeuer. Die großen Jungs der Gruppe hatten es entfacht, aus Gras, Stroh, trockenem Kartoffelkraut und kleinen Ästen. Die Kleinen trabten und sammelten alles Brennbare. Die Großen brieten Kartoffeln, die man „gestoppelt" hatte. Halbgar gebraten, schmeckten sie herrlich nach Erde, Feuer und Rauch. Sie dämpften den unbändigen Hunger, der auch die kleinen Mägen ständig quälte.

Aber selten fiel für die kleinen Knirpse etwas ab. Meistens machten die Halbstarken das Festmahl unter sich aus.

Auch an jenem Abend standen die Großen wieder am Feuer zusammen. Die Kartoffeln waren gegessen. Nun rauchte man Zigaretten, aus Zeitungspapier selbst gedreht, gefüllt mit trockenem Kirschlaub. Dabei wurden Witze erzählt, manchmal lachte die Truppe laut. In gebührendem Abstand umkreisten die Kleinen das Feuer. Man sorgte dafür, dass sie nicht zu nahe kamen. Denn leicht konnten sie Dinge hören, die zu Hause besser nicht bekannt werden sollten.

So hatte einer von den Großen, Siegfried, einen Einfall, wie man die unliebsamen Mithörer fern halten könnte. Beim Stöbern in einem alten Kleiderschrank hatte er nicht nur eine tragbare Hose gefunden, sondern auch eine Maske, die vor dem Krieg sicher einmal zu Fasching getragen worden war. Es war eine hässliche Fratze aus Pappe, rot und dick mit einer furchtbaren Knollennase. Im aufgerissenen Mund blinkte ein einzelner riesiger weißer Zahn, das Kinn war verbeult und blau, ein zottiger schwarzer Bart klebte fest daran. Nun zog er die Maske plötzlich hervor und hielt sie sich vorm Gesicht.

Keins von den Kindern hatte je so etwas Furchtbares gesehen. Wie erstarrt standen sie auf der Wiese und stierten auf diese unsägliche Fratze, die langsam näher kam. Das flackernde Licht des Lagerfeuers warf gespenstige Schatten. Kurz war die Zeit der Erstarrung. Dann schrien die Steppkes vor Angst und Schrecken und begannen zu laufen. Die Großen lachten schallend und grölten Unverständliches. Nach einiger Zeit wagten sich die Knirpse wieder näher.

Dann kam wieder die Maske. Plötzlich aber verschwand das furchtbare Gesicht, wie war das möglich? S. hatte die Maske abgenommen und versteckte sie hinter seinem Rücken. Jetzt war wieder das vertraute Gesicht des Nachbarsjungen zu erkennen, der oft mit den Kindern spielte. Hatte er nicht Kartoffeln in der linken Hand und zeigte sie lockend? Ja, natürlich, die Kleinen wagten sich langsam näher, die mutigsten machten noch ein paar Schritte.

Aber da war sie plötzlich wieder, die Teufelsfratze mit ihrem mörderischen Grinsen. Mit riesigen Schritten kam sie näher, beleuchtet von einer Taschenlampe, die von irgendwo aufblitzte. Die Kinder rannten, stolperten, einer fiel, kam wieder auf die Beine – nur weg von diesem furchtbaren Ort.

Einer der Kleinen lief schneller als die anderen. Er drehte sich nicht mehr um. So sah er nicht, wie einige andere aus der Gruppe, den ständigen Wechsel von Siegfrieds vertrautem Jungengesicht und der Maske, die immer wieder angeleuchtet wurde.

Erst an der Haustür kam er zum Stehen. An der Wohnungstür nahm ihn die Mutter in die Arme. Das Entsetzen stand in seinen Augen, die Panik war noch gegenwärtig. Da half es wenig, dass die Mutter ihm erklärte, dass eine Maske vor allen Dingen aus Pappe, Farbe und Stoff bestand und dass man sich diese vors Gesicht binden konnte.

Die Maske geisterte noch lange durch seine Träume und ließ ihn nachts stöhnen und schreien. Nur sehr langsam löste sich dieses schmerzhafte Erschrecken, die panische Angst. Nie würde er es ganz verstehen, wie konnte jemand sein Gesicht so schnell und entsetzlich verändern?

Später würde ihm die Mutter erklären, dass die Menschen auch im Leben Masken tragen, um in andere Rollen zu schlüpfen, um nicht erkannt zu werden oder zu täuschen.

Noch heute, viele Jahre später, erschrickt er, wenn er spürt, wie Menschengesichter sich urplötzlich verändern, wie sich fröhlich – freundliche Gesichter zu Fratzen verzerren. Furchtbar, dass es Menschen gibt, die scheinbar viele dieser Masken hinter ihren Rücken bereithalten und damit blitzschnell in eine neue, andere Rolle schlüpfen können. Oft unvermittelt, unerwartet, gespenstig – aber erfolgreich.

Sie bleiben ihm ein Leben lang unheimlich, diese Typen mit ihren vielen Gesichtern. Wenn er solche trifft und sie erkennt, so begegnet er ihnen mit Vorsicht und Verstand.

Von Allem ein wenig
(Von aollen äh wing)

Das Stadtkaffee war an einem heißen Sonntagnachmittag im Juni des Jahres 1943 total überfüllt. Der große Gästeraum, sogar die anschließende Diele mit kleiner Tanzfläche, überall standen und saßen Soldaten vom Fronturlaub, aber auch mit Krücken und Armbinden vom Genesungsurlaub. Dazu kamen Arbeiter aus Rüstungsbetrieben, Krankenschwestern in Tracht, Soldatenbräute und ein paar Familien.

Das Geschäft lief gut, obwohl das Angebot im vierten Kriegsjahr sehr bescheiden war; Malzkaffee mit Magermilch, ein dünnes Bier der Stadtbrauerei, Eis immerhin drei Sorten, dunkle kleine Kekse anstelle des Kuchens und für die Kinder auch Brause.

Das Wichtigste schien den Menschen in diesen Tagen das Treffen zu sein. Das Wiedersehen, man lebte, hatte bisher überlebt - und das nach Stalingrad!

Am Bierhahn zapfte der Besitzer des Lokals pausenlos. Ein kleiner, untersetzter Fünfzigjähriger mit Spitzbauch, rotem Gesicht und ordentlich gescheiteltem, kurzgeschnittenem, graumeliertem Haar. In der Küche, gleich hinter der Theke, kochte seine Frau den Kaffee, den Kräutertee und wusch das Geschirr ab.

Im Service hatte er an diesem Sonntagnachmittag drei Kräfte im Einsatz. Seine Nichte, die Annel, die viele seiner Gäste kannten und mochten. Die war schnell und sicher im Geschäft. Sie wurde unterstützt von Emil, einem alten erfahrenen Kellner, der aber mit seinem Hinkebein – er hatte eine alte Kriegsverletzung – nicht mehr so beweglich war. Und dann gab es noch Rudolph, einen Tschechen, kriegsdienstverpflichteter Müllerssohn aus Mähren, kaum zwanzig Jahre alt, lang aufgeschossen und sehr unbeholfen.

Er tat sich schwer mit dem Servieren, sprach kaum Deutsch und zeigte auch sonst viel zu oft, dass dieser Dienst ihm wenig Freude machte.

„Krieg ist Krieg", sagte der Wirt manchmal zu ihm, oder „geht alles vorbei, eines Tages". Er wusste nie, ob der Tscheche ihn verstanden hatte. Aber heute lief alles gut.

Aber wo war nur der Rotschopf? Annels Vierjähriger hatte eine Weile beim Chef hinter der Theke gestanden, später quengelte er in der Küche, dann marschierte er in die Governme. Keiner hatte für ihn Zeit, keiner wollte mit ihm spielen. Immer hieß es, geh hier aus dem Weg, Vorsicht, schmeiß nichts um! Da war er bald wieder in der Küche und hatte Appetit auf Eis. Eis war seine Lieblingsspeise. Die Tante holte dem Kleinen eine Portion. Als die alle war und die Tante nichts mehr geben wollte, ging er zum Kellner Emil. Der machte in einem Nebenraum gerade vier große Eisbecher fertig. Rotschopf besah sich zuerst die drei großen Eismaschinen, die dort mit Schokoladen-, Vanille- und Erdbeereis liefen. Kellner Emil war sehr in Eile, aber eine Eiswaffel für Rotschopf fiel noch ab. Der drückte sich weiter an den Eismaschinen herum.

Da kam Rudolph, er machte an diesem Tag das Eis und hatte die Aufsicht an den Maschinen. Rotschopf bettelte und natürlich gab Rudolph dem Jungen einen schönen Eisbecher.

Als auch der alle war, hatte Rudolph die beste Idee von allem. Er wusste doch, der Junge wollte noch mehr Eis.

Also nahm er den Kleinen und setzte ihn direkt auf die Eismaschine mit dem Schokoladeneis. Er gab ihm einen Holzlöffel mit langem Stil in die Hand und zeigte, wie man mit diesem Löffel Eis aus der laufenden Maschine nehmen konnte.

Der Kleine jauchzte vor Freude. Das Eis oben am Rand war weich wie Sahne und schmeckte und schmeckte! Nach fünfzehn Minuten kam Rudolph wieder und setzte den Jungen an die Maschine mit dem Erdbeereis. Nach dem Schokoladeneis gab es jetzt Erdbeereis ohne Ende.

Rotschopf war gerade in der schönsten Erdbeereisschleckerei, da erschien die Mutti. „Mein Gott", rief sie, „was machst Du denn hier? Wer hat dich auf die Maschine gesetzt?"

Der Junge war furchtbar erschrocken. Sein ganzes Gesicht und das Hemdchen waren mit Eis bekleckert. Die Mutter zerrte ihn unsanft von der Maschine, der Holzlöffel fiel ihm aus der Hand.

„Wer hat dich da raufgesetzt?", wollte sie wissen und schüttelte ihn. „Der Rudolph" – sagte er ganz kleinlaut. „Hast du viel Eis gegessen?" Der Kleine nickte nur und begann zu weinen.

Was nun, im Restaurant warteten ihre Gäste. Sie gab dem Kleinen einen Klaps. Griff ihn und brachte ihn in die über dem Geschäft liegende Wohnung. Er bekam seine Lieblingsspielsachen und wurde eingeschlossen. Rudolph erhielt ein „Donnerwetter" besonderer Art, so viel Unverständnis aber auch!

Als sich zwei Stunden später der Besucherandrang im Restaurant etwas legte, ging sie nach oben, der Kleine spielt noch, klagte aber über Bauchschmerzen. Also gab es zum Abendbrot nur Tee und auf den kleinen Bauch eine leichte Wärmflasche.

Am Montagmorgen waren alle erschrocken. Der Kleine ging ganz krumm und klagte über Rückenschmerzen. Er sah aus wie ein Fragezeichen. Die dünnen Beinchen in den kurzen Hosen, der kleine Bauch, der gekrümmte Rücken, der große Kopf. Das Gesichtchen schaute mehr zur Erde, denn den Kopf fest nach hinten zu drücken schmerzte auch.

Alle waren ratlos. Der Onkel stellte sich in strammer Haltung hin, als gedienter Unteroffizier konnte er das, und sagte zu dem Kleinen: „Stell dich mal so hin, wie der Onkel Otto, Füße zusammen, Knie durchdrücken, Bauch rein, Brust raus, Augen gerade aus!"

Der Rotschopf lächelte müde, versuchte es, aber der Rücken war und blieb krumm und schmerzte.

Die Mutter ging mit ihrem Sohn über die Straße zu dem alten Hausarzt der Familie. Nur weil der schon über 65 Jahre war, war er nicht an der Front. Er untersuchte gründlich, fragte viel, ließ sich den gestrigen Tag des Jungen erklären. Dass einer über Nacht krumm wurde, war ihm in seiner langjährigen Praxis noch nicht vorgekommen.

Er verschrieb Einreibung, verordnete Wärme und viel Ruhe. Er hatte den Verdacht, dass durch die großen Eisportionen ein Nerven- und ein Muskelstrang geschädigt worden seien. Aber es würde wieder werden, tröstete er, der Patient sei ja noch jung.

Die Mutter war erleichtert und etwas beruhigt. Mit dem Zug und ihrem Patienten verließ sie ihren Arbeitsort. Zu Hause hatte sie mehr Zeit und Ruhe, um sich um den kleinen Kranken zu kümmern.

Die Züge waren überfüllt, „denn Räder mussten rollen für den Sieg." Eine alte Frau bekundete ihr Mitleid: „So ein kleiner süßer Kerl", sagte sie, „und schon so schlimm verwachsen". Die Mutter heulte ins Taschentuch und hatte keine Lust auf Erklärungen.

Am nächsten Tag kam die Großmutter, die der Junge sehr liebte. Mit ihren runzligen Händen cremte sie den schmerzenden Rücken und ließ sich erzählen, wie es so weit gekommen war. Mit einem warmen Bad versuchte auch sie, den Schmerz zu lindern. Schon zwei Tage später machte der Patient Fortschritte. Er war nun nur noch krumm, nicht mehr „hakenkrumm" wie die Großmutter feststellte.

Nun, da alles auf dem Weg der Besserung war, machte sie dem Rotschopf Vorwürfe. Wie konnte einer nur so dumm sein und so viel Eis essen? Die Großmutter schüttelte den Kopf und sagte dann streng:

"Das derfste mir feih net wieder moache! Beim Assen gilt immer oans, von aollem äh wing! Hörste!" (Das darfst du mir nicht wieder machen! Beim Essen gilt immer eins, von allem ein wenig!)

„Von aollem äh wing", das prägte sich der Kleine für eine lange Zeit ein, wenn es um Eis, Pudding oder Schokolade ging.

Der alte Arzt hatte recht, nach vierzehn Tagen bei guter Pflege wurde Rotschopfs Rücken langsam gerade. Er konnte wieder zu seinen Freunden auf die Straße. Keiner sollte ihn „Krummer" nennen. Allerdings der Schreck saß eine lange Zeit fest.

Über alles wächst irgendwann Gras. Als junger Mann trank er wohl von Zeit zu Zeit zu viel Bier oder Wodka. Manchmal dachte er dann in seinem Rausch, hoffentlich gibt´s keinen krummen Buckel! Erst spät, fast schon im Alter, hat er den tiefen Sinn der großmütterlichen Weisheit „von aollem äh wing" voll verstanden.

Fast könnte der Satz aus einer modernen Ernährungsfibel stammen.

Empfehlen die nicht auch ständig, "iss wenig aber vielseitig und halte Dich so gesund!"

Da soll noch einer sagen, die Alten wären ungebildet und dumm gewesen. Sie verstanden wahrscheinlich mehr von den Geheimnissen des Lebens, als wir uns heute träumen lassen.

Vor allem waren sie noch in der Lage, Zwiesprache mit ihrem Körper zu halten und so zu verstehen, was und wie viel dieser wirklich braucht, und was überflüssig und schädlich war und ist.

Leerer Bauch und rosa Illusionen

Die Alten erzählten, im Frühjahr 1946 hätte der Hunger die Menschen aus der Siedlung am härtesten im Griff gehabt. Alle Vorräte des Sommers 1945 waren aufgebraucht. Zwar gab es Lebensmittelkarten für Brot, Zucker, Fett, Seife – aber wann gab es darauf schon etwas zu kaufen? Das nasse, schwere, schwarze Kastenbrot, das der Bäcker zweimal in der Woche auf Marken verkaufte, war bald alle in den Familien. Mit dem Messer zeichneten die Mütter auf dem Brotlaib an, wie viel an jedem Tag gegessen werden durfte, damit es eine Woche reichte. Aber das tat es fast nie.

Der Hunger war allgegenwärtig. Eine Kartoffel, welk und alt, war ein Schatz und Goldes wert. Die traditionellen Hühner- und Hasenställe der Siedler, die Taubenschläge unter den Dächern, waren wie leergefegt. Auch Katzen und Hunde fanden den Weg über die Kochtöpfe in die Mägen der Menschen. Alle konnten und viele mochten das natürlich nicht essen. So musste das erste Frühlingsgrün des Jahres 1946 Ersatz bieten; Löwenzahn frisch vom Felde, Sauerampfer vom Bahndamm, rohe und gekochte Brennnesseln, dazu kamen manchmal Kartoffelschalen. So man noch vom Vorjahr hatte, wurden Eicheln, Kastanien, Bucheckern zerkleinert, gemahlen, gerieben und verzehrt. Das alles schmeckte zwar abscheulich, aber der Hunger trieb es rein.

Alles, so schien es, half wenig. Unerbittlich schwang der Hunger sein Zepter. Für viele ging es ums Überleben. Alte starben an Entkräftung und Auszehrung. Der Hunger hatte als Sensenmann am Bett gestanden. Kleinkinder, aber auch 3- und 4-Jährige ereilte manchmal das gleiche Schicksal.

Für den kleinen, struppigen, rothaarigen Sechsjährigen war es wohl damals im Frühling der größte Wunsch, einmal richtig satt zu sein! Vielleicht, so hoffte er, könnte dieser Glückszustand sogar etwas anhalten. Vielleicht ein paar Stunden oder sogar einen ganzen Tag?

Die Mutter wusste, wie es um ihren Sohn bestellt war. Sein Geburtstag rückte näher, es sollte eine Überraschung werden, er sollte einmal richtig satt sein.

Am Geburtstagsmorgen erfuhr er, dass es heute am Nachmittag auch Kaffeesatzkuchen geben würde und dann Schlagsahne, soviel er essen wollte. Unvorstellbar, den Kaffeesatzkuchen kannte er, Roggenmehl sehr dunkel, Zucker, etwas Backpulver, Kaffeesatz mit wenig Zucker als Dekoration – ja, das war schon sehr gut. Aber der Höhepunkt, das sollte die Schlagsahne werden!

Die Mutter kannte da ein Rezept. Von irgendwo hatte sie zwei Eier eingetauscht, die benötigten zwei Löffel Zucker gab es auf Marken und Sauerkirschsaft stand noch vom Vorjahr im Keller. Eiweiß, Zucker, Kirschsaft (2 Tassen) wurden mit der Hand gemischt und geschlagen. Geschlagen, geschlagen, geschlagen, die Mutter schwitzte an diesem schönen Maientag. Aber sie sah, dass ihr Geburtstagskind es kaum erwarten konnte. Endlich entstand eine rosa Suppe, die schon gut schmeckte, die Suppe dickte nun langsam ein. Dann geschah das Wunder, die Schüssel füllte sich mit einer herrlich leichten rosa Schlagsahne, die immer fester und fester wurde. Der Kleine staunte, wie war das nur möglich, zuerst wenig rötliche Brühe in der großen Schüssel und nun eine so große Menge – süße, luftige Schlagsahne. Richtig steif war sie am Ende geworden und wie viel es war, die große Schüssel randvoll!

Die Mutter verteilte die Schlagsahne, zuerst an die Großmutter, die zum Geburtstagskaffee gekommen war, dann an einen kleinen blonden Sechsjährigen, den besten Freund des Geburtstagskindes, dann an das Geburtstagskind und nur ein wenig ließ sie für sich selbst. War das ein Festessen, jeder bekam Nachschlag, das Geburtstagskind gleich zweimal! Und tatsächlich, irgendwann wurde der Kleine richtig satt, er konnte nicht mehr. Die Augen strahlten, der kleine Bauch war fest und voll. Wie konnte man nur so satt sein, dachte er. Die Mutter strahlte vor Glück, die Großmutter lachte.

Ganz absichtlich verkürzte die Mutter den Nachmittag ein wenig. Wer so satt war, brauchte natürlich kein Abendbrot. Obwohl es noch nicht dunkel war, brachte sie ihn nach diesem erlebnisreichen Nachmittag zeitig ins Bett. Er war damit zufrieden, das Völlegefühl hatte ihn ganz erfasst. Sie aber wusste, das Gefühl würde nicht lange anhalten. Geschlagene Luft mit wenig Substanz macht nur kurzzeitig satt und ein bisschen Bedenken hatte sie schon, dass ihr Liebling in

Kürze bald wieder Hunger haben würde. Und so war es denn auch. Sie saß noch in der Küche und hörte Rundfunk. Da ging ganz leise die Schlafstubentür auf, der Kleine kam ganz verschlafen barfuß heraus und stand nun vor ihr. Er hatte Hunger und war aufgewacht. Eine kleine Schwarzbrotschnitte mit etwas Marmelade machte ihn zufrieden. Gern ließ er sich danach wieder ins Bett bringen. Die ganze Nacht träumte er davon, wie herrlich satt er gewesen war.

Und manchmal, sonntags, gab´s dann in diesen schweren Jahren Schlagsahne aus Sauerkirschsaft und Eiweiß. Immer war er begeistert, gern gab er sich der Illusion des großen Sattseins hin, obwohl er wusste, bald war sie vorbei.

Später dachte er, so ist es halt mit den Illusionen, sie sind schön, rosarot, luftig und haben einen tollen Geschmack. Sie gehören zum Leben und schaffen unvergessliche Stunden, großes Glück und menschliches Wohlbefinden. Deshalb sollten sie den Menschen erhalten bleiben. Sie sind ein Stück des Lebens, aber sie sind nicht das Leben. Denn schon bald danach kommt das Erwachen und der Hunger nach dem richtigen Leben ist zurück.

Das Giftmännlein
(Das Giftmannl)

Ein kleiner Junge kniete auf Gras und Moos im frühherbstlichen Wald. Die Sonnenstrahlen brachen durch das goldene Laub der Birken. Das Moos war warm von der Mittagssonne. Ein lebender Halbkranz aus jungen Fichten schützte dieses Sonneneckchen und hielt jeden Luftzug fern.

Auf allen Vieren, fast liegend, war er durch diese Fichtenschonung gekrochen. Ein fünfjähriges Bübchen mit rotblondem struppigen Haar, zu klein und viel zu dürr für sein Alter. Mit der Mutter und zwei Nachbarsfrauen war er auf der Suche nach Beeren und Pilzen, die den Hunger vertreiben sollten in den ersten Nachkriegsjahren.

Das Sommersprossengesichtchen mit der kleinen spitzen Nase strahlte, als er diese sonnige Waldinsel für sich entdeckte. Eine Gruppe junger Birken stand im Halbrund, ein wenig Heidelbeerkraut, Preiselbeeren, die einen ersten Hauch von Rot und Reife erkennen ließen und doch so unerträglich sauer schmeckten. An der rechten Seite dieses kleinen Platzes stand eine kleine Eberesche voller Früchte, die wie Korallen in der Sonne glänzten. Ein Büschel blauer Glockenblumen bekam Besuch von einer dicken Hummel.

Er richtete sich auf und schaute sich staunend um. Die Schönheit, Harmonie und Stille dieses Platzes nahm er staunend war. Er hob die Hände und drehte sich im Kreise, wie zum Tanz, ein Glücksgefühl ohnegleichen durchrieselte ihn. Das musste der Ort sein, wo Zwerge und Elfen sich zum Tanze trafen.

Er ließ sich langsam fallen, schaute in das Blätterdach und erschrak, denn fast hätte er sich auf einen großen Pilz gesetzt. Der stand direkt neben ihm, große rote feuchte Kappe, kräftiger grauer Stiel. Auf der Kappe saß eine kleine braune Schnecke und die wollte, so schien es ihm, gerade Mittag machen. Vorsichtig tippte er mit dem Finger auf die Kappe, dann an den Stiel, alles war fest. Er war sich sicher, noch nie hatte er einen so schönen Pilz gesehen. Da wurde ihm wieder bewusst, dass er mit Mutter und den Nachbarfrauen zum Pilzesuchen im Wald war. Wo waren sie nur, er hörte sie nicht mehr seit er durch die Fichten gekrochen war. Aber nun dieser Pilz. Oft schon hatte er Pilze gefunden, dann rief er laut nach der Mutter, die Stimme voll Begeisterung und Freude. Doch fast immer, wenn dann die Mutter oder eine der Nachbarsfrauen im Gebüsch auftauchten, war er enttäuscht und manchmal auch sehr traurig. Denn alles, fast alles, was er im Walde fand, waren Giftpilze. Die Nachbarfrauen machten sich schon über ihn lustig und nannten ihn dann „das Giftmannl". Tatsächlich fand er immer die größten und schönsten Fliegenpilze und war überglücklich. Dann kam die Mutter, schüttelte den Kopf und zog ihn weg. Das traf ihn tief, er wollte doch so gern der Mutter helfen, die so viel Mühe hatte, etwas auf den Tisch zu bringen. Einmal hatte sie sogar zu ihm gesagt, er solle sie im Wald nicht mehr rufen, es seien doch nur Giftpilze, die er fände.

Aber heute, heute war alles anders. Dieser große prächtige Pilz, das konnte doch kein Giftpilz sein. Er hoffte es, er fühlte es, er glaubte es zu wissen. Diese sonnige Waldinsel, die war verzaubert, hier konnten nur gute Pilze wachsen, so dachte er.

Endlich nahm er sich ein Herz und rief nach der Mutter. Sie rief sofort zurück, hatte ihn schon gesucht. Er sollte sofort zu ihr kommen. Nein, nein, hier ging er auf keinen Fall weg. Hier stand sein Pilz und der war bestimmt nicht giftig!

Endlich, endlich hörte er sie im Gebüsch. Sie brach sich einen Weg durch das Fichtendickicht und schimpfte laut. Das Fichtenreisig zerkratzte ihr die Arme und Beine. Das Kopftuch blieb im Geäst hängen und musste noch geholt werden, ein Pilz wurde aus ihrem Korb gerissen.

Endlich war sie da, noch wütend über den, wie sie meinte, unnützen Weg und die Ärgernisse in der Fichtenschonung.

Da sah sie ihren Kleinen, seine glücklichen Augen, wie er neben einem riesigen Birkenpilz kniete. Groß und gesund, wie man sie selten findet. Ganz in der Nähe lachten noch drei Rotkappen, es war also eine ganze Familie, die hier wartete. Sorgsam und schweigend sammelte sie die Pilze ein. Erst dann nahm sie ihren Kleinen in die Arme und herzte ihn. Er weinte fast vor Freude, endlich hatte er gute Pilze gefunden. Wie staunten die Nachbarsfrauen, als sie diese Pilze sahen. „Giftmannl" wurde er aber sofort von keinem mehr genannt. Oft fand er bald mehr Pilze als Mutter und darauf war er sehr stolz.

Später im Leben musste er manchmal noch daran denken, wie oft man aus Unkenntnis, mangelnder Erfahrung das Falsche tut, das Falsche greift, das Falsche sagt. Schmerzlich und lang ist oft der Weg, der über zahlreiche Irrtümer letztlich doch noch zum Erfolg führt. Das Glück des Erfolgs, oft nach großen Anstrengungen erst erreicht, war für ihn, unter den vielen Glücksmöglichkeiten, die die menschliche Seele kennt, eines der Wichtigsten. Es war immer ein Stück des Sieges über sich selbst.

Zerschnittene Häuser

Ganz sicher ist es im Hochsommer 1944 gewesen. Das Getreide reifte üppig auf langen Halmen mit großen Ähren. Die Kornblumen standen im tiefen Dunkelblau in den Feldern. Die Lerchen jubilierten über den Wiesen und Äckern. Die Natur feierte sommerliche Normalität, die es für die Menschen nicht mehr gab.

Flüchtlingsströme ergossen sich durchs Land. Not, Elend und Hunger waren die ernsten Kontraste zu diesen sonnigen Sommertagen. Große Fliegerverbände, die in Reih und Glied gut formiert in der Sonne glänzten und ihre Ziele fast ungehindert auch bei Tage anflogen. Bombenangriffe, das Heulen der Sirenen gehörten zum Alltag. Angriffsziele der alliierten Bomberverbände waren fast immer die großen Städte. So hatte man auf dem Lande noch Glück. Die kleinen Städte und Dörfer schienen den Aufwand an Eisen und Stahl, Sprengstoff und Phosphor nicht zu lohnen. So kamen auch die Frauen, Kinder und Alten in der Siedlung bisher mit dem Schrecken davon.

Freilich, man sah nachts den Feuerschein der brennenden Maschinenbauerstadt Ch. Der Brandgeruch lag tagelang in der Luft. Ausgebombte Verwandte suchten Obdach in der Siedlung. Sie erzählten Furchtbares, brennende Menschen, voll von Phosphor, seien durch die Straßen getorkelt. Viele hatten alles verloren, alles...

Durch die Siedlung rannte nachts der Luftschutzwart und brüllte auf den Straßen: „Verdunklung, Verdunklung, Fliegeralarm, Fliegeralarm". „Dieser Idiot" – zischte die Mutter und verstopfte noch einen Fensterspalt mit einem Tuch. Kein Lichtfünklein der abgeblendeten Kerze durfte nach draußen dringen. Dann heulte auch die Sirene los.

Der kleine 5-jährige Rotschopf stand schon halb angezogen in der Küche. Aber eigentlich schlief er noch. Er war doch so unendlich müde. Mühsam brachte er heraus „was ist los?". Die Mutter fasste ihn am Arm: „Fliegeralarm, schnell in den Keller." „Schon wieder", sagte er nur, sackte auf einen Stuhl und schlief wieder ein.

In diesen unruhigen Nächten gab es oft zwei-, manchmal auch dreimal Fliegeralarm. Da schlief er schon halb angezogen in seinem Kinderbett. Die Mutter zog ihm bei Alarm nur schnell die Schuhe an, eine kleine Jacke über und trug oder zerrte ihn in den Keller. Wurde er doch noch ein klein wenig munter, so fasste er noch schnell die metallene Sparbüchse mit den Silbermünzen und ein kleines Pappköfferchen mit Briefen und Papieren, die die Mutter für wichtig hielt.

Unten im Keller versammelten sich die Hausbewohner. Die Frauen hüllten sich in Decken, das Notwendigste griffbereit neben sich gestellt, hockten sie auf alten Stühlen. Der alte Hauswart verrammelte die Tür. Kerzenlicht warf gespenstige Schatten an die Wände.

War der Kleine munter geworden, so hockte er unter einem runden Tisch mit Sparbüchse und Köfferchen. Schlief er weiter, so lag er schwer in den Armen der Mutter. Die Sparbüchse und das Köfferchen standen dann griffbereit zu Mutters Füßen. Der Hauswart hatte vor langer Zeit, als der Kleine mit seinen Besitztümern im Keller auftauchte, schon mal zur Mutter gesagt: „Der arbeitet bestimmt mal auf der Bank oder im Amt, wozu braucht er sonst die Büchse und die Akten?" Die Frauen lachten und schimpften mit dem Alten. Der rauchte oft im Luftschutzraum sein Pfeifchen. Das war aber verboten.

Je häufiger die Fliegeralarme wurden, umso sparsamer die Gespräche. Mehr und mehr regierte die Angst den Keller. Man hockte still über Stunden auf den unbequemen Stühlen, versuchte zu schlafen und andere nicht zu stören. Bei Entwarnung war jeder froh, noch am Leben zu sein. Man ging vor die Haustür und atmete die frische Nachtluft. Oder man eilte ins Bett, in der Hoffnung, ein paar Stunden ruhig schlafen zu können, bis der nächste Alarm begann.

Die Luftangriffe nahmen an Intensität zu. Ganz Ch. war schon nur noch ein Trümmerhaufen, so wurde es erzählt. „Ja, ja in Ch. hat es wieder tüchtig gekracht in der letzten Nacht", sagte eine Nachbarin. Ein Alter stützte sich auf seinen Stock, richtete sich stolz auf und sagte: „Die Schweine hauen alles kurz und klein, was Generationen von Menschen mit Schweiß und Fleiß geschaffen haben. Sie haben vor nichts Respekt!" Keiner widersprach, jeder war mit seinen eigenen Ängsten und Leiden beschäftigt. Viele hatten Verwandte und Freunde in Ch. Ob die wohl überlebt hatten?

Die Maschinenfabriken in Ch. produzierten ohne Frage Waffen. Oft

Zerschnittene Häuser

schien es aber so, als ob die Flieger die Fabriken schonten, dafür aber systematisch die Arbeiterviertel der Großstadt ausradierten. „Gott behüte uns", beteten die alten Frauen in den Kellern. Irgendwo ahnte man, dass der Tod näher kam.

Dann war es soweit, in einer hellen Julinacht. Die Dämmerung kam schon im Osten auf. Da hatten ein paar der englischen Maschinen noch zu viel Bomben in ihren Schächten. Vielleicht hatten sie ihr Ziel in Ch. verfehlt, vielleicht waren sie vom deutschen Flakfeuer irritiert, vielleicht hatte sie auch ein deutscher Jäger angegriffen oder sie hatten sich ganz einfach nur verflogen, wer konnte es schon wissen?

Sie hatten noch Bomben an Bord und die mussten jetzt raus, denn weit war der Weg zurück nach England. So erlebten die Siedler, wie nun der Tod auch an ihre Türen klopfte. Die Detonationen waren so heftig, dass die Keller bebten, die Wände wankten. Das Licht erlosch, die Frauen kreischten, Staub rieselte von der Decke, durch die Räume. Der Kleine weinte unter seinem Tisch. Ein Gedanke einte alle, jetzt sind wir dran – aus! Dann Ruhe, Ruhe, ein Stützbalken im Keller knackte, brach aber nicht. Jemand rief „raus hier". Zwei junge Frauen stemmten sich gegen die Tür. Die gab endlich nach. Verschwommenes Licht, Rauchschwaden, Staubwolken und Brandgeruch, Schreie, Feuerwehrsignale. – Man lebte, man hatte überlebt, man torkelte aus dem Keller. Ein Schluck Wasser, oh, ja, oh ja, bitte!!

Mit großen aufgerissenen Augen, stand der Kleine und schaute auf die Zerstörung und das Feuer. Gebannt, wie festgenagelt, unfähig zu einer Reaktion.

Nur vier Bomben waren den Alliierten übrig geblieben, nach ihrem Angriff auf Ch. Zwei hatten wenig Schaden gemacht. Eine Brandbombe war am nahen Waldrand in eine Kieferschonung gefallen und hatte die jungen Bäume in Brand gesetzt. Das Feuer wurde am frühen Morgen gelöscht. Eine Sprengbombe war in Zieslers Kirschgarten gefallen, hatte drei alte Kirschbäume zerbrochen und zerfetzt, einen Holzschuppen hatte der Luftdruck dabei mit platt gemacht. Eine Sprengbombe hatte die alte Brauerei, die zuletzt als Restaurant genutzt wurde, total zerstört. Die alten tiefen Brauereikeller waren bis auf den Grund zerstört. Später würde man wissen, dass elf Frauen und vier Kinder diesen Volltreffer nicht überlebt hatten.

Die letzte Sprengbombe schlug in ein zweistöckiges Doppelhaus ein.

Wie vom Skalpell eines exzellenten Chirurgen war die eine Haushälfte durch die Bombe halbiert und abgetrennt. Hier noch Leben, da der Tod, da menschliche Behausung, dort nur Schutt und Asche. Die Siedler kamen, suchten, wollten helfen. Im oberen Zimmer stand noch der Wohnzimmerschrank mit Gläsern an der Wand, das Bild mit dem röhrenden Hirsch hing noch an seinem Haken, nur zwei Meter davon ab die zerbrochene Decke und der Abgrund. Im unteren Stockwerk waren noch die Schuhbank und der gusseiserne Herd an seiner Stelle, der Rest der Küche war versunken. Die beiden Bergarbeiterfamilien im Keller, mit zwei Kindern – keiner hatte überlebt.

Der kleine Rotschopf erfuhr es erst nach Tagen. Sein bester Freund, Peter, ein hübscher schwarzhaariger Junge, zwei Jahre älter als er, und sein großes Vorbild, war auch unter den Toten. Er konnte es lange Zeit nicht fassen. Oft stand er vor diesem scheußlichen Bombenloch, halb voll mit zerbrochenen Ziegeln, verkohltem Holz, alter Dachpappe und Dreck. Nur ganz langsam füllte sich der Trichter mit Wasser.

Zerschnittene Häuser, zerschnittene Wohnungen, zerschnittene Familien, zerschnittene Menschen! Wer es vergessen kann, der vergesse es!

Später, viel später würde er Filme sehen, mit den Wirkungen von Bomben auf Hiroshima, Nagasaki, Pjöngjang, Hanoi, Belgrad, Bagdad und Kabul – alle gleich furchtbar! Und immer wieder gab es und gibt es Politiker, die Gründe finden, um Bomben auf Frauen und Kinder werfen zu lassen. Nein, nein, er ließ und lässt sich da nichts einreden, für ihn sind die Piloten in ihren Maschinen, die die Bomben werfen und die Politiker, die das befehlen, Verbrecher. Man muss sie daran hindern, ihren furchtbaren Job zu machen.

Der lange Tod
(Dr laange Tuht)

So hieß er im Ort, „der laange Tuht". Ein schlanker, sicher fast zwei Meter großer, dürrer Beamter. Er fiel sofort überall auf, in seinem dunkelblauen Lodenmantel, dem schwarzen Hut und den schwarzen Lederhandschuhen. Dazu ein aschfahles, oft weißes, großes Gesicht mit unregelmäßigen Zügen, das unwillkürlich an Totenblässe erinnerte. Große, blaugraue Fischaugen, eine markante Nase und eine scharfe, stechende Stimme rundeten das Bild ab. Mit etwas Phantasie konnte man ihn schon für den Bruder des bekannten Sensenmanns halten. Und die Kinder taten das auch.

Sein Spitzname hatte sowohl mit diesem Äußeren, aber auch mit seiner Beamtenfunktion zu tun. Er war der bestellte Todesbote, der den Witwen, den Alten und den Kindern zwischen 1940 und 45 die schrecklichen Meldungen ins Haus trug. War er im Dienst, so hatte er eine schwarze, abgetragene Ledermappe bei sich, die er immer fest an den Körper gepresst trug. In dieser Mappe steckten die gefürchteten Nachrichten. Darin stand es dann schwarz auf weiß, dass wieder einer der Männer des Ortes für Volk, Führer und Vaterland den Heldentod gestorben war.

Im Januar 1943 hatte der „Lange Tod" viel zu tun. Überall fielen die Männer, in Russland, in Norwegen, im Atlantik, in Italien, in Frankreich und in Jugoslawien. So schraken die Frauen und Alten schon zusammen, wenn der „Lange Tod" auf der Straße auftauchte, wenn er jemand ansprach oder auf ein bestimmtes Haus zuging. Betrat der einen Laden, so erstarben die Gespräche, die Kinder wurden still, die Alten klammerten sich aneinander, manche beteten. Jeder hoffte, hoffentlich, hoffentlich, hoffentlich geht er an unserer Tür vorüber!

Der Freitag, der letzten Januarwoche 1943, war ein kalter, feuchter Wintertag. Auf den Straßen lag eisiger Altschnee in Bergen, die Gehwege waren glatt.

Der kleine Rotschopf machte sich mit seiner Mutter auf, um die

Tante zu besuchen. Sie freute sich über den Besuch, der eine willkommene Unterbrechung für ihre ermüdende Tätigkeit brachte. Sie saß am Fenster und kettelte graue Soldatenhandschuhe, die die Soldaten des Führers dringend brauchten. Für ihren Besuch kochte sie einen Gerstenkaffee, für Rotschopf fanden sich noch ein paar selbstgebackene Plätzchen. Es dämmerte bereits stark und die Tante schaute durchs Fenster. Draußen kamen noch zwei Frauen vom Einkauf, sonst war die Straße leer, wie ausgestorben. Eine Straßenlaterne ging gerade an. Da kam er um die Ecke, aus der Schulstraße heraus, dicht neben der Fleischerei. Er ging betont langsam, mit erhobenem Haupt.

Die Tante erkannte ihn sofort, sie wurde schreckensbleich und fasste sich ans Herz. Der „Lange Tod", der „Lange Tod", stöhnte sie, der kommt bestimmt zu mir! Die Schwägerin hatte auf dem Sofa gesessen und Äpfel geschnitten, es sollte ja ein schöner Abend werden.

Ruckartig sprang sie auf, rannte zu ihrer Schwägerin ans Fenster, die Äpfel rollten durch die Stube. Nun sah auch sie, der „Lange Tod" kam tatsächlich langsam über die Straße auf das Haus zu. Das musste ja noch nichts bedeuten, dachte sie, er konnte ja auch weiter gehen. Die Tante erstarrte, ihre Ahnung wurde Gewissheit, sie brachte keinen Ton mehr heraus. Nur schweres, gepresstes Atmen war in den kleinen Zimmern zu hören. Da stand er auch schon an der Gartenpforte, drückte die Klingel, die im kleinen Haus laut losschepperte.

Die Tante begann zu schreien, „nein, neeein, neeein, neeeein, mein guter Mann, mein lieber Paul!" Sie hing hilflos am Hals ihrer Schwägerin. Die fing sie auf, schleppte sie zum Stuhl, holte schnell ein Glas Wasser. Der Rotschopf hatte sich in der Ecke unter die alte Singernähmaschine verkrochen. Zu furchtbar war diese Stimme, diese Stunde. Und wieder schrie die Tante ihr „nein, nein, nein" heraus. Langgezogen ging es in ein unartikuliertes Heulen und Wimmern über. Der „Lange Tod" wurde am Gartentor ungeduldig. Er klingelte bereits das dritte Mal - aber nun lange und sehr kräftig.

Die Tante war unfähig zu reagieren, sie weinte und schrie hemmungslos. Endlich raffte sich die Schwägerin auf, der „Lange Tod" stand schon an der Haustür. Er grüßte ernst und zackig mit „Heil Hitler!" und verlangte dann die Tante. Von drinnen war leises Wimmern zu hören. Ohne Aufforderung trat er in die Wohnstube und sah die jammernde Frau. Mit starrem Gesicht kondolierte er, und drückte ihr den schwarzgeränderten Brief in die Hand. Dann

Der lange Tod (Dr laange Tuht)

führte er ihre zittrige Hand und ließ sich den Empfang des Briefes bestätigen. Plötzlich sprang die Tante auf und schrie: „Der Teifel, der Teifel, raus, nur hinaus", kreischte sie und gestikulierte heftig mit den Armen. Der „Lange Tod" schlüpfte lautlos aus dem Zimmer. Er kannte solche Szenen. Die Tante rutschte in sich zusammen und wurde auf das Sofa gezerrt. Bleich und verwirrt blieb Rotschopf unter der alten Singernähmaschine hocken. Rasch war es nun dunkel geworden. Die Mutter ließ die Fensterrollos herunter, machte Licht. Auf dem Sofa wimmerte die Tante. Sie verfluchte den Krieg, den Tod, den Führer. Die Schwägerin sprach leise auf sie ein. Langsam und sorgfältig öffnete sie den Brief. Der Schwager war gefallen, in Kurland, für Volk, Führer und Vaterland usw., usw.

Die Mutter und Rotschopf blieben in dieser Nacht bei der Schwägerin. Er schlief auf dem Sofa im Wohnzimmer, die beiden Frauen im Schlafzimmer nebenan. Scheinbar ohne Pause wimmerte und weinte und schrie die Tante. Dazwischen die beruhigende, tröstende Stimme der Mutter. Erst am Morgen war Rotschopf etwas eingeschlafen. Früh zog die Mutter den Kleinen an. Er atmete tief auf, als sie schnell das Haus verließen. Die Tante schien auch am Morgen eingeschlafen zu sein.

Der Rotschopf versuchte zu verstehen. Der Onkel Paul war gefallen, konnte er nicht wieder aufstehen? Tod, Tod, Tod, - was verstand man mit knapp vier Jahren vom Tod. Die Mutter versuchte zu erklären: „Onkel Paul kommt nicht wieder, nie, nie, wieder!" Das konnte man verstehen. Dabei war gerade Onkel Paul sein Lieblingsonkel, er war der Lustigste der Onkels und er trug Rotschopf oft auf seinen breiten Schultern. Nie wieder, diesen Verlust fühlte er, und nun erst rannen auch seine Tränen über das Kindergesichtchen. Die Tante war in wenigen Tagen über Jahre gealtert. Hatte keine Lust mehr, mit ihm zu spielen und herum zu albern. Er konnte sich nicht vorstellen, dass sie nie mehr so sein würde, wie er sie von früher kannte.

Etwas später lernte er im Bäckerladen Frau Weber kennen. Er wunderte sich, denn Frau Weber war im langen Nachthemd, mit Filzpantoffeln und ungekämmten Haaren unterwegs. Sie fasste ihn schnell und fest an der Hand, streichelte ihm über den Kopf, sagte „mein Junge, mein Junge" und wollte ihn mit sich aus dem Laden ziehen. Die Mutter schubste Frau Weber energisch zur Seite und zog ihn weg. Er versteckte sich hinter dem Rücken der Mutter. Eine andere Frau drängte Frau Weber aus dem Laden. Noch draußen wimmerte

sie „meine Jungen, meine Jungen, gebt mir meine Jungen wieder!"
Sie versuchte sich wieder in den Laden zu drängen.

„Ganz meschugge heute, die Webern", sagte die resolute Bäckersfrau. „Wer kann's ihr verdenken, drei hübsche, große Söhne hatte sie. Der Große fiel in Afrika, hat bei Rommel gedient, 1941 war's, der Mittlere ist 42 vor Stalingrad erfroren und der Kleine, ihr letzter, fiel im April vor Berlin, kaum 16 Jahre war er alt."

„Welche Mutter hält das aus?", fragte die Bäckerin ihre Kunden und schüttelte den Kopf. Keiner antwortete.

Viel später würde er wieder an diese Frage der Bäckersfrau denken, wenn er von all den Toten in Vietnam, Chile, Irak, Afghanistan hören, sehen und lesen wird.

Ja, welche Mutter hält das aus – das war hier die Frage! Wie lange halten es die Völker aus? Wie lange halten wir es aus?

Es ist die Spur des langen Todes, sie ist noch nicht zu Ende.

Der lange Tod (Dr laange Tuht)

Die Sprache der Bilder

Nun fuhren sie schon fast alle vier Wochen für ein paar Tage nach Zschopau, der Rotschopf und die Mutter. Dazu packte sie immer einen kleinen Koffer. Schon bald drängelte sie sich, den Rotschopf ganz fest an der Hand, in einen der total überfüllten Züge. Überall das Feldgrau der Soldaten, Offiziersmützen und geputzte Stiefel, Verwundete, dazwischen Krankenschwestern in Tracht mit weißen Hauben, viele Frauen und einige alte Männer.

Der Rotschopf, mit seinen vier Jahren, fand solche Reisen interessant. Oft konnte er zum Fenster hinausschauen. Einmal sah er Panzer, dann wieder zerbombte Häuser und Straßen, kaputte Lastwagen, marschierende Kolonnen. Das alles war spannend für ihn. Im Zug machte er neue Bekanntschaften, eine junge Rotkreuzschwester schenkte ihm Bonbons, ein Soldat nahm ihn auf seinen Schoß und eine alte, grauhaarige Frau, mit schwarzem Kopftuch, wollte gern mit ihm sprechen. Sie sagte aber immer nur „mein Junge, mein Junge" und streichelte ihm über den Kopf.

Unentwegt fragte er seine Mutter nach irgendwas. Mutti, warum hauen die Engländer unsere Häuser kaputt? Sind die böse und warum? Wohin fahren die vielen Soldaten? Was ist das, die Front? Warum hat der alte Mann dort einen Buckel? Was ist da drin? Einige der Mitreisenden lachten. Verlegen versuchte die Mutter immer wieder Antworten zu finden. Aber jede Antwort brachte neue Fragen. Ihr war die Fragerei des Kleinen nervend und peinlich.

Endlich waren sie in Chemnitz, hier mussten sie umsteigen. Die Bahnsteige waren voller Menschen. Ein wildes Gedrängel herrschte auf den Treppen. Die Mutter nahm ihn hoch, klemmte ihn unter ihren rechten Arm und wollte ihn tragen. Er protestierte, strampelte und schrie. Also marschierte er lieber, wurde aber getreten und umhergestoßen. Das schien ihm nicht viel auszumachen.

Alle seine Sinne waren hellwach. So konnte es ihm nicht entgehen, wie zwei junge Frauen in schwarzen Uniformen und Stiefeln auf ausgemergelte Frauen in gestreiften Kleidern mit Peitschen einschlugen und sie in vergitterte Viehwagen hineinstießen. Rotschopf wollte da unbedingt stehen bleiben. Ängstlich wichen hier die Menschenmassen auf dem Bahnsteig zurück. Keiner wollte hinsehen. Nur Rotkopf blieb stehen und kam nicht von der Stelle. Endlich zerrte die Mutter ihn weiter, nur weiter. Sie hatte es jetzt sehr eilig. Atmete erst auf, als sie den Zug nach Zschopau erreichten. Der fuhr sofort an.

Nun wusste sie, dass jetzt wieder die Fragen wie Hagel im Sturm auf sie niederprasseln würden. Was sollte sie antworten, was erklären? Wie konnte sie ihn ablenken? Sie half sich mit einer Täuschung. Nahm ein Taschentuch aus der Tasche, schnaufte und weinte ein wenig und sagte ihm, dass sie ganz starke Kopfschmerzen habe. Da war er, Gott sei Dank, ganz still – bis Zschopau.

Auf dem Bahnhof wurden sie abgeholt. Onkel und Tante waren mit einem kleinen Handwagen gekommen. Rotschopf hatte den Onkel zuerst gesehen, er rannte auf ihn zu. Der hob ihn hoch und küsste ihn zur Begrüßung. „Na, mein Dattel", sagt er, „wie war die Fahrt?" – „Alles gut", sagte der Kleine und begrüßte die Tante. Die gab ihm ihre harte große Hand und strich ihm über den Kopf. Er spürte es gleich, sie hatte noch nicht vergessen, dass er das letzte Mal beim Spielen mit seinem Pferdegespann an ihre guten Möbel gestoßen war.

Aber viel lieber mochte er sowieso den Onkel. In der Stadt war er überall bekannt als der „Löbel – Ottl". Er galt als gutmütig und hilfsbereit. Aber viele in Zschopau wussten, er war intelligent und ein schlauer Fuchs. Hart hatte er als Bäckergeselle und späterer Meister gearbeitet, bis das Geld reichte, für seinen Traum – das „Stadtkaffee". Ein „Erstklassiges Lokal am Platze", wie es auf den Postkarten stand, die er von seinem „Stadtkaffee" machen ließ.

Er war klein und untersetzt. Auf viel zu kurzen stämmigen, etwas krummen Beinen ruhte ein dicker fester Bauch, der eine breite Brust trug. Ein kurzer Hals stützte einen kantigen Schädel mit einer großen Nase. Die blaugrauen Augen schienen immer zu lächeln. Das Gesicht war groß, breit und wirkte ein wenig aufgeschwemmt. Ein kurzer militärischer Haarschnitt und eine hohe fast gerade Stirn rundeten das Bild dieses Kopfes ab. Der Onkel hob den kleinen Koffer in den Wagen, setzte Rotschopf obendrauf und spannte sich selbst davor. Rotschopf schrie „Hüh – Hot" und der Onkel trabte los.

Rotschopf liebte das Stadtkaffee nicht nur, weil es dort Eis und Kakao gab, sondern weil einfach immer viele Menschen kamen und gingen, saßen und tranken, sich unterhielten und rauchten.

Das Stadtkaffee war für Rotschopf unendlich groß. Vorn die Gaststube mit dem hohen dunkelgrünen Kachelofen und dem riesigen Ausschank, hinten dann die Diele mit einer Tanzfläche und dem offenen Kamin.

Das Inventar wurde bestimmt durch runde und viereckige Marmortische, grau-weiß gesprenkelt, dazu bequeme Armlehnen-Stühle, die Bezüge in Dunkelblau. Im Gastraum gab es dunkelblaue Bänke, zu Sitzecken gruppiert und durch Palmen und Blattpflanzen voneinander abgegrenzt. Diese Sitzecken waren links und rechts des Hauptganges gruppiert und boten vier bis sieben Gästen bequem Platz. In den langen Gängen lagen Läufer. Hier konnte Rotschopf an den Vormittagen, wenn das Stadtkaffee geschlossen war, mit seinem hölzernen Ochsengespann lang rennen und spielen.

Der Onkel machte dann in der Sitzecke, gegenüber der Theke, seine Buchhaltung im dicken „Kassa-Buch". Er trug die Einnahmen des Vortages auf die eine Seite und die Ausgaben des gleichen Tages auf die andere ein. Er schrieb mit einem alten Federhalter. Dabei tauchte er die Feder vorher in ein großes Tintenfass, das er vor sich auf den Tisch gestellt hatte. Da er die Feder nicht ordentlich am Tintenfass abstreifte, machte er in das „Kassa-Buch" häufig große Kleckse. Rotschopf saß ganz konzentriert dabei. Er lachte, wenn der Onkel wieder kleckste. Der Onkel schimpfte laut und fluchte auch manchmal kräftig. Der Rotschopf fragte den Onkel: „Was sagt denn dein Lehrer, wenn du so viele Kleckse in dein Buch machst?" Nun lachte der Onkel wieder und erklärte, dass der freundliche ältere Herr, der von Zeit zu Zeit zum Onkel kam und in das Buch schaute oder es sogar für einen Tag mitnahm, nicht des Onkels Lehrer war, sondern sein Steuerberater. Steuerberater, dazu konnte Rotschopf sich nichts vorstellen, was war das nun schon wieder?

Das Schönste aber waren für Rotschopf die gewaltigen Bilder, die überall im Kaffee hingen. Da gab es Landschaften zu allen Jahreszeiten. Vorn, in der Nähe der Theke, hing ein Herbstwaldbild, mit einem langen Weg, der sich in der Ferne verlor. Von den Birken rieselten goldene Blättlein, die Buchen und Eichen verloren rotbraunes Laub. Nur die kleinen Tannenbäume hatten noch ihr kräftiges Grün. Eine milde Herbstsonne durchdrang die Farben weich und warm. Stand Rotschopf lang genug vor diesem Bild, so wurde er ganz traurig. Aber es war eine Trauer, die schön war und irgendwo im Inneren gut tat. Einmal hatte er es dem Onkel erzählt, als der mit ihm vor dem Bild stand. Der Onkel lachte kurz und sagte, „ja, ja, so ist das mit dem Herbst, ein bisschen Trauer ist immer dabei".

Lustiger war es schon mit dem Winter. Es gab in der Diele ein großes Bild, „einen Holländer", wie der Onkel sagte, mit niedrigen strohbedeckten Häusern, Schnee auf den Wegen, einem zugefrorenen Teich mit Kindern in bunten Jacken und Hosen, die Schlittschuh liefen. Ein Mädchen war gestürzt und lag auf dem Eis und streckte die Beine in die Luft. Erwachsene mit dicker Winterkleidung liefen schnell nach Hause. Ein kleiner Hund hob sein Bein an einem dicken kahlen Baum. Von den Hausdächern hingen dicke Eiszapfen. „Huh", machte da der Onkel, „huh ist das kalt und nochmals, „huh" – dann begann der Onkel vor dem Bild zu frieren. Auch der Rotschopf machte „huh" und „huh" und bemühte sich mit den Zähnen zu klappern und die Arme um den Oberkörper zu schlagen. Und dann lachten sie beide um die Wette, der Rotschopf und der Onkel – denn draußen war ein schöner warmer Sommerabend und der Winter war weit.

Natürlich gab es auch den Frühling auf einem Bild. Birken im zarten ersten Grün standen an einem Bach, dazu knorrige alte Weiden. Auf den Wiesen blühten Gänseblümchen und Huflattich, Veilchen und Löwenzahn. Aber mitten im Bild floss ein munterer, etwas übermütiger Bach, direkt auf den Betrachter zu. Der Onkel nahm den Rotschopf an die Hand, stand vor dem Bild und machte pst, pst, „hörste´ ihn", fragte er Rotschopf. Der schüttelte den Kopf, was sollte er hören? „Na, hör mal genau hin", sagte er. Rotschopf spitzte alle Ohren. „Hörste nich´ wie er murmelt und plätschert" – der kleine Bach. Ja endlich, da hörte es auch der Rotschopf. Der Bach murmelte tatsächlich leise vor sich hin und vielleicht konnten das nur Sonntagskinder, wie er und der Onkel welche waren, hören.

Der Bach kam förmlich aus dem Bild herausgelaufen, wenn man es richtig und lange betrachtete. Der Onkel sah das auch so, denn einmal sagte er zum Bach, und drohte mit dem dicken Finger, „na Bach, fließ mir nicht in die Gaststube, bleib schön in deinem Bild – sonst!" Was sonst passiert wäre, sagte der Onkel nicht. Aber Rotschopf träumte davon, dass der Bach eines Tages in die Gaststube floss. Mitten in der Nacht hatte er große Angst, bis er merkte, es war nur ein Traum.

Außer der Landschaftsmalerei gab es im Lokal noch viele Porträts:

Die Sprache der Bilder

Den König von Sachsen, die Erbprinzessin von Bayreuth, die Gräfin von Einsiedel, einen deutschen Kaiser und noch andere, die der Onkel alle kannte und die, so dachte der Rotschopf, auch den Onkel alle kannten. Er konnte sich diese Leute aber beim besten Willen nicht alle merken. Außerdem sahen alle in ihren Festtagskleidern so streng, unfreundlich und hochnäsig aus und gefielen dem Rotschopf nicht sonderlich.

Ganz hinten in der Diele hing da noch ein alter Fürst in Uniform, mit einem langen Säbel an der Seite, die Brust voller Orden, einem großen grauen Schnauzbart und einer hohen Mütze mit Schnüren und Federn. Der schaute den Rotschopf ganz streng und grimmig an. Rotschopf hätte sich nicht gewundert, wenn der Alte eines Tages zu ihm von oben herab mit strenger Stimme gesagt hätte: „Du hast schon wieder die Tante Anna geärgert, zehn Tage ab in den Arrest – du Lümmel". Gott sei Dank, der Alte blieb ruhig, aber er guckte immer so, als würde er gleich losschimpfen. Ein wenig fürchtete sich der Junge vor ihm.

„Der passt auf alles hier auf", sagte der Onkel, „deshalb weiß der auch alles – es is´der olle Ziethen! Der ist immer auf Wacht." „Schau dem ollen Ziethen genau in die Augen", sagte der Onkel eines Tages, „und pass auf, was nun passiert". Hand in Hand spazierte er mit dem Onkel im Halbkreis um den „ollen Ziethen" herum. Der „olle Ziethen" verfolgte alles mit seinem Blick, egal ob Rotschopf und der Onkel rechts an der Wand standen oder links am Fenster. Der Onkel hatte recht: dem Blick des „ollen Ziethen" entkam man nicht. Rotschopf war blass geworden – es war als ob das Bild lebte. In den nächsten Tagen schlich er heimlich noch ein- oder zweimal an dem „ollen Ziethen" vorbei – immer wieder stellte er fest – vor seinem Blick gab es kein Entrinnen.

Manchmal stand der Junge am Vormittag auch ganz allein vor den Bildern, dann entdeckte er immer wieder diese oder jene Kleinigkeit neu, freute sich und erzählte es begeistert dem Onkel. „Ja, ja", erklärte der Onkel, „jedes Bild hat uns etwas zu sagen, wir müssen es nur sehen, hören, fühlen und verstehen." Ganz bestimmt, der Onkel liebte seine Bilder und Rotschopf verstand das. Immer öfter versuchte auch er so zu sehen, zu fühlen und zu verstehen wie der Onkel – oder vielleicht auch ganz anders. Wer konnte das schon so ganz genau wissen? Jedenfalls die Bilder – ja, sie behielten ein Leben lang ihre Faszination für ihn.

Apfelzeit

Apfelzeit war meist an den grauen, nebligen und kalten Wintertagen. Vor dem Fenster tanzten die Schneeflocken, die Spatzen und Grünfinken trommelten leise und schnell auf das Fensterblech, sie balgten sich um die Körner, die Großmutter dort immer hinlegte.

Großmutter hatte, wie immer, ein dunkles Kleid an. Die obligatorische Schürze war blau geblümt, das weiße Haar straff nach hinten zu einem Knoten gesteckt. Alles an ihr war von peinlicher Reinlichkeit und Frische.

Die vier- und fünfjährigen Kinder, zwei Enkelinnen und zwei Enkel, besuchten sie gerne. Sie saßen mit ihr vor der Ofentür, hörten ihre Märchen und später auch die Geschichten aus der Familie, die sich für die Kinder vor unsagbarer langer Zeit zugetragen hatten. Sie schauten gemeinsam ins Feuer, saßen vor dem schweren eisernen Herd und durften wohl auch selbst ein harziges Holzstück in die Glut werfen.

Meistens drängelte dann einer oder eine und wollte einen Apfel essen, denn Großmutters Apfelkeller war ein Paradies. Die Äpfel gehörten zu diesen trüben kalten Nachmittagen, die nahtlos in den Winterabend übergingen. Großmutter ließ sich etwas bitten, wurde die Drängelei irgendwann zu hartnäckig, und das war meistens so, dann sagte sie: „Na, da misse mar emol in Kaller giehe". Das löste Freudensprünge aus, die die kleine Stube erzittern ließ. Großmutter schüttelte ihren Kopf, lachte, drohte mit dem Zeigefinger und rügte: „Wert ihr wuhl, seid wuhl närrischt".

Sie suchte Kerze und Streichhölzer und dann ging´s die Treppe hinunter, hinaus in das Schneegestöber, denn die Kellertreppe war nur von der anderen Hausseite zu erreichen. Eine große schwere Falltür war anzuheben und zur Seite zu schieben, die Großmutter stöhnte dabei. Die Kinder fühlten den kalten Eisenbeschlag und quetschten sich manchmal die Finger, waren aber nicht davon abzubringen, sich die Hände schmutzig zu machen und anzufassen. Dann ging es die stets feuchte und glitschige Kellertreppe hinab. Die Großmutter hielt sich am alten Geländer fest und probierte stets vorsichtig mit einem Fuß, ob man auf der nächsten Stufe auch sicher stehen konnte. Die Enkel purzelten und trollten an ihr vorbei, manchmal stürzte einer und es gab Geschrei. Dann schimpfte sie, weil er es nicht abwarten konnte, streichelte den Weinenden und besah sich den Schaden.

Ernsthaft passierte nichts, der Schmerz ließ sich ertragen, denn hinter der großen schweren Holztür mit dem riesigen alten Schloss lag es - das Apfelparadies.

Ächzend öffnete sich die Tür, nachdem Großmutter ernsthaft mit ihr geredet und kräftig an ihr gerüttelt hatte: „na, willste heite wieder net, na wart ner, ich wer der schun," sagte sie wohl dann und drückte kräftig gegen die widerspenstige, sich quietschend öffnende Tür. Gab sie endlich nach, so standen die Kinder im aromatischen, süßlichen Apfelduft, der sie aufjubeln ließ.

Großmutter kramte immer viel zu lange in der Schürzentasche nach Kerzenstummeln und Streichhölzern. Brannte endlich das Licht, so sahen die Kinder, immer aufs Neue, staunend die großen Apfelhorte voller Äpfel. Grüne, die aussahen wie Hundenasen, und die auch so genannt wurden, gelbe, schwere große, zu denen zwei kleine Hände notwendig waren, um einen zu halten, am meisten reizten aber die Rotbäckigen, Duftenden, die für den Weihnachtsbaum reiften.

Das Kerzenlicht flackerte im alten rotgewölbten Ziegelkeller, beleuchtete bald diese, bald jene Ecke des Raumes und überall lagen Äpfel. Flackerte das Licht zu stark oder drohte es gar auszugehen, so griff man nach Großmutters langen Röcken und fühlte sich sofort geborgen.

Großmutter langte mit sicherem Griff in die Horten, nahm allerdings nicht, wie die Kinder es wünschten, die leuchtendsten größten Äpfel heraus, sondern sie suchte die angefaulten, angeschlagenen, kranken Äpfel und steckte sie in die Schürze. Alle Versuche, ihr heimlich einen roten Wunschapfel in die Schürze zu schieben, wehrte sie energisch ab, schimpfte und erklärte, dass erst die schlechten „wag misse, weil se die andern ohstecke". In der Stube wurden die Äpfel sortiert, ausgeschnitten und es gab ein fröhliches Apfelessen.

Irgendwann begriffen die Kinder, dass sie aus Großmutters Keller nie einen der schönen verlockenden Äpfel gegessen hatten. Großmutter blieb ihrem Prinzip treu. Bis zum Frühjahr verzehrten sie immer wieder die Äpfel, die einen Makel hatten und am Ende hatten alle Makel oder wurden faulig. Wie rebellierten die Kinder im Inneren gegen dieses starre Großmutterprinzip, das ihnen den vollen Genuss vorenthielt. Doch viel später begriffen sie, dass wohl alles im Leben seine Zeit hat. Seine richtige und notwendige Zeit. Und dass der volle uneingeschränkte Genuss nur zu dieser Zeit möglich ist, niemals vorher und auch nicht nachher. Diesen Genuss verwehrte die Großmutter ihnen, dafür aber gab es Äpfel für die ganze Familie, bis zu Pfingsten.

So hatte der Verzicht seinen Sinn, seinen Preis und seinen Gewinn. Entscheidend war das Ziel, das verfolgt wurde, das aber hatte die Großmutter eindeutig vorbestimmt, und darüber wurde, solange sie lebte, nicht diskutiert.

Die Welt erobern

Die Samstagabende waren immer die schönsten im Stadtkaffee. Alle Räume waren frisch herausgeputzt. Die Tische trugen weiße Decken und frische Blumen, später wurden die Kerzen, die in silbernen Leuchtern bereit standen, angezündet.

Das Lokal öffnete pünktlich 18 Uhr. Der Oberkellner begrüßte am Eingang die Stammgäste mit Handschlag. Wer nicht reserviert hatte, hatte wenige Chancen. Die Kellner trugen schwarze Anzüge, weiße Hemden mit roter Fliege. Auch die Gäste waren festlich gekleidet. Die Damen in modischen Kleidern, bei Familienfeiern gern auch lang. Die Herren, je nach Jahreszeit, mehr in hellen oder dunklen Anzügen, weißen Hemden und passenden Krawatten. Das Kaffee strömte um diese Zeit festliche Atmosphäre aus. Die Kellner eilten geschäftig durch die Gänge. Halfen die Gäste platzieren, nahmen erste Bestellungen entgegen. Ein paar Uniformen gehörten zum Bild, aber sie waren keinesfalls so dominant wie an vielen Wochentagen.

So war es kein Zufall, dass viele Familien gern ihre runden Geburtstage, Silberhochzeiten, Verlobungen und Grüne Hochzeiten im Stadtkaffee feierten. Hier war Atmosphäre, hier fühlte man sich wohl. Irgendwo schien hier die Welt still zu stehen. Wenigstens für ein paar Stunden wollte man Fliegerangriffe, Entscheidungsschlachten, Tod, Not und Elend ein wenig verdrängen. Der Löbl Ottl schaffte das mit Musik und Tanz, mit Kerzen und Blumen, mit Rheinwein, den er immer noch vom Erzeuger direkt erhielt, mit „Bockhauer - Kräuterbitter", der den Kognak ersetzte. Auf Marken gab es vielleicht auch einen Gulasch mit Kartoffeln und Gemüse oder eine Bockwurst mit Kartoffelsalat. Langsam füllten sich die Räume mit erwartungsvollen Menschen.

Zu dieser Zeit saß der Besitzer des Kaffees, der Löbl Ottl, noch bei seinem Abendbrot in einem kleinen Zimmer neben der Küche. Auch er war schon festlich gewandet, schwarze Hose, weißes Hemd, dazu eine ärmellose Weste aus rotem Samt, ergänzt von einer grauen Fliege. Er trug elegante schwarze Lackschuhe, die ihn regelmäßig drückten und die er am fortgeschrittenen Abend gern gegen ein paar einfache schwarze Stadtschuhe austauschte. Aber für seinen ersten Auftritt – die eleganten Lackschuhe – das stand fest. „Denn was sein muss, das muss sein" – wie er dabei sagte. Gegen 19 Uhr begann die kleine Kapelle – ein Klavierspieler, ein Gitarrist und ein Schlagzeuger – in der Diele zum Tanz zu spielen. „Wenn bei Capri die rote Sonne im Meer versinkt", sang noch etwas kratzend und untrainiert der Gitarrist.

Dann machte der Löbl Ottl sich auf zu seiner Begrüßungsrunde. „So", sagte er, jetzt gehe er „seine Welt erobern". Seine Welt, das waren sein Geschäft, seine Gäste, seine Freunde, sein Personal, die Zufriedenheit, die Atmosphäre und die Musik.

Erst ein paar Jahre später würde der Junge erfahren und begreifen, dass der Onkel für diese – „seine Welt"– bereit war, alles, aber auch alles zu geben. Tag und Nacht hatte er zwanzig Jahre als Bäckergeselle geschuftet Groschen auf Groschen gelegt, sich nichts gegönnt. Dann machte er den Meister und erwarb die Bäckerei. Die Bäckerei erhielt er nur unter der Bedingung, dass er die Dienstmagd, eine ältliche, reizlose, etwas dümmliche Bauerntochter noch dazu nahm. Denn die hatte in der Bäckerei viele Jahre ohne Lohn gearbeitet, immer mit dem Versprechen, dass sie eines Tages, „Frau Meisterin" werde.

So war es eine Heirat ohne Liebe, ja ohne Zuneigung – es ging halt nur um „das Geschäft". Für ihn verspieltes Lebensglück – ein irreparabler Schaden. Das aber ist schon eine ganz andere Geschichte. Diese, so erworbene Bäckerei war später die Grundlage der Finanzierung für des Onkels Lebenstraum. Das Stadtkaffee, „seine Welt", wie er es immer nannte. Eigentlich wollte er hier etwas mehr Ruhe finden, guten Rotwein trinken, seine Bilder genießen und mit hübschen Frauen flirten.

Aber er hatte dann schon schnell begreifen müssen, dass dieses Geschäft ihn voll in Anspruch nahm und dass da nichts von allein lief. „Ja, es hat eben alles seinen Preis!" Er wusste es schon seit langem und sagte es oft. Die Frage war nur, wann war etwas zu teuer, wann war der Preis zu hoch? Vielleicht hatte er seine Bäckerei doch zu teuer bezahlt?

Er war ein stadtbekannter Mann, galt als reich und verdiente viel.

Nun freute er sich, wenn er seinen vierjährigen Großneffen am Abend mit ins Kaffee nehmen konnte.

Die Welt erobern

Dazu trug der Kleine einen dunkelblauen Samtanzug, weißes Hemd und eine graue Fliege. Die schwarzen Schuhe blank geputzt, das Gesichtchen vor Aufregung leicht gerötet, die Augen glänzend – so stand der Kleine neben seinem Großonkel. Der gab ihm die Hand und ab ging es im langsamen, fast festlichen Schritt. Zuerst grüßte der Onkel die Festgäste, wie er es nannte. Die Jubelpaare, Geburtstagskinder, frisch Vermählte oder Verlobte, die häufig samstags kamen. Da hatte der Onkel eine Flasche Sekt dabei oder einen Blumenstrauß und überbrachte mit lauter Stimme seine Glückwünsche. Er kannte seine Gäste genau, fand die richtigen Worte, dazu kam häufig auch ein passendes Dichterwort.

Dabei war er in fröhlicher Stimmung, lachte, ließ seine Augen strahlen, verteilte Komplimente an die Damen und manchmal auch einen Handkuss. Für die Herren hatte er einen Schulterschlag, ein paar Zigaretten oder auch eine Zigarre griffbereit. Dann wurde „Dattel" präsentiert. So nannte der Onkel seinen Großneffen, weil dieser lange Zeit seinen Namen nicht richtig aussprechen konnte, und sich selbst Dazz nannte.

Der Onkel stellte ihn auf einen Stuhl. Wollte sich in der Runde keine Ruhe einstellen, so klopfte der Onkel kurz an ein Glas. Dann konnte der Kleine mit klarer, fester Stimme die eingeübten Glückwünsche überbringen. Ging das gut, so durfte er danach noch ein Versehen aufsagen. Das hatte der Onkel vorher mit ihm ausgewählt und eingeübt. Dazu musste der Kleine das Gedicht vorher dreimal hintereinander fehlerfrei aufsagen – so war es „bühnenreif", wie der Onkel sagte – und das klappte dann fast immer. Alle in der Runde klatschten, viele lachten, Frauen fragten den Onkel, wie alt der Neffe sei, „gerade vier", sagte der Onkel stolz. Manchmal bemerkte er auch, „der wird mal mein Nachfolger". Dann lachte alles in der Runde.

Fast immer wurde dann ein kleiner Teller durch die Festgesellschaft geschoben, einmal war es auch ein Zylinder oder eine Kaffeetasse. Darin sammelte sich Kleingeld, Fünfer und Zehner, mal ein Fünfziger, sogar eine Mark konnte sich dort verirren. Das Resultat der Sammlung landete in Rotschopfs Händen oder Taschen. Er strahlte vor Glück, wurde dann nochmals auf den Stuhl gehoben, bedankte sich artig und machte einen ganz tiefen Diener. Danach rannte er Hals über Kopf, mit glühenden Ohren, in die Küche zu seiner Mutti. Die sollte sofort das Geld zählen. Die lachte nur und sagte, „ach mein kleiner Schwerverdiener – du verdienst bald mehr als ich".

Rotschopf liebte diese abendlichen Auftritte. Obwohl er vorher immer so ein tolles Grabbeln im Bauch hatte, besonders dann, wenn der Onkel ihn auf den Stuhl stellte. Manchmal hatte er auch furchtbare Angst, dass er sein Gedicht vergessen könnte oder dass er stecken bleiben würde, wenn ihn alle so erwartungsvoll anschauten. Aber dann wollte er diese Erwartungen nicht enttäuschen und fing einfach an. Freilich, der erste Satz, die ersten Worte – das war oft schwer. Einmal wollte die Stimme nicht anspringen, es gurgelte nur.

Der Onkel schaute erstaunt und sagte, „na, na, na, schön langsam" und klopfte dem Kleinen leicht auf den Rücken. Dann ging es. Manchmal machte es richtig Spaß. Er fand die richtige Betonung und sah gern in die aufmerksamen, heiteren und aufgeschlossenen Gesichter seiner Zuhörer. Wurde dann laut geklatscht, so war es wie ein Rausch und sein Gesicht begann zu glühen.

Aufmerksamkeit zu haben, etwas darzubieten, das anderen Spaß macht und Freude bringt, Erfolg zu haben, den Beifall zu hören, das schafft schon gute, unendlich schöne Gefühle. Bald verlor er die Angst und die Scheu vor den fremden Menschen. Er hatte seinen Auftritt und er wusste, er konnte es und das gab Mut. Viel später erst würde er verstehen, dass es ein Talent war, vor Menschen zu sprechen und dass es glücklich machen kann.

Menschen anzusprechen, von Menschen verstanden zu werden, Menschen zu begeistern, eine Botschaft zu überbringen – das war schon eine hohe Kunst. Eine Kunst, die man vielleicht nur zum Teil erlernen und trainieren kann, die man zum anderen Teil in sich trägt. Als Erbe, als Fähigkeit, als Talent, das aber auch erst geweckt und gepflegt werden muss.

Menschen erfreuen, Menschen gewinnen und Menschen beglücken, war das nicht wirklich „die Welt", die es zu erobern galt? Ja, der Onkel hatte recht, und das zu einer Zeit, da der Krieg durch Europa tobte. Da die Eroberungen überall Tod, Zerstörungen und Vernichtung brachten. Viele Jahre später sprachen die, die die furchtbare Zeit überlebt hatten, noch von diesen glücklichen Stunden im Stadtkaffee.

E – wie Esel

Die alte Zuckertüte musste wieder ihren Dienst tun. Sie war bunt beklebt, mit Blumenbildern, Hasen und Rehen und schönen Papageien. Sie war so glatt, dass Rotschopf aufpassen musste, dass sie ihm nicht aus den kleinen Händen glitt. Stand sie mit der Spitze auf dem Boden, so ging sie ihm fast bis zur Brust. Oben hatte sie feines weißes Rüschenpapier, das in der Mitte mit einem bunten Seitenband zusammengebunden war.

Aber was war wohl in der Tüte drin, im September 1945? Ungeduldig zerrte Rotschopf an dem Seitenband. Mutter musste helfen, endlich ging es auf. Zuckerfondant, Bonbons in hartem Papier, ein paar selbstgebackene Kekse in Form von Sternen und Ringen, drei, vier schön polierte rot-gelbe Äpfel und dann? Die kleine Hand bohrte sich geschickt in die Tiefe der Tüte. Papier, zusammengedrücktes, zerknülltes, altes Zeitungspapier. Rotschopf konnte seine Enttäuschung nicht verbergen.

Die Mutter sah es sofort, sie hatte Tränen in den Augen. Sie versuchte zu erklären, dass sie nichts anderes hatte, für seine Zuckertüte. Er nickte verständnisvoll, fragte aber doch noch, „keine Schokolade?" „Nein, auch keine Schokolade", sagte traurig die Mutter. Gott sei Dank – er kostete die Zuckerfondants, und bald hatte er wohl das Zeitungspapier in der Tüte vergessen.

Am nächsten Tag ging's los. Mit dem alten Klapplederranzen, der Schiefertafel und den Schieferstiften, die in der Tasche klapperten. Die Mutter brachte ihn und seinen Freund Wolfgang in die Schule in den großen Klassenraum. Dort stritten sich schon ein paar Kinder, ob es besser sei, hinten oder vorn in den alten Holzbänken zu sitzen. Die Mutter fand, man könne auch in der Mitte sitzen. Sie zeigte den Kindern noch, wie man die Tischplatte hochklappen konnte und wie man den Ranzen darunter zu legen hatte. Sie ermahnte zur Ruhe und Aufmerksamkeit und verschwand.

Dann kam der Herr Lehrer. Ein älterer Herr in einem abgetragenen grauen Anzug und einem offenen karierten Hemd. Er trug eine große dicke Brille und hatte langes grauweißes Haar. Das Schönste aber war sein Gesicht, es war fast ganz rot mit einer großen roten Nase, und es lachte und auch die Augen lachten. Freundlich stellte er sich vor, er war der Klassenlehrer und hieß Herr Lämmel.

Herr Lämmel sorgte für Ruhe. Zwei Knirpsen verbot er, zwischen den Bänken während der Schulstunde hin und her zu rennen. Er schimpfte mit zwei kleinen Mädchen, die unentwegt schwatzten und lachten.

Dann holte er bunte Kreide aus seiner alten schwarzen Ledertasche und malte ein Bild an die Tafel. Gespannt verfolgten die Kinder, wie das Bild entstand. Erst malte der Lehrer eine Wiese mit Gras und Blümchen. Dann malte er das Hinterteil eines Tieres, das auf der Wiese stand. Die Kinder durften raten, was das wohl für ein Tier werden würde. Da begann ein Geschrei, ein Schaf, eine Ziege, ein großer Hund, ein Pferd, eine Kuh wurde gerufen. Der Lehrer drehte sich um und lachte – welch eine Begeisterung, dacht er. Nein, nein, die Antworten waren alle falsch. Er malte nun ganz langsam die Vorderbeine, den Rumpf, den Kopf, die Mähne, dazu eine Heuraufe und dann war das Bild fertig. Das Tier sah nun wirklich aus wie ein Pferd. Aber es war ganz grau, wie eine Maus. Solche Pferde gab es doch nicht. Keiner kannte dieses Tier. Oder doch? Schüchtern meldete sich ein kleines Mädchen mit blonden Zöpfchen – „das ist ein Esel", rief sie laut. Der Lehrer staunte, denn im Dorf gab es keine Esel. „Das stimmt", sagte der Lehrer, „woher weißt du das?" „Er ist in meinem Bilderbuch abgebildet" – sagt die Kleine und wurde rot vor Verlegenheit. „Wie ruft der Esel", fragte der Lehrer. Keiner wusste es, nun machte der Lehrer den Ruf des Esels nach, „iähh" und nochmals „iähh", und nun machten es alle "iäh, iäh, iäh", die Kinder lachten und tobten vor Vergnügen. Nein, war die Schule lustig.

Als sich alles wieder beruhigt hatte, fragte der Lehrer, womit der Esel beginnt. Die Kinder riefen alle durcheinander „mit der Nase, den Ohren, dem Maul". Nun lachte der Lehrer, „nein, er beginnt mit „Eh, Eh, Eh – wie Esel". Da riefen die Kinder schon, „Eh, Eh, Eh – wie Esel", hallte es laut durch die Klasse.

„Was für ein Wort beginnt noch mit E", fragte der Lehrer. „Ich heiße Erika", sagte ein Mädchen, „fange ich auch mit E an"? Der Lehrer freute sich, es fand sich noch ein Eberhart und ein Erwin in der Klasse, und die Mutter eines Schülers hieß Erna. „Ja, da haben wir das E", sagte der Lehrer. „Und nun zeige ich euch, wie dieses E – das ist

E – wie Esel

ein ganz wichtiger Buchstabe – geschrieben wird. Also, aufgepasst. Das E steht schon an der Tafel neben unserem Esel. Es steckt in der Heuraufe." Der Lehrer wischte mit einem nassen Schwamm den Esel weg, dann das Heu. Dann verkleinerte er die Heuraufe bis auf drei Striche, verkürzte ein Mittelteil und fertig war das E – aber es lag noch auf dem Rücken. Nun malte er es ganz groß und dick daneben und stellte es auf die Füße.

Dann durften die Kinder das E selbst schreiben, mit Schieferstift auf die Tafel. Ach, wie waren die ersten E´s krakelig, schief, krumm, wacklig und hinfällig. Der Lehrer ging von Platz zu Platz, lachte mit und korrigierte die aus der Bahn kippenden E´s.

Dann läutete die Glocke. Die Schule war aus. Rotschopf hatte es gefallen. Er ging nach vorn, gab dem Lehrer artig die Hand, machte einen Diener und sagte: „Auf Wiedersehen".

Der Lehrer schmunzelte, sah mit großen Augen auf den Kleinen herab und entgegnete, „nah, dann bis morgen, auf Wiedersehen". Da stutzte der Kleine: „Soll ich denn morgen noch mal wiederkommen?", fragte er. „Aber ja", sagte der Lehrer und lächelte. Der Kleine wurde misstrauisch, „und übermorgen", fragte er schon mit rotem Kopf. „Ja, da auch", sagte der Lehrer und schaute dabei sehr ernst in sehr erstaunte große ungläubige Kinderaugen. Am liebsten hätte Rotschopf noch gefragt und „Über – Übermorgen" – aber er traute es sich nicht mehr.

Offensichtlich musste es doch eine Menge zu lernen geben, wenn man so oft zur Schule gehen musste, um kein Esel zu bleiben.

Satt werden ist ein Kinderrecht

Sie standen geduldig im kalten Nieselregen vor einer langen hölzernen Treppe in einer Dreierreihe. Sechsjährige Mädchen und Jungen im Oktober nach dem großen Krieg. Die Treppe führte in ihren Kinderhimmel, einen kleinen Speisesaal mit Tischen und Stühlen und einer Essenausgabe. Jedes Kind hatte einen Topf, eine Schüssel oder ein Kochgeschirr und einen Löffel dabei.

Am Fuße der Treppe, dem Zugang zum Himmel, wachte Rotkreuzschwester Irmgard. Eine ältere, gutherzige aber resolute Person, die den Zugang und Abgang zum Speisesaal mit Strenge regelte und kontrollierte. Manchmal schimpfte sie mit den Kindern, Drängler hatten hier keine Chance. Die Kleinen aber liebte sie und streichelte über ihre Köpfe. Immer einzeln oder in kleinen Gruppen kamen Kinder die Treppe herunter. Schwester Irmgard prüfte sorgsam, ob alle Schüsseln und Töpfe auch tatsächlich leer waren. Keiner durfte Essen mit nach Hause nehmen. Denn Kinderspeisung ist für Kinder – wie Irmgard immer streng sagte.

Hoch an der Wand über der Treppe war ein großes weißes Tuch befestigt, dort stand mit schwarzen Druckbuchstaben: „Das Schweizer Rote Kreuz spendet für deutsche Kinder". Hatte sich der kleine Saal oben hinreichend geleert, so ließ die Schwester wieder eine Gruppe von fünf, sechs der Kleinen auf die Treppe. Einen kleinen, dürren Rotkopf, der schon losrennen wollte, hielt sie noch am Arm fest. „Langsam, langsam, es reicht für alle", sagte sie streng zu ihm, und „nichts im Kochgeschirr lassen!"

Der Kleine nickte, das letzte Mal hatte sie ihn mit einem halb vollen Kochgeschirr erwischt, er wollte seine Mutti die Linsensuppe kosten lassen. Denn der Hunger war groß in diesen Tagen. Die Sechsjährigen kamen mit schmalen, blassen Gesichtern zur Kinderspeisung. Für ihr Alter waren sie fast alle zu klein, zu mager und unterernährt.

Nur einer von den Kleinen war dick. Das Gesicht, die Hände auch die Füße waren aufgedunsen und er wurde von den anderen deswegen gehänselt. „Wasser" hatten die Ärzte festgestellt. Aber von Wassersuppen lebten ja alle.

Nur hier in der Kinderspeisung gab es Linsen- und Bohnensuppe, Kartoffelsuppe, Puddingsuppe, Grießsuppe und Makkaroni mit geriebenem Schweizerkäse oben drauf. Immer freitags gab es süße Milchsuppe mit Keks oder Zwieback und danach eine kleine Tafel Schweizer Milchschokolade – das war dann der Höhepunkt der Kinderwoche. Als der kleine Rotschopf an diesem Tag nach Hause kam, saß bei der Mutter sein Cousin. Der Junge und die Mutter freuten sich über diesen unerwarteten Besuch. Der Cousin war vor zwei Tagen aus Italien gekommen, aus englischer Gefangenschaft. Er war knapp zwanzig Jahre, hager, schwarzhaarig, braungebrannt. Die Mutter bewunderte seine neuen Schuhe, die moderne Hose und die Jacke. Sie hatten im Steinbruch schwer arbeiten müssen in Italien, aber es gab zu essen und am Schluss die neue Garderobe.

Der Kleine schwärmte nur von der Schweizer Milchsuppe und der Schokolade. „So, so, die Schweizer füttern euch", sagte der Cousin. „Ja, ja die haben's – keinen Krieg, schöne Berge, viel Milch und keine Sorgen" – und er lachte. Dann erzählte er, wie sie auf dem Vormarsch durch die Schweiz gefahren und marschiert sind, und dabei hatten sie gesungen – „die Schweiz, das kleine Stachelschwein, das nehmen wir auf dem Heimweg ein!" „Ja", sagte er, „so war das eben unter dem Führer". Die Schweizer hatten geflucht und die Fäuste geballt. Die Soldaten in ihrem Siegestaumel hatten sie verspottet und gelacht. Und nun gab es Schweizer Kinderspeisung für hungernde deutsche Kinder. „Na, die können das", sagte der Cousin lässig. „Ja", sagte die Mutter nachdenklich und ernst, „sie müssen es aber auch wollen und tun. Solidarität mit hungernden Kindern, das ist wohl das Beste was man tun kann". „Hast schon recht", sagte der Cousin, und verabschiedete sich bald etwas kleinlaut.

Später würde die Mutter ihrem Kleinen erklären, was das auf sich hat mit dem schwierigen Wort Solidarität und wie man es machen soll. Hungernden Kindern zu helfen, wenn man es konnte – ist das nicht eine Menschenpflicht? Nein, keine selbstverständliche, man muss es immer wieder erlernen und erleben, würde er viel später erst verstehen. Es darf nicht in Vergessenheit geraten, nicht heute, nicht morgen und nicht übermorgen! Noch hungern 950 Millionen Menschen auf dieser Erde, wie viele Kinder sind darunter?

Heimkehr

Fast über Nacht hatte der Frühling in den ersten Maitagen des Jahres 1947 Einzug gehalten.

Die Blüten der Sauerkirschen, die als Straßenbäume an den kurzen und schmalen Wegen der Siedlung standen, hatten sich alle gleichzeitig geöffnet. Nun erstrahlte der Tag im gleißenden Weiß des Blütenmeeres. Die Zweige der Bäume waren so dicht mit frischen Blüten besetzt, dass sie wie eine dicke Schicht Winterschnee aussahen. Stolz trugen die geraden starken Stämme der Kirschen ihre prächtigen weißen Kappen, in denen Bienenschwärme summten. „Also, Kirschen wird es dieses Jahr geben", sagten die Alten, die in der Sonne saßen und getrocknete Kirschblätter in ihren kurzen Pfeifen rauchten.

Frauen und Kinder gruben und pflanzten in den Gärten. Nur die Männer fehlten, viele waren gefallen, täglich gab es doch noch Heimkehrer. Beim Bäcker hatte man erzählt, an einem Tag seien gleich drei gekommen, aus Amerika, war das möglich? Solange der Strom der Heimkehrer noch tröpfelte, solange war Hoffnung.

Die Menschen wärmten sich in der Mittagssonne, die Frauen standen an den Gartentüren und schwatzten. Heimlich schaute man, ob einer, vielleicht sogar der Eigene, nicht gerade die Straße herunterkommen würde. Zerlumpt, abgerissen, stoppelbärtig, krank, es war egal, Hauptsache sie lebten und kamen wieder. Die Frauen und Kinder nahmen sie in die Arme, manche wurden fast wahnsinnig vor Glück. Viele der Alten weinten beim Anblick ihrer verlorenen Söhne.

Nach der Schule spielten die Kinder auf der Straße Völkerball. Ein alter Gummiball und ein kleines Stück Kreide, um die Felder zu markieren, mehr war nicht nötig. Alle konnten mitspielen, Jungen und Mädchen, große und kleine. Es war das herrlichste Spiel der Welt. Man musste laufen, werfen, fangen, sich bücken und strecken, damit man nicht abgeschossen wurde oder man konnte selbst abschießen. Beide Seiten kämpften mit viel Temperament und vollem Einsatz. Träumte man, so stand man sofort am Rand.

An diesem schönen Donnerstag in der zweiten Maiwoche spielte ein rothaariger, für sein Alter viel zu kleiner Achtjähriger. Er war reaktionsschnell und ein guter Werfer. Drohte der Abschuss, so warf er sich blitzschnell auf die Straße und entging so dem Ball. So war er auch für die größeren und älteren Jungen ein ernsthafter Gegner oder Partner.

Nur heute war er sofort abgeschossen worden, irgendwie war er nicht bei der Sache. Der Ball hatte ihn am Rücken getroffen, er hätte sich im Laufen drehen müssen und den Ball fangen. Wie oft hatte er das schon gemacht, heute hatte er es nicht einmal versucht. Seine Mannschaft murrte unzufrieden, mit gesenktem Kopf trottete er zum Rand des Spielfeldes. Ja, es stimmte, eigentlich hatte er heute keine Lust auf sein Lieblingsspiel.

Er setzte sich auf den Granitbordstein. Da sah er, dass oben am Beginn der kleinen Straße ein mittelgroßer, stämmiger Mann auftauchte. Er ging langsam, aber mit weitausholenden Schritten. Seine Kleidung wollte nicht zu diesem strahlenden schönen Frühlingstag passen. Auf dem Kopf trug der Mann eine alte große Schiebermütze, sein Oberkörper steckte in einer schweren dicken Winterjoppe, dazu trug er eine lange Armeehose und feste hohe Arbeitsschuhe aus Schweinsleder, die blank poliert waren. Über der rechten Schulter hing eine große hellbraune Tasche aus Segeltuch, die wahrscheinlich die wenigen Habseligkeiten dieses Fremden enthielt.

Er ging mitten auf der Straße und musterte voller Interesse die spielenden Kinder. Der kleine Junge am Straßenrand verfolgte jede Bewegung des Fremden. Da erkannte er ihn, plötzlich schluchzte er auf, rief laut „Vati" und rannte auf den Fremden zu. Dieser ergriff den Jungen, zog ihn hoch und umarmte ihn heftig. Für Minuten kam er auf der Segeltuchtasche zu sitzen – wie leicht er ist und wie dürr, dachte der Vater.

Der Junge erschrak. Ganz nah sah er jetzt das Stoppelgesicht, die ersten grauen Haare unter der Mütze, einen Mund mit kaputten Zähnen, der seinen Namen immer wieder hauchte und ihn küsste. Tränen rannen über das Stoppelgesicht, fremde Arme hielten ihn fest, dass es schmerzte. Endlich gab der Mann den Jungen wieder frei und stellte ihn auf die Straße. Die Kinder hatten das Völkerballspiel abgebrochen. Da war einer heimgekommen, aus Russland hatte er auf Anfrage gesagt. „Aus Russland", wie ein Spatzenschwarm flogen die Kinder auseinander, um die Neuigkeit in der Siedlung zu verbreiten. Einer ist aus Russland gekommen! Es ist dem G. sein Vati. Im Kopf des kleinen Jungen begann ein Mühlrad zu kreisen, das also war sein Vati. Wie der roch! Später würde er erfahren, dass das der Duft von russischem Machorka war. Wie der aussah! Wie der zufasste, die Stoppeln im Gesicht und diese raue, tiefe Stimme.

Als er in den Krieg zog, war der Kleine Zwei. Ein oder zweimal war der Vater auf Urlaub zu Hause. Während eines Bombenangriffs hatte er ihn auf den Arm genommen, war mit ihm auf die Straße gegangen und hatte ihm die Milchstraße gezeigt. Das war fast alles, an das er sich erinnern konnte. Wie er auch überlegte, dieser Fremde, der seine Hand fest hielt, passte wenig zu dem Bild des Vaters auf dem Schaubradio, das in der Wohnküche stand. Aber egal, er hatte jetzt wieder einen Papa.

Nun war er also wieder da, ein fremder Mann, der aber irgendwie zu Mutter und ihm gehörte. Mutti war Hamstern. Also holte man gemeinsam den Wohnungsschlüssel bei der Nachbarin ab. Die erschrak zuerst ebenfalls, „sind sie's wirklich?", fragte sie den Vater. Der lachte und machte einen Scherz, sie gab ihm den Schlüssel, das beruhigte ein wenig. Sicher liegt es nur an den Klamotten, dass ihn keiner richtig erkannte, dachte der Junge. „Warum hast Du so dicke Sachen an?", fragte er, „ist es denn dort Winter, wo du warst?"

Der Vater lachte, „nein Winter ist es dort nicht mehr, aber kälter als hier ist es auf alle Fälle. Die Russen hatten wohl nichts Besseres auf ihrer Kleiderkammer, als sie uns losschickten. Dort ist ja auch alles zerstört und sie hungern". „Wo warst du denn?", „weit im Osten" antwortete der Vater, „fast 300 km hinter Moskau". Das konnte sich der Kleine nicht vorstellen. Später würde er es sich auf der Karte zeigen lassen.

Er sah zu, wie sich der Vater in der Wohnung einrichtete. Er rasierte sich, nahm einen Anzug, Hemden und Socken aus dem Schrank und warf alles auf die Ehebetten. Dann heizte er den Kessel im Waschhaus an und badete lang und ausgiebig. Als er den Anzug anhatte, rasiert war, meinte der Sohn ihn schon besser wieder zu erkennen. In die Arme ließ er sich an diesem Tag aber nicht mehr nehmen. Irgendwie fühlte er sich ängstlich. Fragen beantwortete er nur zögerlich und für den Fremden viel zu knapp.

Endlich gab es Abendbrot. Gemeinsam saß man vor dem Haus auf einer wackligen Holzbank. Vater hatte ein verbeultes Kochgeschirr ausgepackt, darin war eine rote, süße Himbeerlimonade, die der

Heimkehr

Junge mit Begeisterung trank. Dazu gab es ein großes duftendes Weißbrot, wie er es noch nie gesehen, geschweige denn gegessen hatte. Es duftete köstlich und die Rinde hatte tiefe Risse und glänzte. Dazu gab es ein Stück Butter aus der Tasche.

Vater schnitt starke Stullen ab, gab Butter und Salz darauf und es schmeckte und schmeckte. Nie, so glaubte er, Besseres gegessen und getrunken zu haben. Dankbar schob er nach diesem Festmahl vorsichtig seine kleine Hand in die große des Vaters. Der Vater lächelte und strich ihm ganz behutsam über den Kopf.

Abends dann besuchten sie die Großmutter, die der Junge sehr liebte. Sie weinte vor Freude, als sie ihren Sohn in die Arme nahm. Also, dachte der Kleine, es war alles richtig mit diesem Vater, sonst hätte die Großmutter ihn nicht so begrüßt. Denn die musste ihn ja wirklich kennen.

Vati war wieder da, alles würde gut werden, wenn auch ganz anders. Bisher hatte die Mutter vieles mit ihm beraten, und hatte ihn liebevoll ihren kleinen Mann genannt, und nun?

Zwei Tage später kam die Mutter nach Hause. Beladen mit Mehl, Kartoffeln und großen braunen Bohnen, die Vater Saubohnen nannte. Auch sie war glücklich, dass der Vater wieder da war. War doch die Familie nach sechs Jahren wieder beisammen. Aber auch hier fühlte er eine gewisse Fremdheit zwischen den Eltern. Als sie mit dem Kleinen eines Abends zur Nachbarin auf einen Schwatz ging, fragte sie ihn, wie es denn nun so sei mit dem neuen, alten Vati. „Ach", sagte er, „alles ganz gut. Nur mit dem Brot werden wir künftig nicht mehr auskommen, solche Rungsen (starke Brotstullen) schneidet der ab und isst se auf!!"

Sie lachte, strich ihm über das Haar und sagte: „na wenn schon, jetzt sind wir ja auch zu zweit um Brot zu besorgen!" Irgendwo hatte er von da an das Gefühl, dass Vater, Mutter und Kind zusammen wohl eine der wichtigsten Sachen im Leben sind.

Heimkehr

Amizigaretten

Schon seit Tagen dröhnten die Fahrzeuge über die Hauptstraße, die im Norden die kleine Siedlung begrenzte. Offene Jeeps, schwere grau-grüne LKWs planenverhangen, Panzer, die das feste Granitpflaster der Straße in weißen Staub zermahlen konnten, Geschütze, Sanitätswagen und wieder Jeeps. Es schien im April 1945 so, als hätte das große ferne, fremde Amerika alle Schleusen geöffnet, um diese Hauptstraße des kleinen Erzgebirgsdorfs mit ihren Soldaten zu überschwemmen.

Aus den kleinen Häusern hingen weiße Betttücher, eilig an Besenstiele und Zaunlatten genagelt. Zaghaft wagten sich einige Frauen, manchmal für ein paar Augenblicke, auf die Straße.

Die Alten und die Kinder spähten durch die verschlossenen, verhangenen Fenster oder einen schmalen geöffneten Türspalt. Gelegentlich besiegte die Neugierde die Angst. In jedem Haus wohnte die Sorge. Großdeutschland war erledigt, das zeigten die Ami-Fahrzeugkolonnen langsam auch den Verbohrten. Wie sollte es weitergehen, woher würden Brot und Kartoffeln für die nächsten Tage kommen? Die durchziehenden Kolonnen gaben keine Antworten.

Oft fuhren sie schnell, vermieden es anzuhalten. Auf den LKWs aufgesessene Mannschaften mit Stahlhelm, die Kinnriemen festgeschnallt, die Waffen in den Händen. Die wenigen Menschen am Straßenrand würdigten sie kaum eines Blickes. Sie hatten es eilig, denn oben in den Bergen wurde noch gekämpft. SS und Wehrwölfe sollten sich dort eingegraben haben, so erzählte man. Das Wummern schwerer Artillerie war in der Ferne zu hören. Von Zeit zu Zeit donnerten Jagdflieger über den Ort. Kradfahrer rasten an den Kolonnen lang, machten irgendwo an einem Jeep Meldung, übergaben Befehle und rasten zurück.

„Kampftruppen" sagte ein Landser, der den rechten Arm in einer schmutzigen Binde um den Hals trug, sachkundig „mit denen ist nicht zu spaßen, die werden den paar Verrückten da oben in den Wäldern schon einheizen".

Die wenigen Frauen am Straßenrand versuchten die Gesichter der vorbeifahrenden Soldaten zu erfassen, die waren ernst, entschlossen, oft blass. Die furchtbare Anspannung, die Müdigkeit waren in diese Gesichter geschrieben. Freilich, wer wollte denn in den allerletzten Tagen dieses Krieges noch einmal in die Ungewissheit von Kampf, Tod und Verderben geschickt werden? Vielleicht fallen, jetzt wo alles doch zu Ende ging und der Neuanfang in Sicht war. Von solchen Kolonnen war für die Dörfler nichts zu erwarten. Sie lernten schnell, dass hinter diesen Kampfverbänden schon bald Trosswagenkolonnen kommen mussten, um die Versorgung der Kämpfer zu sichern.

Amizigaretten 75

Das waren andere Soldatentypen, sie trugen fast alle Mützen, keine Stahlhelme, Pullover, offene Jacken, hohe Schnürschuhe und auch mal ein buntes Tuch. Meistens hatten sie Zeit, fuhren langsam, lachten und winkten, das Wichtigste aber, sie saßen auf unsagbaren Schätzen. Ihre LKWs waren vollgepackt mit großen Kartons voller Konservendosen aus hellem Wellblech, angefüllt mit Zigaretten, duftendem Kaffee, Truthahnfleisch, Corned Beef, Schokolade, hellen sandfarbenen Keksen, Pfirsich-Kompott und tausend anderen guten Dingen, von denen die Dörfler seit Jahren nur noch träumen konnten.

Und von Zeit zu Zeit geschah es, in letzter Zeit wurde es häufiger, dass die weißen, schwarzen und braunen Trosssoldaten sich den Spaß machten, dieses oder jenes von den guten Sachen in die Menge zu werfen. Oft sah man den Dosen nicht an, welchen wertvollen Inhalt sie enthielten. Aber das war den Menschen an der Straße auch egal. Konnte man ein solches Geschenk auffangen, aufheben, im Gerangel erkämpfen, jemandem wegnehmen, so hatte man zumindest für diesen Tag das große Los gezogen. Alte, Mütter, Kinder rannten dann mit ihrer Beute nach Hause. Die Büchsenöffner wurden in das Wellblech gestoßen, egal was herauskam, es war immer köstlich. Wie ein Lauffeuer gingen die Nachrichten durch die Siedlung, der alte Ziegler hat eine Dose mit Zigaretten erwischt, bei Herings tranken sie richtigen Kaffee – Bohnenkaffee.

Verständlich, dass schon das ferne Brummen von Fahrzeugkolonnen die Dörfler magisch an die Straße zog.

Am letzten Sonnabend des Monats April, einem regnerischen, trüben Tag, standen nur einige Frauen und Kinder unter Schirmen an der Straße. Langsam näherte sich ein Fahrzeugtross, sechs, vielleicht acht schwer beladene LKWs, die Planen gut zugebunden, so dass kein Ritz für die neugierigen Blicke blieb. Drei waren schon vorüber, aber dann der vierte, was war das? Ein ebensolcher LKW, die Planen zurückgeschlagen, darauf drei dunkelfarbige Soldaten, die Dosen, Stück auf Stück in aller Seelenruhe nach links und rechts in die Menge warfen. In den schwarzen Gesichtern blitzten die Zähne, die Gesichter lachten. Da fielen zwei Dosen Kindern vor die Füße, ein schwarzer Soldat zeigte mit ausgestrecktem Arm auf ein blondes Mädchen am Straßenrand und schon flog eine Dose auf sie zu. Sie fing sie geschickt auf, einige Halbwüchsige johlten, sie lachte und winkte.

Eine Gruppe Erstklässler kam aus der Schule und drängelte sich durch die Erwachsenen, gefährlich dicht an die Fahrzeuge heran. Sie winkten und schrieen und wieder knallten Dosen auf die Straße, rollten über das Pflaster. Wie ein Schwarm Spatzen waren die Kinder hinter den Büchsen her. Ein kleiner dünner Rotschopf versuchte eine Dose zu fassen. Sie war zu groß, zu schwer, zu glatt, mit einer seiner kleinen Hände konnte er sie nicht halten. Sie entglitt ihm. Aber es ist meine Dose dachte er, sie liegt ja direkt vor mir. Wie wird sich Mutti freuen. Noch nie hatte er von der Straße etwas mit nach Hause gebracht. Er lachte vor Glück, nur schnell runter und mit zwei Händen festhalten. Den Tumult um sich herum spürte er nicht.

Das sagenhafte Glück – die Dose – er hält sie mit zwei Händen – macht ihn leicht schwindlig. Schnell aufheben und weg, denkt er.

Da spürt er einen kräftigen Stoß im Rücken, er fällt nach vorn. Die Knie schmerzen, die Hose wird schmutzig. Mit den Händen fängt er den Stoß auf dem Pflaster ab. Ein dreckiger Soldatenstiefel stößt seine Dose an. Sie rollt nach vorn, weg von ihm. Er kann es nicht fassen. Eine große behaarte Hand mit schmutzigen Fingernägeln fasst zu. Die Dose entschwindet nach oben. Er hockt geschockt am Boden, langsam ganz langsam dreht er sich endlich um. Hinter ihm steht ein Soldat, stoppelbärtig, der lange Mantel zerrissen und dreckig, er schaut lachend auf ihn herunter, verstaut die Dose schon in der inneren Manteltasche. Er sieht die entsetzten Kinderaugen und knurrt mit heiserer Stimme: „Was willst du Knirps denn mit Zigaretten? Das hat doch wohl bei dir noch Zeit!"

Der Kleine hockt noch immer wie gelähmt am Boden. Die Knie schmerzen, Tränen rinnen über das schmutzige Gesichtchen, er ist zu keiner Reaktion fähig. Endlich piepst es von unten, „aber es ist doch meine Dose!" Der Soldat lacht kurz auf und verschwindet mit schnellen Schritten zwischen den Frauengruppen, die noch am Straßenrand stehen.

Mühsam erhebt sich das Kind, ein Strumpf ist am Knie zerrissen, das Knie ist aufgeschrammt, die kleinen Hände brennen. Langsam klopft er sich den Sand von Hose und Strümpfen. Mit kleinen Schritten macht er sich auf den kurzen Heimweg. Nun weint er bitterlich, nicht über den Schmerz an den Knien und Händen, pah was war das schon? Nein, er weint vor Wut und Enttäuschung über die Ungerechtigkeit der Welt, wo die großen Starken sich alles nehmen, besonders von den kleinen Schwachen. Und keiner hindert sie daran.

Er weint über die zerronnene Chance, heute endlich für Mutter etwas nach Hause zu bringen. Eine grenzenlose Hoffnungslosigkeit und Mutlosigkeit ergreift ihn. Nie, nie, würde er es schaffen, eine solche Dose zu erringen. Vielleicht aber war es auch der letzte Tross der Amerikaner, der über die Straße rollte, wer kann das wissen, dachte er. Er hatte versagt, er war zu schwach, die Gewalt und die Ungerechtigkeit waren zu stark – so würde er es der Mutter sagen.

Vielleicht ahnte er das erste Mal in seinem kurzen Leben, wie schwer es auch künftig sein wird, mit Gewalt, Ungerechtigkeit, Enttäuschung und Hoffnungslosigkeit umzugehen. Er hat gesehen, wie schnell ein kleines Glück geboren werden kann und wie schnell es wiederum in Nichts zerfällt.

Endlich ist er zu Hause, die Mutter tröstet ihn, wie das nur eine Mutter kann. Sie wäscht ihm das Gesicht, die Hände und klebt Pflaster auf die kleine Wunde am Knie. Vor allem aber hört sie ihm zu. Am Abend dann, vor dem Einschlafen, erklärt sie ihm, dass es im Leben der Erwachsenen oft so zugeht, wie er es heute auf der Straße erlebt hat.

Dann streicht sie ihm über das Haar und sagt:„Nun schlaf ganz schnell, dass du bald ein großer starker Mann wirst, der dann helfen kann, dass auch für kleine schwache Jungen etwas mehr Gerechtigkeit und Glück in die Welt kommt."

Schwarze Königin

In der Siedlung feierte man Hochzeit. Es war die erste Nachkriegshochzeit im Frühjahr 1946. Die Männer kamen aus der Gefangenschaft. Ein endloser Strom – mal stärker, mal schwächer, fast nur tröpfelnd – heiß erwartet von Frauen, Müttern, Kindern. „Meiner ist gestern gekommen", verkündet eine blasse, schüchterne Vierzigjährige, zwei Kinder am Rock. „Wann kommt meiner?", fragte eine andere, Sorge und Angst schwangen in der Stimme.

Sie kamen aus Polen, der Tschechoslowakei, aus Russland, hungernd, abgerissen, oft stoppelbärtig, blondes Haar oft ergraut. Die Waschküchen wurden angeheizt, die Blechwannen bis zum Rande gefüllt, es wurde gebadet, gebadet und gebadet. Dann fuhr man in saubere Kleider, fühlte sich als Mensch. Einige kamen aus England, vielleicht sogar den USA, das waren die Könige unter den Heimkehrern. Besser genährt und gekleidet, oft mit Schokolade für die Kinder und Bohnenkaffee für die Frauen in den Taschen, die Zigaretten im Mund.

Die Heimkehr der Männer, das war der Beginn von allem. Die Frauen lernten das Lachen wieder, die Kinder wichen den Vätern nicht von der Seite. Der Schacht arbeitete wieder, man begann Zäune und Häuser zu reparieren. Der Pulsschlag des Lebens war wieder zu spüren, nun wurde alles anders, alles gut. Obwohl es an allem fehlte, brachte der Frühling 46 doch ein Stück Zuversicht zurück, das Leben erwachte und natürlich auch die Liebe. Da passte die erste Hochzeit gut in den Frühling, zu Vogelgesang, Birkengrün und bunten Tulpen. „Hochzeit, das ist gut", sagten die einen, „es ist mutig", sagten andere, „womit wollen die denn feiern", fragten die dritten.

Karin und Franz wollten sich das Ja-Wort geben. Er, ein ehemaliger Abiturient mit mehrjähriger Erfahrung im Zerstören, im Töten. Als Panzerfahrer erprobt auf den Schlachtfeldern Europas. Mehrfach wurde sein Panzer abgeschossen, dem Tod war er nur knapp entkommen.

Sie – Uhrmacherin und Krankenschwester. Aus einem Lazarett am

Rhein hatte sie ihn sich nach Hause geholt. Gefahren waren sie auf bäuerlichen Leiterwagen, auf Militär-LKWs, auf Zügen die chaotisch überfüllt waren, zu Fuß waren sie gelaufen, egal, nur nach Hause. Und sie hatten es geschafft, mit dem Mut und der Kraft der Jugend, von der sie glaubten, dass sie nie verlöschen kann. Nun war es also soweit, Hochzeit sollte sein. Besonders die Brautmutter wünschte es sehr.

Sie schaffte alles heran, was man für eine richtige Hochzeit brauchte: Weißes Mehl für den Kuchen, Rind- und Schweinefleisch für den Braten, Schnaps, Wein, Bier für den Abend, dazu natürlich Butter, Speck, Brot, Wurst und Käse, Kartoffeln, Obst und Kompott – alles war da, wie im Schlaraffenland.

Wie war das nur möglich, in dieser Zeit? Witwe L., die große, etwas zu üppige Brautmutter besaß einen kleinen Laden an der Hauptstraße. Dort verkaufte sie vor dem Krieg Uhren, Ringe, Armbänder und Kettchen, Broschen und Wecker und auch Hängeuhren für die Wohnzimmer. Einige Restbestände ihres Ladens hatte sie vorsorglich durch den Krieg gebracht. Nun verließen die geretteten Uhren, Silber- und Goldkettchen ihre Verstecke im kleinen Laden und waren zu Fleischern und Bäckern, zu Bauern und Kramhändlern gewandert und erfuhren dort eine Verwandlung in Delikatessen für das Hochzeitsfest. Der Geruch des Bratens, des Kuchens, vielleicht aber auch nur das Gerücht davon, breitete sich rasch in der Siedlung aus.

Nun standen die Siedler alt und jung und groß und klein am Zaun des Hausgartens und versuchten etwas abzubekommen vom Duft und Glanz des ungewohnten Festes. Ein paar kleine Stückchen Kuchen für die Kinder fielen da schon ab, 3-4 Flaschen Bier für die jungen Burschen, die dem Bräutigam halfen, den letzten Schutt des Polterabends auf Handwagen zu laden und abzufahren. Viele waren auch nur gekommen, um eine festliche weiße Braut und die gut gekleideten Hochzeitsgäste zu sehen.

In der engen schmalen Küche des Hochzeitshauses arbeitete eine kleine, etwas mollige Frau und probierte zum wiederholten Male die Soße des Festtagsbratens. Sie überwachte die kochenden Salzkartoffeln und die grünen Klöße, die langsam zu sieden begannen. Da hatte sie wenig Zeit für ihren kleinen, sechsjährigen Sohn, der am Fenster auf einem Hocker saß und schon das dritte Stück Hochzeitskuchen in sich hinein gestopft hatte. Endlich schien er satt zu sein, und er huschte nun mal kurz durchs Haus, wo sich immer mehr Hochzeitsgäste im großen Wohnzimmer versammelten. Die eintreffenden Gäste waren mit allem gewandet, was nach sechs Kriegsjahren noch in den Schränken war und als festlich gelten konnte.

Dunkle Anzüge, die schon bessere Tage gesehen hatten, die Flecken und Mottenlöcher notdürftig kaschiert, abgeschabt und oft getragen. Sommerkleider der Vorkriegsmode, viele Blumen, viele Rüschen. Die Schuhe verfärbt, oft mit schiefen Absätzen aber festlich poliert. Dazu die Zylinder, die die Herren lässig auf der Handkante in volle Form klopften. Etwas grotesk wirkten diese Kleidungsstücke, weil sie kaum jemandem richtig passten, vieles war zu lang und zu weit, einiges zu kurz und zu eng. Es schien so, als seien die Hochzeitsgäste in einem Kostümverleih ausstaffiert worden. Auch der Bräutigam steckte in einem viel zu weiten schwarzen Anzug. Die Hose hielt er mit einem alten Armeekoppel nur mühsam zusammen.

Das Erstaunlichste, diese Maskerade schien die Menschen überhaupt nicht zu stören. Sie lagen sich in den Armen, lachten, begrüßten sich, manche hatten sich Jahre nicht gesehen. Man war noch da, wieder da, dem Tod und der Vernichtung mit heilen Knochen entkommen. Konnte das Glück größer sein? Darauf ein Bier, einen Schnaps, ein Glas Wein. Gierig griff man nach den Raritäten, fast goldwert, Zigaretten und Zigarren vom schwarzen Markt.

Dann hielt vor der Tür ein alter, aber gut gepflegter BMW – die Dörfler kamen aus dem Staunen nicht heraus. Das war ja ein richtiges Auto. Aus dem Wagen stieg ein großer, eleganter Herr im tadellos sitzenden Smoking. Die weiße Seide seines Hemdes blitzte in der Sonne. Auf den schwarzen Lackschuhen gab es kein Stäubchen. „Wie im Film", rief eine Frau aus der Menge. Der Herr lächelte fein, grüßte die verdutzte Menge, ging um den Wagen herum, öffnete die Tür und reichte einer Dame den Arm, die nun die volle Aufmerksamkeit auf sich zog. Ehrfürchtig machten die Dörfler Platz, hinten wurde geklatscht, einer rief „Bravo", es wurde gelacht.

Das Auffälligste an dieser großen, schlanken gut gewachsenen Dame war ihr pechschwarzes langes Haar, das zu einem prächtigen Dutt aufgesteckt war. An der linken Seite dieses Haarturmes steckte eine rote Orchidee. Ihr ebenmäßiges schönes Gesicht war tiefbraun, ebenso der Hals, die Arme, der Rücken und das tiefe Dekolleté, das eine weiße Stola nur teilweise erkennen ließ. Sie trug ein enganliegendes, ihre Figur betonendes hellblaues bodenlanges Kleid aus Plauener

Spitze, mit Seide unterfüttert. Das Kleid hatte die Farbe ihrer Augen, die groß und träumerisch den Menschen entgegenlächelten. Kleine Diamantenohrringe und ein breites Diamantdiadem machten ihre Erscheinung perfekt.

Wie eine Königin stand sie einen Augenblick still, lächelte, winkte den Menschen zu. Dann schritt sie am Arm ihres, sicher einige Jahre älteren, Ehepartners ganz langsam ins Haus. An der Küchentür stand ein kleiner, sommersprossiger, rotblonder Junge mit offenem Munde. Sie lächelte ihn an und strich ihm mit der Hand übers Haar. Er staunte sie an, war wie elektrisiert und rannte in die Küche zum Rock der Mutter. Später spähte er um die Ecke in das schon gut gefüllte Wohnzimmer. Sie stand im Zentrum einer Herrenrunde. Die Herren versuchten sich mit kleinen Höflichkeiten zu übertreffen. Sie lachte und sagte etwas, das er nicht verstand. Die Frauen standen in der anderen Ecke des großen Zimmers und tuschelten. Fast, so schien es ihm, beschämt von so viel Glanz.

Nun war es also heraus, sie war die Frau eines Onkels der Braut, eines Fabrikanten in der Strumpfbranche, sie war eine Spanierin. Ohne Zweifel war sie die Königin dieses Festes und stellte die hübsche, junge Braut in ihrem schönen langen weißen Kleid in den Schatten. Sie sprach wenig, blieb am Arm ihres Gatten, wo sie stand, schien die Frühlingssonne intensiver zu strahlen. Am Nachmittag dann nahm die Festgesellschaft Kaffee und Kuchen unter den alten Kirsch- und Apfelbäumen im Garten. Gruppen standen zum Fototermin.

Der kleine Junge huschte von Gruppe zu Gruppe. Bald war er am Kaffeetisch, bald beim Fotografen, der ihn auf einen Stuhl stellte und durch das Okular der alten Standkamera schauen ließ. Da hatte sie ihn entdeckt und rief ihn zu sich. Er rannte ein Stück auf sie zu, die letzten Schritte ging er ganz langsam. Sie beugte sich zu ihm, er roch ihr starkes Parfüm, sah ihre glänzenden Augen, ihr Lächeln auf sich zukommen. Sie fragte etwas, vor Aufregung verstand er kein Wort. Er wurde verlegen und merkte, wie seine Ohren glühten. Da kam ihm die Braut zu Hilfe. Die Dame wollte wissen, wie er heiße und ob ihm die Hochzeit gefalle? Nun hatte er verstanden, er hauchte seinen Namen und hängte ein dünnes „Ja" an.

Dann sauste er schon in die Küche und blieb bis zum Abend verschwunden. Die Mutter staunte, wie verwirrt ihr Kleiner war, war aber viel zu beschäftigt, um auch noch darüber nachzudenken.

Am Abend hatte er, so war es vereinbart, ein kleines Gedichtchen aufzusagen. Nun wollte er nicht mehr. Die Mutter redete ihm gut zu, die Braut ermunterte ihn. Eigentlich wollte er keinen enttäuschen, schließlich hatte er es lange vor dem Fest versprochen. Jetzt aber hätte er sich am liebsten ins Bett verkrochen. Endlich gab ihm die Mutter einen Stoß und er sich einen Ruck. An der Hand der Mutter trat er in das Festzimmer. Der Bräutigam klopfte an das Glas und kündigt ihn an. Ein Stuhl wurde gebracht, irgendjemand packte ihn unter den Schultern und schon stand er auf dem Stuhl. Erwartungsvolles Schweigen. Wo war sie? Sie stand ein wenig an der Seite und sprach noch leise mit zwei Herren. Gott sei Dank, sie schaute ihn nicht an. Mit lauter, zuerst etwas schriller Stimme, die später ihren Gleichklang wieder fand, begann und beendete er sein Gedichtchen. Ohne Stocken, ohne Versprecher, vor dem er sich so gefürchtet hatte. Konzentriert hatte er nur auf die Menschen an der Festtafel geschaut, einen Blick zu ihr hatte er nicht riskiert. Nun aber, da sein Applaus erklang, kletterte er schnell vom Stuhl. Nun traute er sich zu ihr hinzuschauen.

Sie lachte ihn an, klatschte und ergriff einen der auf den Schränken herumliegenden Zylinder. Mit einer weiten Armbewegung bat sie uns um Ruhe und erklärte, dass sie nun für den kleinen Künstler sammeln werde. Ihr Mann zückte als erster das Portemonnaie und warf etwas in den Zylinder. Mancher der Männer, denen sie den Zylinder vor die Nase hielt, gab bei ihrem Lächeln mehr als er eigentlich wollte. Am Ende der kleinen Sammelaktion stand sie vor dem kleinen Jungen, dessen Ohren schon wieder glühten und schüttete ihm das Geld in die Hände – zwei kleine Hände voller Münzen. Sie strich ihm wieder über den Kopf und dankte im Namen der Gäste. Da rannte er in die Küche, wieder gab es Applaus. Der Bräutigam holte ihn nochmals, stellte ihn wieder auf den Stuhl, er sollte noch ein Gedicht aufsagen. Aber er konnte nicht mehr, er schaffte nur noch einen tiefen Diener. Die stolze Mutter holte ihn ab und brachte ihn bald ins Bett. Dort träumte er von einer schwarzhaarigen schönen Königin im blauen Kleid, die durch die Welt ging und an alle Geschenke verteilte. Wenn sie die Menschen anlachte, so wurden sie besser und das Böse in ihnen starb ganz langsam ab. Allein durch ihr Lächeln wurde die Welt freundlich und hell.

Später dachte er, wenn schon ganz kleine Jungen von solch schönen Frauen so durcheinander gebracht werden können, wie musste es dann erst den richtig großen und erwachsenen Männern gehen?

Der KZ-ler

Täglich fand sich am Bahndamm der kleinen Siedlung eine Jungengruppe nach der Schule zusammen. Sie nannten sich „die Bande", und wer dazu gehörte, dass bestimmte – er – von allen nur der KZ-ler genannt.

Der KZ-ler, das war ein hochaufgeschossener, spindeldürrer 15-Jähriger, der eine Gruppe von Halbwüchsigen als Bandenchef führte, um lebenswichtige Dinge zu organisieren, vor allem aber um Kohle zu klauen.

Sein Spitzname, KZ-ler war gut gewählt. Oft trug er einen alten zerrissenen, hellen Strohhut auf seinem dunklen Stoppelhaar. Das war so kurz geschoren, wie man es von den heimwärts ziehenden Kriegsgefangenen kannte. Auf dem nackten Oberkörper trug er die verblichene, gelbe Weste eines uralten Herrenanzugs. Die stand immer offen und ließ dunkle sonnengebräunte Haut erkennen. So konnte man jede seiner Rippen sehen und zählen. Ergänzt wurde diese Weste durch eine ebensolche Anzugshose, die unten abgeschnitten war, so dass die braunen dürren Waden hervorschauten. Damit diese Hose nicht von den dürren Hüften rutschte, wurde sie von einem alten Stück Wäscheleine zusammengehalten. Die Füße waren fast immer barfuß und hatten lange keinen Waschzuber gesehen.

So sah er aus wie das wandelnde Elend, auch das hatte ihm sicher seinen Spitznamen mit eingebracht. Viele in der Siedlung kannten ihn nur unter diesem Spitznamen. Sie wussten nicht, dass er der Größte aus einer achtköpfigen Bergarbeiterfamilie war. Der Vater war im Krieg gefallen. Die Mutter wusste nie, wie sie die Kinder satt kriegen sollte. So musste man halt organisieren – und darauf verstand er sich.

Denn es war Anfang August 1946 und den Menschen in der kleinen Siedlung mangelte es an allem – Brot, Kartoffeln, Zucker, Mehl – gar nicht zu sprechen von Fleisch und Fett. Aber eigentlich drehte sich in der Siedlung zu dieser Zeit alles um eins – die Kohle. Kohle brauchte man zum Heizen und Kochen, aber ebenso für Tausch-

und Schwarzmarktgeschäfte mit den Bauern und Händlern, die das Überleben sicherten.

Hier nun war der KZ-ler aktiv – wie kein anderer konnte er Kohle organisieren. Oft saß er am Straßenrand auf den hohen Granitbordsteinen, rauchte selbstgedrehte Zigaretten, in Zeitungspapier gestopfte, getrocknete Rosenblätter. Er kannte alle und jeden und wusste, was sich in der Siedlung bewegte. Manchmal pöbelte er junge Mädchen und Frauen an. Einige fürchteten sich vor ihm. Männer, die ihm hätten entgegentreten können, waren gefallen oder oft noch in der Gefangenschaft.

War irgendwo in einen Hühnerstall eingebrochen worden oder fehlte einem Siedler morgens ein dürrer Hase aus dem Stall, so geriet er schnell in Verdacht. Wenn er das hörte, zuckte er nur mit den Schultern, spuckte im weiten Bogen durch eine breite Zahnlücke und lachte. Nachweisen konnte ihm keiner etwas. Fast immer hatte er seine Meute halbwüchsiger Jungen um sich – die ihn vergötterten. Gemeinsam betrieben sie ihr Geschäft – die Beschaffung und Verhökerung von Steinkohlen.

Am Rande der Siedlung gab es einen alten Bahndamm, auf dem die Züge vom nahegelegenen Schacht zu dem kleinen Bahnhof des Ortes fuhren. Täglich drei oder viermal fuhren die voll beladenen offenen Güterwaggons, gezogen von einer alten Dampflokomotive, im leichten langen Bogen vom Schacht zum Bahnhof. Am Bahnhof wurden die Waggons rangiert, zu neuen Zügen zusammengestellt, die dann irgendwo zu einem Frachthafen an die Elbe fuhren.

Dieser nicht endende Kohlestrang war die Lebensader der Siedlung in diesen schweren Jahren. Aus Kohle wurden Wärme, Brot, Butter, Eier, vielleicht sogar ein neues Hemd oder ein paar Schuhe. Fast immer waren die Waggons zu hoch beladen, fuhren sie in der Kurve über die altersschwachen Gleise, so rollte so manches Stück Kohle über den Waggonrand. Für Frauen und Kinder gehörte es zum täglichen Leben, in Eimern und Körben dieses wertvolle Gut zu sammeln und nach Hause zu tragen. Freilich der Ertrag dieses Fleißes hielt sich in Grenzen.

Manchmal allerdings packte die ganze Siedlung das Kohlefieber – dann ging ein Schrei durch die Gassen und Straßen – „Waggon geplatzt!" Alt und Jung, Groß und Klein – alles was laufen konnte –

rannte mit Eimern, Körben, Säcken, Handwagen, Kinderwagen zum Bahndamm, denn dort gab es Kohlen über Kohlen.

Dann waren die Türen eines Waggons aufgegangen, die Kohle rollte über den Bahndamm, über Steine, ins Gras und in die Ginsterbüsche. Zuerst war der Kohlestrom breit und stark, dann wurde er dünner und hörte schließlich nach mehreren hundert Metern Fahrweg ganz auf.

Die Siedler fielen wie besessen über diesen Reichtum her, jeder wollte die größten Brocken, jeder wollte das meiste in seine Taschen und Eimer bringen. So gab es Hast, Eifer, Lachen und Rufen, manchmal aber auch Tränen, Ärger und Streit um die Kohlen.

Wichtig war auch, was in den geplatzten Waggons war. Das konnten „Brocken" sein, Kohlestücke, 5-10 kg schwer, so ein Stück konnte einen Eimer füllen, wenn man es mit dem Hammer zerschlug. Es gab „Katzenköpfe", faustgroße Kohlestücke, die die Eimer und Säcke gut füllten. Weniger beliebt waren die „Nüsse", Kohlestücke in Walnussgröße, die viel Arbeit forderten bis sie im Keller lagen. Am schlimmsten aber war der „Grieß", gemahlene Staubkohle, die mit kleinen Schaufeln in Säcke und Eimer gesammelt wurde. Gab es Grieß, so waren die Kohlesammler alle schwarz wie die Raben. Der Kohlestaub lag auf den Köpfen, den Gesichtern, den Händen und den Armen und Beinen. Er drang durch die abgetragene Kleidung, die Stümpfe und die kaputten Schuhe. Für die Kinder war das ein Fest, die Freunde waren wie schwarz angestrichen, sich selbst sah man ja erst später. Auf alle Fälle wurde am Abend viel Wasser in der Siedlung gebraucht, die knappe Kernseife musste eingesetzt werden. Langsam erkannte man dann die eigene Familie wieder.

Die geplatzten Waggons gehörten zu den Höhepunkten des Siedlungsalltages. War zehn oder vierzehn Tage nichts passiert, so warteten die Menschen fast darauf. Irgendwann musste es wieder passieren, nur wann und wo, keiner wusste es. Manch einer fragte sich, wie konnten die verschlossenen Waggontüren von allein aufgehen? Nur weil der Waggon über holprige Weichen und Schienenanschlüsse stotterte und rüttelte? Nein, das konnte nicht sein. So war es ein offenes Geheimnis, „Jemand" – musste vorsorgen und vielleicht die Riegel schon am Schacht lockern, so dass ein paar Schwellenstöße ausreichten, um sie zu öffnen. Dieser „Jemand" blieb im Dunkeln.

Doch halt, einer wusste was – der KZ-ler. Denn manchmal informierte er die Jungen seiner Bande, wenn sie am Bach saßen, und über den Krieg, den Hunger und die Heimkehrer sprachen. „Ja, also morgen platzt der nächste Waggon", sagte er ganz bestimmt. Die Jungen rannten nach Hause und verkündeten die Neuigkeit. Mit Spannung erwartete man in den kleinen Häusern den neuen Tag. Oft trat ein, was der KZ-ler gesagt hatte. Keiner wusste, woher er sein Wissen hatte.

Einige vermuteten, er steige nachts oder früh morgens in das Schachtgelände und lockere selbst die Waggonriegel. Andere meinten, er kenne die Rangierer auf dem Schacht und einer von diesen müsste es sein. Der Vorgang blieb im Dunkeln, es war unheimlich, aber für die Bewohner der Siedlung nützlich. Sowieso war es immer besser, man wusste nichts und eigentlich wollte man es ja auch gar nicht wissen. Die Kohlen gingen nach R. an die Elbe, ein Teil sollte nach Russland gehen. Nein, nein, keiner wollte etwas wissen, es etwa mit der Polizei oder gar mit den Russen zu tun kriegen. Nein, nein - Gott behüte.

Anfang des Herbstes wurde der Kohlestrom dünner. Schon seit mehr als vier Wochen war kein Waggon geplatzt. Gerüchte summten durch die Siedlung, es sollte neue Rangierer im Schacht geben. Der Stacheldraht um das Schachtgelände war erhöht worden. Der Winter stand vor der Tür, die Siedlung brauchte Wärme, Mehl, Kartoffeln und Speck. Der KZ-ler saß mit seiner Bande am Bach und hielt Kriegsrat. Warum platzte kein Waggon mehr? Wie konnte man künftig an die Kohle herankommen, wenn der regelmäßige Kohlestrom versiegt war? Was war zu tun, um wieder mehr Kohle in die Siedlung zu bringen? Auch der KZ-ler schien diesmal keine Idee zu haben. Einer wollte zu Hause Schachtschnaps klauen und einen Rangierer bestechen. Aber die Familien hatten keinen Schnaps mehr im Keller. Und die Rangierer kannte auch keiner, sie waren neu und sollten aus Ch. kommen.

Ein anderer wollte ein Brettergestell bauen, um über den Stacheldraht ins Schachtgelände zu gelangen. Es fehlte aber an Brettern und Nägeln für das Gestell.

Endlich hatte ein dürrer hochaufgeschossener 13-Jähriger die Idee. Er wollte einen Drahthaken bauen, auf den Waggon aufspringen und mit dem Drahthaken den Riegel während der Fahrt öffnen und so den Kohlestrom wieder in Gang setzen. Dem KZ-ler schien der Gedanke sofort zu gefallen. Freilich gab es noch viel zu bedenken. Der Drahthaken musste fest aber nicht zu schwer sein. Konnte einer so schnell über die Schottersteine des Bahndamms laufen und auf den fahrenden Zug in der Kurve aufspringen? Dabei konnte man schwer stürzen!

Schließlich musste ein Waggon mit Brocken oder Katzenköpfen ausgewählt werden. Alle lachten bei der Idee, dass ein Grießwaggon aufgehen könnte und sie voll in den Strom aus Kohlenstaub geraten würden. Nein, nein – Brocken mussten es sein, wenig Arbeit, volle Säcke und Eimer, das war doch klar.

Da man vor dem Waggon nicht sah, was oben lag, musste also ein Posten von fern, am besten vom Dach des Häuschen des Friedhofsgärtners das Signal geben, wann der richtige Waggon anrollte. Ja, zu beraten war, wie kam man nachher, wenn der Kohlenstrom in Gang war, von dem schneller fahrenden Zug wieder runter? Sprang man nicht ab, so stand sicher auf dem Bahnhof die Bahnpolizei mit Gummiknüppeln. Da war nicht Gutes zu erwarten. Vielleicht war aber auch ein Rangierer auf dem Zug, der auf Kohlendiebe lauerte?

Der KZ-ler hörte sich alles ruhig an, drehte sich eine neue Zigarette, als sie brannte, stand sein Entschluss fest, er wollte es versuchen. Jetzt ging es um die Details im Plan. Der KZ-ler war der Größte und der Schnellste in der Bande. Er musste genau an der Stelle auf den Waggon aufspringen, wo der Zug am langsamsten fuhr. Das musste gehen – Laufen, Haltestange mit der linken Hand erreichen und sich auf die Plattform des Waggons hochziehen. Der Rest war ein Kinderspiel, auf den Waggon klettern und mit dem Drahthaken den Riegel öffnen, dachte er. Ein zweiter aus der Bande sollte, damit der KZ-ler beim Sprung auf den Waggon unbelastet war, hinter ihm herlaufen und den Drahthaken hochreichen. Dreihundert Meter, genau vom geplanten Aufsprungsplatz des KZ-lers entfernt, sollte der Rest der Bande versteckt hinter Birken und Ginster mit Säcken und Eimern liegen und darauf warten, die „Ernte" einzubringen. So war der Plan, vom KZ-ler vorgetragen und von der Bande abgenickt. Ein Tag Vorbereitung musste reichen. Am nächsten Morgen ging es los.

Die Schachtzüge kamen meistens pünktlich. Der KZ-ler hatte sogar einen alten Wecker dabei. Ein Stück rostiger Stahldraht war zu einem Haken gebogen worden, damit sollte der Riegel gelöst werden. Lange vor elf Uhr, dem Zeitpunkt der wahrscheinlichen Zugfahrt, waren alle auf ihren Posten. Der Kleinste saß auf dem Dach des Geräteschuppens des Friedhofsgärtners und sah den Zug zuerst. Sein Signal wurde erwartet. Die beiden Läufer hatten sich getarnt platziert. Henne, der Junge, der die Idee gehabt hatte, hielt den gebogenen Drahthaken. Weiter hinten im Gebüsch hatte der Rest der Bande Posten bezogen.

Da endlich kam die Lokomotive laut tutend aus der Kurve. Es schien ein langer Zug zu sein, das Rattern wuchs langsam zum Dröhnen an. Der Bahndamm bebte. Die ersten Waggons rollten schon an den Verstecken vom KZ-ler und Henne vorbei. Waggon auf Waggon ratterte in Richtung Bahnhof. Etwas gebremst und quietschend in der Kurve, aber doch verdammt schnell, dachte Henne. Der KZ-ler beobachtete angestrengt den kleinen Posten auf dem Dach des Gerätehauses des Friedhofsgärtners.

Noch kein Signal, Mensch was macht der da oben bloß. Da endlich das Zeichen. Der KZ-ler stößt Henne an und schießt im leicht gebückten Sprung aus dem Gebüsch, macht einige große schnelle Schritte, erreichte die Haltestange und im Sprung die Waggonplattform. Es war ein halbhoher Waggon, gut gefüllt mit Brocken. Ein Lächeln lief über das Gesicht des KZ-lers, genau das Richtige, dachte er. Unten lief Henne und hielt den Drahthaken nach oben, instinktiv griff der danach und fasste ihn. Henne strahlte und lief langsamer. Der KZ-ler versuchte schon den Haken in die Öse des Riegels zu schieben. Er schwitzte, er hatte wenig Zeit. Der Zug wurde schneller, er spürte es am Fahrtwind. Beim dritten Versuch klappte es, der Haken fasste die Öse des Riegels. Wenn er nun kräftig zog, musste sich der Riegel öffnen, die Türe würde aufgehen und die herrliche Kohle würde in die Gebüsche am Bahndamm rollen. Zuerst zog er leicht an, der Riegel saß fest, dann zog er fester, bald mit allen Kräften, der Riegel hielt. Nun versuchte er es mit mehreren kräftigen Rucks, es half nichts. Er zitterte am ganzen Körper, Schweiß trat ihm aus allen Poren, sein Kopf wurde krebsrot. Gerade rollte er an der Bande vorbei, die am Bahndamm ihre Verstecke verlassen hatte und ihm etwas zuriefen, was er nicht verstand. Er zerrte verzweifelt an dem Draht in seinen Händen. Der rostige Draht hatte ihm längst die Handinnenflächen und die Finger blutig gerissen. Er achtete nicht darauf. Mit dem Mut der Verzweiflung zog er weiter an diesem verdammten Draht, aber der Riegel war mit dem Vorschlaghammer geschlossen worden, die Kohle drückte mit ihren Massen gegen die Tür. Der Riegel rührte sich nicht.

Plötzlich hörte er Geschrei von links. Ein Rangierer war auf dem Zug mitgefahren. Er saß wohl zuerst in einem Rangiererhäuschen auf einem der vorderen Waggons. Erst die Rufe der Bande hatten ihn alarmiert. Nun war er laut brüllend, rennend und kletternd unterwegs, um den Kohlenklauer zu fassen. Drei Waggons trennten den Verfolger noch vom KZ-ler. Der begriff, in welcher Gefahr er war. Instinktiv ließ der den Haken los und rannte nach hinten. Am Ende des Waggons befand sich keine Plattform, die war nur vorn, wo er aufgesprungen war. Er schaute auf seinen Verfolger, der kam schnell näher. Egal wie, jetzt musste er runter. Also, über die Puffer des Waggons auf den Bahndamm, so dachte er. Bauch und Brust an die Waggonwand gepresst, die Hände am Rand der Wand, so ließ er sich herunter. Ein Fuß ertastete schon den Puffer, Gott sei Dank, dachte er noch, und versuchte den zweiten Fuß daneben zu setzen. Da sprang der Waggon über eine alte Weiche. Ein furchtbarer Stoß durchzuckte seinen ganzen Körper. Der Fuß glitt vom Puffer, er verlor das Gleichgewicht, die verkrampften Hände lösten sich und er rutschte zwischen die Waggons.

Das letzte, was er spürte, war ein furchtbarer Schlag im Rücken, ein wahnsinniger Stoß am Kopf – dann wurde es dunkel. Später wusste man, dass ihn der nachfolgende Waggon mit zwei furchtbaren Stößen tödlich verletzt haben musste. Dass danach noch eine alte Dampflok mit ihren niedrig gestellten Feuerrosten den Toten ein paar Meter mitschleifte, bis sie zum Halten kam, spürte er nicht mehr. Der Sarg wurde sofort verschlossen und blieb es. Die Leute in der Siedlung waren wie gelähmt.

Schon Tage später war ein Mythos geboren und die Jungen und die Alten sprachen voller Achtung von einem Menschen und seinem Schicksal, der so vielen geholfen hatte. Die Jungen aus seiner Bande besuchten häufig sein Grab und erzählten Dinge, die er gemacht hatte oder auch nur gemacht haben sollte.

Sein Nachruhm geisterte in den Gesprächen der Alten und Jungen noch viele Jahre durch die Siedlung. Er lebte fort als Helfer der Armen und als Mann ohne Schuld und Tadel.

Ankunft eines Fremden

Es war kurz vor den Sommerferien. Die Junitage waren warm und lang. Rotschopf kam vom Kohlenlesen, seiner alltäglichen Beschäftigung an schönen Nachmittagen. Die dürren, schmutzigen Hände des Jungen hielten einen kleinen Eimer. Der war gut halb voll mit kleinen und mittelgroßen Steinkohlenbrocken, gesammelt am nahen Bahndamm. Die Brückenstraße herunter kam eine Kindergruppe gerannt, die schrien und winkten ihm zu.

„Du musst sofort nach Hause", rief einer seiner Schulfreunde ganz außer Atem. „Bei euch ist Besuch, ein Auto steht vor der Tür". Besuch mit einem Auto, dachte Rotschopf, das gibt´s doch nicht. Vielleicht bei einem im Hause, dachte er, aber nicht bei uns. „Nein, wehrte er ab, kann nicht sein." „Doch", riefen die Kinder, „es stimmt!"

Ein kleines Mädchen wollte seine Mutter gesehen haben, wie sie die Gäste ins Haus führte. „Zwei Männer und eine Frau", sagte sie „alle fein angezogen und mit dem Auto!" Wer sollte das sein – grübelte Rotschopf. Es fiel ihm nichts ein. Aber neugierig war er geworden, er ging etwas schneller, und einer seiner Schulfreunde trug nun mit am kleinen Kohleneimer. Als der Trupp um die Ecke in die Rosegger – Straße einbog, stand da tatsächlich ein Auto. Drum herum lauter Nachbarn, alte Kumpels, ein paar Frauen in Küchenschürzen, die alle schon lange keinen PKW mehr gesehen hatten. Vor allem nicht in dieser engen kleinen Siedlungsstraße, das war damals schon eine Sensation. So konnte Rotschopf erst aus der Nähe sehen, dass es ein alter DKW mit Klappverdeck war, viel grau, nur die Türen waren schön dunkelrot.

Jetzt kreisten die Nachbarinnen Rotschopf ein und wollten wissen, wer da wohl gekommen sei. Rotschopf war verlegen, zuckte nur mit den schmalen Schultern und drängelte sich an ihnen vorbei ins Haus.

Schon vor der Wohnungstür hörte er mehrere laute Stimmen. Sofort fiel ihm die aufgeregte, fragende Stimme seiner Mutter auf. Er klingelte, die Mutter öffnete. Sie war, so schien es ihm, gänzlich aus dem Häuschen. Sie sprach sofort wie wild auf ihn ein. Nahm ihn in die Arme und zeigte auf einen großen, schlanken gut angezogenen Mann, der vom Tisch aufgestanden war und langsam auf ihn zukam. Sie sagte ganz stolz, „das ist mein Bruder Oskar, dein Onkel – macht euch bekannt".

Der Onkel kam noch zwei Schritte näher, streckte Rotschopf seine große Hand entgegen und Rotschopf legte sein kleines, schmutziges Händchen hinein. Skeptisch sah sich Rotschopf „den Neuen" an, der seine Hand so schmerzhaft drückte. Er hatte dünnes, dunkles Haar, eine auffallend hohe Stirn und eine große, sehr markante Nase. Dazu passten die lustigen, lachenden Augen, mit denen er gern zwinkerte. Der hellgraue Anzug und das blaue Hemd, das er trug, wirkten festlich. War heute denn Sonntag? Rotschopf befürchtete, er könnte den Anzug schmutzig machen, als der Onkel ihn auf seinen Schoß zog. Außerdem, was sollte das, auf des Onkel Schoß sitzen? War er vielleicht ein Baby? Also, sofort da runter.

Aber dann begann die nervige Fragerei. Der Onkel wollte gleich wissen, in welche Klasse er gehe, welche Lehrerin er habe, ob er gern zur Schule gehe, ob er immer Kohlen sammle? Na, das kann heiter werden – dachte der Junge. Rotschopf zog einen Flunsch und gab einsilbige Antworten – kein Wort zu viel.

Er marschierte zum Waschbecken und begann sich die kohleverschmierten Hände zu waschen. Erst da wurde ihm bewusst, dass noch ein älterer Mann, auch im Anzug, und eine junge Frau im buntgeblümten Sommerkleid mit am Tisch in der kleinen Küche saßen. Die begrüßte er nun erst, mit feuchten, noch nicht ganz sauberen Händen. Ohne viele Worte machte sich die junge Frau nun daran, ihm Gesicht, Hals, Ohren und die ebenfalls mit Kohlestaub bedeckten Beine zu waschen.

Aufmerksam hörte er zu und versuchte zu verstehen, was die Erwachsenen am Tisch erzählten. Immer wieder merkte er, seine Mutter war an diesem Nachmittag völlig verändert. Mal lachte sie, erzählte überlaut, dann weinte sie und hing am Hals dieses fremden Bruders. Sie plapperte vor Aufregung so schnell, dass sich ihre Stimme überschlug. Dann saß sie wieder schweigend und tief betroffen auf ihrem Platz. Ihre Hausfrauenpflichten hatte sie ganz vergessen. Die fremde Frau suchte im Küchenschrank nach Tellern und Tassen und brachte am Herd Wasser zum Kochen für einen Tee. Auf dem Küchentisch lagen zwei große Pakete in dunkelbraunem, sehr festem Packpapier. Der Onkel hatte sich die Jacke ausgezogen, das Hemd aufgekrempelt und begann die Pakete zu öffnen. In dem einen lagen zwei große, fast schwarze, duftende Kommissbrote. Im anderen war ein riesiges Stück Butter, eine große Leberwurst und eine gleich große Jagdwurst.

Rotschopf begriff, dass es heute ein ungewöhnliches, etwas frühes Abendbrot geben würde. Gierig zog der den Geruch der geräucherten Wurst in die Nase. Er zog sich um, die fremde Frau kämmte ihm die Haare. Dann konnte das Essen beginnen. Der Onkel schnitt das Brot ab. Schmierte zwei Stullen dick mit Butter und gab dann noch Leberwurst und Jagdwurst drauf. Die Stullen waren für Rotschopf. Der strahlte und der neue Onkel lachte. „Iss mal, mein Junge", sagte er, „wenn du fertig bist, gibt es mehr". Unvorstellbar, dachte Rotschopf, wie im Schlaraffenland. Am Tisch wurde kräftig zugelangt. Der Onkel hatte auch noch Wodka mit. Nach dem Essen gab es für jeden Erwachsenen ein Gläschen. Langsam fand die Mutter wieder zu sich. „1934 haben wir uns zum letzten Mal in Zschopau gesehen, also vor 12 Jahren", sagte die Mutter. „Nichts haben wir von dir mehr gehört – wir dachten du seiest tot. Ich habe dir Geld nach Prag geschickt, – mehrmals 10 Reichsmark, mehr durften wir nicht schicken". „Habe ich erhalten", sagte der Onkel. „Ich hatte euch geantwortet". „Nichts angekommen", entgegnete die Mutter, „sicher alles von der Gestapo abgefangen. Wo warst du die ganzen Jahre?", fragte die Mutter. Der Onkel nannte Länder, Orte, Namen, mit denen Rotschopf nichts anzufangen wusste. Dresden, Tschechoslowakei, Prag, Sowjetunion, Moskau, Krim, Spanien, Madrid, Stalingrad, Königsberg, Stettin, Berlin. Dann Namen wie Stalin, Hitler, Ulbricht, Franco, Faschisten, Kommunisten, Komintern, Genossen und wieder Namen und wieder Orte.

Rotschopf saß auf seinem Hocker und schaute ungläubig von einem zum anderen. Am Ende dieser langen Rede sagte der Onkel, und man merkte, dass er nichts mehr erzählen wollte, „erst haben uns die Faschisten durch halb Europa gejagt, jetzt haben wir sie bis Berlin vor uns her getrieben und hoffentlich vernichtet." Rotschopf verstand nur, der Onkel musste viel in der Welt herumgekommen sein und vieles erlebt haben. Der andere Mann am Tisch sagte noch zur Mutter, „hätten die Faschisten ihn erwischt, so hätten sie ihn ganz sicher aufgehängt, oder an die Wand gestellt."

So war das also mit seinem neuen Onkel. Er hatte also überlebt. Ja, und nun hatte er große Leber- und Jagdwürste, viel Butter und ein Auto. Und Offizier war er auch in einer Armee, die sie die „Rote" nannten. Nur wo war seine Uniform?

Alle sprachen durcheinander. Aber langsam wurde der Redefluss ruhiger. Das Wichtigste war ausgetauscht. Auch dass Vati in Russland in Kriegsgefangenschaft war, hatte Mutter erzählt.

Nun fand der Onkel wieder Zeit für Rotschopf. Gleich setzten wieder seine Fragen ein. „Du hast wohl noch viele Onkels", fragte er. Der Junge nickte und begann aufzuzählen, Onkel Fritz, Onkel Paul, Onkel Max, Onkel Martin, Onkel Hermann. „Oh", machte der neue Onkel, „da habe ich ja viel Konkurrenz und muss mich anstrengen!" Rotschopf wusste nicht, was Konkurrenz war. Warum der Neue sich anstrengen sollte, verstand er auch nicht, wenn der solche herrlichen Würste hatte, würde er ohnehin bald sein Lieblingsonkel sein!

„Was willst du denn mal werden", fragte der Onkel. Das war sicher eine zu schwere Frage für einen Siebenjährigen aus der zweiten Klasse. Rotschopf zuckte hilflos mit den Schultern.

So war er froh, dass es jetzt einen überstürzten Aufbruch gab. Der Onkel wollte noch zu Genossen (wieder ein Wort, das Rotschopf nicht verstand) in Dresden. Mutter und Rotschopf sollten mitfahren. Rotschopf saß auf Mutters Schoß, vorn neben dem Onkel. Hinten saßen die zwei anderen Gäste. Der Onkel fuhr schnell, so dachte es jedenfalls Rotschopf. Bald schon waren sie auf einer völlig leeren Autobahn. Viele Brücken waren zerstört, nur mühsam hatte man den Schutt zur Seite geschaufelt, um eine Fahrbahn freizumachen. In einem Wald standen kaputte Panzer. Hinter einer langen Kurve gab es einen Schlagbaum mit fünf oder sechs russischen Soldaten. Der Onkel fuhr langsam heran. Die Soldaten sahen in ihren fast bodenlangen dreckigen Mänteln, unrasiert, den Stahlhelmen und den umgehängten Waffen wenig vertrauenserweckend aus. Die Mutter zitterte ein wenig. Der Onkel stieg aus, ging auf sie zu, sprach sie russisch an, bot Zigaretten an und zeigte seinen Ausweis. Nach ein paar Minuten ging der Schlagbaum hoch, die Truppe winkte und lachte, der Wagen rollte. „Was wollten die", fragte die Mutter. „Nichts weiter", sagte der Onkel, „sie sollen hier Schieber und Schwarzhändler fangen und langweilen sich".

Bald erreichten sie Dresden. Der Onkel war entsetzt, das Stadtzentrum Kilometer auf Kilometer nur Trümmer, kein bewohnbares Haus, Straßen und Kreuzungen mühsam aus Trümmerbergen frei

Ankunft eines Fremden

geschaufelt, „so ein Wahnsinn", schimpfte er „und das knapp drei Monate vor Ende des Kriegs". Junge russische Soldatinnen standen auf den Kreuzungen, um den Verkehr, den es nicht gab, zu regeln. Sie hatten Gewehre auf dem Rücken und kleine rote Fahnen in den Händen.

Irgendwo am Stadtrand hielt das Auto an. Sie schliefen bei freundlichen, älteren Leuten in einem kleinen Einfamilienhaus mit Garten. Der Onkel und die Mutter redeten wohl die ganze Nacht. Rotschopf schlief unruhig nebenan auf einer großen Couch, immer wieder hörte er ihre Stimmen.

Er wusste und verstand noch nicht, dass hier zwei Geschwister versuchten, die zwölf furchtbaren Jahre Faschismus aufzuarbeiten. Wer war tot, wer hatte überlebt? Wo warst du, was hast du getan in dieser Zeit? Wie hast du gelebt, wie hast du überlebt? Was sollte werden, wohin geht das Land? Es schien so, der Onkel hatte Antworten auf viele Fragen der Mutter.

Rotschopf konnte damals noch nicht ahnen, dass dieser Onkel viel Hilfe und Unterstützung bringen würde für die kleine Familie. Er würde seinen Anteil daran haben, dass der Vater vielleicht ein wenig schneller aus der Gefangenschaft nach Hause kam, dass der Hunger erträglicher würde.

Für Rotschopf würde der Onkel schon bald der beste Erklärer der Welt sein. Einen, den man fragen konnte, und der geduldig die unendliche Neugier des heranwachsenden Jungen befriedigen konnte.

Als er 10 oder 11 Jahre war, würde er auch von ihm zuerst erfahren, dass ein tiefer, tödlicher Spalt in den Ansichten und Haltungen durch seine Familie ging. Der gleiche Spalt, der sich durch das 20. Jahrhundert zog – der Kampf zwischen Faschismus und Kommunismus.

Da war der Großcousin und Namensvetter Rotschopfs, ein lustiger, hübscher und großer SS-Mann, den er in Galauniform mit langem Schleppsäbel 1944 bei Löbel-Ottels-Silberhochzeit kennen gelernt hatte. Der hatte mit ihm gespielt, gesungen und den langen Säbel einmal vorsichtig aus der Scheide gezogen. Erst einige Jahre später würde er erfahren, dass dieser lustige Typ im KZ Buchenwald Dienst machte und dort auch an Verbrechen beteiligt war. Später kämpfte er in Russland und geriet in Gefangenschaft. 1946 wurde er entlassen und verschwand Hals über Kopf nach Argentinien – sicher nicht ohne Grund.

Auf der anderen Seite stand der Onkel, Waisenkind, Schlosserlehrling, Jungkommunist, schon in frühen Jahren. Mit dabei bei den berüchtigten Saalschlägereien mit der SA in Chemnitz zu Hitlers Machtantritt. Illegaler, aktiver Widerstandskämpfer bei den Roten Bergsteigern im Elbsandsteingebirge. Aber der Taugenichts in den Familien der Etablierten – der Außenseiter – mit dem man nichts zu tun haben wollte. Später Kämpfer in den Internationalen Brigaden vor Madrid und Soldat der Roten Armee vor Moskau und Stalingrad.

Nie haben sie sich getroffen, die zwei Cousins, in diesen furchtbaren Jahren. Aber wie leicht hätte es geschehen können, denkbar ist es jedenfalls. Der Eine hätte dann vielleicht als Bewacher auf den Türmen des KZ-Buchenwalds hinter dem MG gestanden. Der Andere hätte vielleicht in Sträflingskleidung zur selben Stunde auf dem Appellplatz gestanden. Bis er umfiel oder bis sie ihn zu Tode prügelten. Oder auch bei Stalingrad, wo sie nachweislich beide kämpften. Der Eine ruft die eingeschlossenen Soldaten der 6. Deutschen Armee in tiefer Nacht und eisiger Kälte auf, endlich überzulaufen und dem Tod zu entkommen. Und der Andere versucht mit Gewehr und Geschütz den deutschen Verräter hinter dem Lautsprecher endlich zum Schweigen zu bringen.

Und beider Mütter waren Schwestern, die einander sehr liebten, wie man sich erzählte. Und diese Beiden – bis aufs Blut verfeindet, unversöhnlich auf alle Zeit.

Das war für einen Halbwüchsigen Stoff zum Grübeln, zum Denken, zum Diskutieren zum Streiten und zum Verstehen. Der Onkel erzählte erlebte, erlittene und erfahrene Geschichte. Langsam ordneten sich so im Kopf des Jungen Vergangenheit und Zukunft, Recht und Unrecht, Gut und Böse. Vielleicht noch alles zu grob, zu schablonenhaft, aber immerhin.

Es wurde klarer, auf wen man hörte, wessen Meinung man wissen wollte, nach welchem Vorbild man schielte, auf wessen Lob man aus war. So krümmte sich langsam ein Häkchen, das ein Haken werden will. Alles hat seine Ursachen und seine Gründe. Jugend braucht Verständnis, Ideale, Aufgaben und Vorbilder. Geld und Konsum sind dafür kein Ersatz. Es ist nur heiße Luft, ohne Substanz für die künftigen Kämpfe des Lebens.

Der Hungertisch

Ja, so ein wilder, unaufgeräumter Dachboden, „die Rumpelkammer", wie die Großmutter oft sagte, das war ein Paradies für die zwei halbwüchsigen Enkel der Alten.

Man stibitzte möglichst unbemerkt den großen eisernen Bodenschlüssel vom Schlüsselbrett der Großmutter neben der Wohnungstür. Stieg leise in Socken, die Schuhe sorgsam in der Hand, die knarrende Holztreppe nach oben, öffnete möglichst vorsichtig die schwere Brettertür und war angekommen im Reich bunter Kinderträume.

Hier gab es viel Staub und dicke Spinnweben, es roch nach alten Möbeln, abgetragener Kleidung und Farbresten. Durch die kleinen schmutzigen Dachfenster fielen ein paar schmale Bündel Sonnenstrahlen, die das Labyrinth der verschiedenen Holzverschläge nur mäßig beleuchteten.

Die kleinen Räume waren einfach voll gestopft mit tausend Dingen, die eine Großfamilie einmal gebraucht und genutzt hatte. Die irgendwann abgestellt wurden, weil die Großmutter oder einer der Söhne aus der Familie der Meinung waren, dass dieses oder jenes zum Wegwerfen noch viel zu schade war.

Über die Jahre hatte sich hier viel angesammelt. Ein altes Sofa mit kaputtem Stoffbezug stand gleich hinter der Tür. Der Kinderwagen mit den großen Rädern blockierte den Gang. Ein hölzernes Bettgestell mit Federrost, ohne Matzratze, wartete vergeblich auf einen Wiedereinsatz. Ganz hinten in einer Ecke stand ein altes Motorrad, eine „Wanderer" Baujahr 1926, mit tiefen breiten Ledersitzen und einem langen gebogenen Lenker.

Sofort nahmen die Jungen von den Dingen hier Besitz. Der lange große Schwarze saß auf dem Motorrad und spielte Rennfahrer. Der kleine Rothaarige sprang mit Schuhen auf dem alten Sofa herum, dass die Staubwolken nur so durch die Räume quollen. Dann wurde der Kleine im Kinderwagen vom Großen über den Gang geschoben.

Später packte die beiden der Entdeckerdrang. Sie wühlten in Schränken, Kisten und Kästen, alten Säcken und entdeckten Faschingsgirlanden, alte Lackschuhe, gebrauchte Gänsefedern, Federfächer, Spazierstöcke und einen uralten Zylinder, geblümte Kleider und einen Gehrock.

Eine große, schwarze Holztruhe blieb, trotz intensiver gemeinsamer Anstrengungen der Jungen, verschlossen. „Da wird die Großmutter bestimmt einen Schatz drinnen versteckt haben", mutmaßte der Kleine, „sicher", nickte der Große, „aber wo hat sie den Schlüssel?"

Lang schaukelten sie abwechselnd wie wild auf einem großen, hölzernen Schaukelpferd ohne Schwanz.

Dann gingen sie in die dunkelste Ecke des langen Bodens auf Entdeckung. Hier stießen sie auf einen Tisch, nicht allzu groß aber sehr schwer. Die vier leicht nach außen gestellten Beine waren aus massiven Holzstämmen gefertigt. Wahrscheinlich wurden sie nur mit dem Beil von Ästen und Rinde befreit. Die Tischplatte war ebenso

Der Hungertisch

grob gearbeitet und glänzte hell. Sie war ungewöhnlich dick, so dass die Jungen den Tisch nur mit großer Mühe ins Licht zerren konnten. Hier sahen sie, das war kein gewöhnlicher Tisch. In die dicke Tischplatte waren Schalen eingeschnitzt, eine große tiefe Schale an einer Stirnseite, eine ganz kleine runde Schale gegenüber, an den Längsseiten noch je zwei Schalen, mittelgroß und ähnlich tief. „Ein Spieltisch", sagte der große Schwarze bestimmt. „Schade, dass wir keine Kugeln gefunden haben", sagte der Kleine, „so könnten wir die Kugeln in die Schalen schieben". Schnell erlahmte dann ihr Interesse an dem seltsamen Tisch.

Sie fanden eine große Eisenkugel, die irgendjemand vom Sportplatz mitgenommen hatte. Die rollten sie nun über die alten Dielen. Das bollerte, schepperte und donnerte, wenn die Kugel an Türen oder Möbel krachte. Die Kinder lachten und tobten. Sie merkten nicht, dass die Großmutter auf den Boden gekommen war. Ganz schnell hatte sie die Kugel ergriffen und in einen Schrank gelegt, den sie sorgfältig zuschloss. Sie fasste die Jungen fest an den Händen und wollte wortlos mit ihnen den Boden verlassen. Der Kleine hielt sie fest und fragte: „Was ist das für ein seltsamer Spieltisch dahinten?". „Welcher Tisch?", fragte die Großmutter kurz angebunden. Die Kinder zeigten stolz ihr Fundstück.

Die Großmutter sah ihn, wischte den Staub mit der Schürze aus den Schalen, fasste die feste Tischplatte an und wurde sehr nachdenklich. „Der ist also ah`nooch doh", brummelte sie vor sich hin. Dann fasste sie ihre Enkel an den Schultern und wollte gehen.

Einer der Jungen hielt sie fest. „War das früher euer Spieltisch?", fragte der Schwarzhaarige. „Was habt ihr für Kugelspiele gespielt?", wollte der kleine Rotschopf wissen, „können wir nicht auch an diesem Tisch spielen?", drängelten beide.

Sie schüttelte nur den grauen Kopf, fasste die sich sträubenden Jungen und schob sie sanft aber bestimmt die Treppe hinunter. „Unten werde ich euch die Geschichte vom Hungertisch erzählen", sagte sie halblaut. Die Jungen staunten, aber warum sollte eigentlich ein Tisch keine Geschichte haben?

Die Großmutter kochte süßen Pfefferminztee, ach der schmeckte! Dann begann sie langsam zu erzählen.

Der Tisch stammte noch aus ihrer Kindheit. So um 1870 hatte ihr Vater ihn gezimmert. Da lebte sie mit Vater, Mutter und drei Brüdern und einer kleinen Schwester ganz oben im Erzgebirge, in einem Seitental des Fichtelbergs, fast schon im Böhmischen.

Der Vater war Holzfäller und musste die sechsköpfige Familie ernähren. Das Geld war so knapp, dass die Familie besonders in den langen Wintern fast nur von selbst angebauten Kartoffeln und Mehlschwitze lebte. Mehlschwitze machte man aus Mehl und Talkfett selbst. Besonders im Winter hungerte man oft in den kleinen Siedlungen in den Wäldern. Fleisch war ein Essen für „hohe Festtage" – Weihnachten, Ostern, Pfingsten. Freilich im Sommer war es besser, da gab es Beeren und Pilze aus den Wäldern als Zubrot.

Die Waldarbeiter machten alles für ihren Haushalt selbst, natürlich aus Holz. Sie schnitzten Löffel, Gabeln, Becher, Quirle und sie bauten Schränke, Tische, Hocker und auch das große Familienbett. Besonders im Winter, wenn der meterhohe Schnee die Waldarbeit unmöglich machte, arbeitete man an diesen Dingen. So wurden in den Tisch, in die starke Tischplatte, Schüsseln hineingeschnitzt. Und weil der Hunger immer mit am Tisch saß, so nannte man diese Tische – Hungertische. Jedes Familienmitglied hatte je nach Alter und Stellung in der Familie seinen festen Platz und seine hölzerne Auskerbung. Die größte Schüssel war für den Vater geschnitzt, der schwer im Walde schuftete. Die Großmutter zeigte den Jungen später ihre Schüssel, die Schüssel ihrer Mutter und die der Brüder. Die kleinste Schüssel gehörte dem Hannerle, der kleinen Schwester der Großmutter, die mit acht Jahren an der Schwindsucht starb.

Die Familiengeschichte war in einen Tisch geschnitzt. „Ja, so war das damals", sagte die Großmutter. Sie trocknete die Porzellantassen, aus denen die Jungen eben Pfefferminztee getrunken hatten, sorgsam ab, so als wären sie aus reinem Gold.

Später im Leben würde der Rotschopf oft gefragt werden, was seine Eltern seien und von wo er herkomme. Arbeiter, würde er dann sagen, oft nicht ohne Stolz. Aber eigentlich kam er von denen da oben aus den Wäldern her, die Jahrhunderte lang dort gehaust hatten, als Holzfäller, Köhler, Bergknappen schufteten und immer versuchten ein einigermaßen menschenwürdiges Leben zu führen. Viele von ihnen starben früh und klaglos. Er hatte große Hochachtung vor diesen Altvorderen. Es war eine harte, unbeugsame und willensstarke Truppe, die in den endlosen Fichtenwäldern hauste und täglich ums Überleben kämpfte.

Manchmal in seinen starken Stunden, vielleicht auch in Stunden, die das Letzte von ihm forderten, spürte er noch einen Rest von jener Kraft in sich, die die Alten hatten. Und er stemmte dann vielleicht eine Aufgabe, die eigentlich von ihm nicht zu stemmen war.

Oft freilich spürte er auch die Wut und den Jähzorn, der aus den Wäldern kam. Über die Ungerechtigkeit, die den Seinen Jahrhunderte lang widerfahren war und anderen noch heute widerfährt. Daraus erwächst bei ihm die Kraft, mit den Widrigkeiten des Lebens besser fertig zu werden und ein tiefes Mitgefühl mit den Armen und Elenden dieser Welt. Vielleicht auch der Glaube oder doch stärker nur die Hoffnung, dass sich das Ringen um eine bessere Welt eines Tages doch noch auszahlen werde.

Großvaters große Reise

Eigentlich, ja eigentlich, kannte der kleine G. ja seinen Großvater gar nicht.

Denn er war knapp zwei Jahre, als der Alte starb. Später meinte er sich dunkel an einen knorrigen kleinen, grauhaarigen Mann zu erinnern, der ihn durch den Garten trug und auf ihn einredete. Er fürchtete sich wohl vor dem großen harten, drahtigen Schnauzbart, der immer kratzte, wenn der Großvater ihn zärtlich drücken oder küssen wollte. Dann gab´s Geschrei, und die Großmutter oder die Mutter schimpften mit dem Alten, der mit seinen eisernen Händen so hart zufassen konnte.

Als er größer war, hatte er Fotos von dem Alten in den Händen gehalten und er hörte seine Geschichten in der Familie. Wild auf Arbeit, zäh und ausdauernd soll er gewesen sein. Die Familie war ihm das Wichtigste. Gefürchtet war sein Jähzorn, der selten, aber dann furchtbar aus ihm herausbrach. Unendlich groß war seine Neugierde auf die Welt, er wollte sie sehen, sie spüren, sie schmecken und sie verstehen – wie er so oft gesagt hatte. Ein hoher Anspruch für einen mit sechsjähriger Grundschulbildung. Dazu noch Sohn eines Bergmanns, dem das Schicksal fast fünfzig Jahre Untertagearbeit im Bergbau vorbestimmt hatte.

Doch seine große Reise hat er unternommen. Eine Reise, die für ihn rund um die Welt ging. Immer, wenn er in guter Stimmung war, war diese Reise sein Lieblingsthema. Er konnte die Erlebnisse auf stets neue Weise ausmalen und erzählen. Dabei störte es ihn überhaupt nicht, dass die Familie die Details dieser Tour oft gehört hatte und auch die Freunde das Thema hinreichend kannten. Für ihn blieb diese Reise einmalig, immer gegenwärtig, überwältigend, für ein ganzes Leben bestimmend und prägend.

Es soll 1897 gewesen sein. Der Großvater arbeitete damals auf dem „Gottes – Hilfe – Schacht" in O. Er war Bergmann und Hauer. Mit seinen 26 Jahren galt er bei seinen Steigern als kluger und fleißiger Kumpel mit großer Umsicht und Verlässlichkeit.

An allen Wochentagen wurde damals von 6.00 Uhr früh bis 18.00 Uhr abends gearbeitet. Im Winter sahen die Kumpel die Sonne nur an Sonn- und Feiertagen. Urlaub war unbekannt. Bei Unfällen oder Krankheit drohte die Kündigung.

Ein solches Leben bot wenig Raum für Wissensdrang, Informationen, Reisen und Erholung. Das Leben war der tägliche Kampf um das Nötigste für die Familie, für sich selbst. Sonnabends war für die Kumpels dann oft die Kneipe mit Bier und Fusel das einzige Vergnügen, wenn das Geld dafür noch reichte.

Da plötzlich versuchte einer, aus dieser Tretmühle von Armut und Elend, Arbeit und Schweiß, der Eintönigkeit des Lebens auszubrechen, und sei es nur für ein paar Tage! Ein paar Tage leben, anders leben, etwas von der Welt sehen, hören und erfahren. Einen Traum träumen und realisieren.

Dazu machte der Großvater seinem Steiger eines Tages einen ungewöhnlichen Vorschlag. Er wollte sechs freie Tage haben. Zum Ausgleich bot er an, je zwei Feiertage zu Weihnachten, zu Ostern und zu Pfingsten „einzufahren". Zwar wurde an diesen Feiertagen auf dem Schacht nicht gefördert, aber der Schacht wurde „befahren". Das hieß, erfahrene Bergleute machten Kontrollgänge, schauten nach dem „Wetter", der Luftversorgung und der Gaskonzentration in den Stollen. Nach Einsturz- und Bruchstellen und dem Knacken und Knistern des Berges, der eigentlich nie zur Ruhe kam. So wurden Gefahren im Berg rechtzeitig erkannt und signalisiert.

Der Steiger brauchte immer erfahrene Kumpel, die diese unbeliebte Arbeit an den Feiertagen verlässlich übernahmen. Er überlegte also nicht lange, das war ein gutes Angebot. Nur wozu brauchte der Kerl sieben freie Tage? Sechs herausgearbeitete Feiertage und den folgenden Sonntag? Bei Hochzeiten machten die Kumpels manchmal einen oder zwei Tage frei. Aber sieben Tage?

Der Steiger fragte, die Antwort war kurz. Er wolle nach Leipzig, sagte Karl. Nicht mehr und auch nicht weniger. Man einigte sich, Ostern und Pfingsten arbeitet Karl vor. Im Herbst, Ende September, Anfang Oktober, sollte er seine freie Woche haben. Weihnachten würden dann die letzten zwei Tage nachgearbeitet.

Karl konnte es in diesem Jahr gar nicht erwarten, dass es endlich Herbst wurde. Mit einem Leinewebermeister aus dem Dorf, der alle Jahre mit seinem Waren nach Leipzig zur Messe fuhr, wollte er mitfahren. Die knapp hundert Kilometer bis Leipzig schaffte der Leineweber mit vier schweren Brauereipferden und den großen Planwagen voller Waren in zwei Tagen. An den folgenden drei Tagen wollte er in Leipzig handeln und verkaufen. Und dann ging es zurück. Er konnte Karl gebrauchen. Karl sollte die Pferde füttern und tränken und in Leipzig auf das Fuhrwerk aufpassen, beim Beladen und Entladen helfen und dem Weber auch sonst zur Hand gehen. Dafür gab es freie Fahrt und Übernachtung auf dem Wagen und sogar etwas Verköstigung. Von Geld war keine Rede. Aber Karl hätte für diese Reise auch noch einen Spargroschen angelegt. So wichtig war ihm das alles.

Und tatsächlich, im Herbst dieses Jahres, an einem schönen Oktoberabend, fuhr der Wagen mit dem Leineweber und seinem aufgeregten Mitfahrer in Leipzig ein. Karl hielt fast den Atem an, als er die hohen Häuser, die breiten gepflasterten Straßen und die vielen Geschäfte mit Waren aus der ganzen Welt sah. Er staunte über vollbesetzte Straßenbahnen, die von Pferden gezogen wurden und auf Gleisen fuhren. Überall Licht, Menschen in unterschiedlichster Garderobe, viele Droschken und Wagen, bis unters Dach beladen. Dazu Geschrei, der Lärm, das Trampeln der Pferde auf dem Pflaster, die Rufe der Fuhrleute, hell erleuchtete Kneipen, ein total Besoffener auf der Straße.

Er glaubte zu träumen oder in eine andere Welt gestürzt zu sein. Er hatte Angst, hier, allein zu laufen oder umgerannt oder umgefahren zu werden. In den großen Handelshöfen, zwischen den vielen kleinen Gassen, den Menschenmengen die sich dort Tag und Nacht bewegten, kam er sich verloren vor. So ließ er seinen Leineweber nicht aus den Augen. Folgte ihm auf Schritt und Tritt und hing an seinem Rockzipfel. Der lachte und beruhigte ihn, „du giehst schuh net verlorn", sagte er und lachte wieder. Er zeichnete ihm mit Bleistift eine kleine Karte, mit 5-6 Straßen, ein paar Plätzen und ihrem Quartierplatz. Mit diesem Fetzen in der Tasche machte sich Karl am nächsten Tage allein auf, das Umfeld zu erkunden.

Gleich an der ersten Ecke wurde er von zwei jungen blonden Mädchen angesprochen. Sie hatten weite lange Röcke an und weiß gestärkte Hauben. Verkaufen wollten sie, verschiedene Zwiebeln lagen da und Käse, groß und rund wie Wagenräder. Er bückte sich und sah auf die Röcke, besonders aber die Schuhe. Die waren geformt wie kleine Boote. Die Mädchen wurden verlegen und kicherten. Er wurde rot und zeigte auf die Schuhe. Eins der Mädchen zog einen Holzschuh aus und stand nun wie ein Storch auf einem Bein. Er untersuchte in aller Ruhe diesen Holzschuh. Leicht und warm war der und schön lackiert. Endlich reichte er den Schuh zurück. Das Mädchen lachte und sagte „Holländerschuhe". Zum Abschied gab sie ihm ein Stückchen Käse zum Probieren.

An einer Theke in der Straße kostete er französischen Wein. Der war ihm zu sauer und schmeckte nicht. Er sollte noch ein Glas trinken und dann bezahlen, aber er verdrückte sich in der Menge.

Etwas weiter vor ihm trug ein großer, breitschultriger Mann mit Pelzmütze einen Berg Felle zu seinem Verkaufsstand. Einige Felle entglitten ihm. Der Breitschultrige mit der Pelzmütze und dem schweren Mantel beachtete es nicht. Karl hob die Felle auf und rannte dem Fremden nach. Endlich bemerkte der seinen Verlust und strahlte, als Karl ihm Felle entgegenhielt. Der Fremde sprach auf ihn ein, Karl verstand kein Wort. Da wurde er auch schon in einen kleinen Pelzladen geschoben, auf einen Stuhl gedrückt, bekam scharf gebratenes Fleisch, Brot und einen unsäglich starken Schnaps vorgesetzt. Hier kam er nur schwer wieder weg. Der Breitschultrige wollte ihn wohl im Laden behalten? Er zeigte und erklärte ihm verschiedene Waren und ließ ihn die weichen Felle streicheln. Endlich entschlüpfte er durch die offene Ladentür.

Am Abend waren sie in einem Bierkeller. Der Leineweber hatte gut verkauft und bezahlte zwei Maß Bier und Abendbrot für Karl. Es war bayrisches Bier, Karl hatte schon davon gehört. Nun konnte er es probieren und feststellen, dass es besser schmeckte als „das Gersdorfer", das er zu Hause trank. Hier gab es Frauen, die Dirndlkleider trugen und Männer mit langen vollen Bärten in halblangen Lederhosen. Karl wunderte sich, dass er die Bayern kaum verstand. Der Leineweber kaufte ein kleines Fass Bier für zu Hause.

„Morgen gibt es Arbeit", sagte er. Es wurde viel auf- und abgeladen und durch die Stadt kutschiert. Aber am späten Nachmittag hatte Karl wieder Zeit, das bunte Messetreiben zu erleben. Lange stand er bei einer Zigeunergruppe, die lustige Dinge mit einem Bären trieb.

Plötzlich erschrak er sehr, eine schwarze Hand lag auf einmal auf seinem Arm. Er drehte sich um, sah in ein schwarzes lachendes Gesicht, strahlende weiße Zähne, schöne große Augen. Fast wäre er weggelaufen, aber der andere wollte nur wissen, wo ein bestimmter

Messehof zu finden sei. Zufällig war es der Nachbarhof von seiner Herberge. Mit Hilfe seiner kleinen Zeichnung konnte er ihm schnell helfen. Zum Abschied reichte ihm der Schwarze kräftig die Hand. Vorsorglich schaute Karl danach in die Seine, sie war noch weiß wie vorher. Das Schwarze färbte also nicht ab!

Drei Chinesen gingen vorüber und unterhielten sich lebhaft in einer lustigen Sprache. Sie trugen weite Hosen und Jacken in grellen Farben. Auf den Köpfen hatten sie kleine flache Mützen. Aber das Erstaunlichste, einer trug einen langen Zopf. Der hing dick und schwer auf dem Rücken und schlenderte hin und her. Karl ging ganz langsam hinter den Chinesen, streckte schon die Hand aus, um den Zopf zu erfassen. Zu gern hätte er gewusst, ob der echt war und wie er sich wohl anfasste. Aber im letzten Augenblick hielt ihn etwas zurück, er traute es sich doch nicht.

Am Abend waren sie dann wieder in einer anderen Gaststätte. Hier spielten und tanzten die Spanier. Ein reicher spanischer Händler ließ Wein aus großen Krügen ausschenken. Sehr preiswert, wie der Leineweber sagte. Die Frauen trugen weite schwarze Röcke und tief dekolletierte Blusen. Sie tanzten zum Klang der Gitarren und Kastagnetten. Das ganze Lokal war in heiterer Stimmung. Der schwere dunkle Wein tat seine Wirkung.

Karl vertrug den Wein nicht, er hatte ihn fast wie Bier getrunken, viel zu viel und viel zu schnell. Nun holte ihn auch noch eine der glutäugigen Spanierinnen zum Tanz. Er torkelte und machte einige ungelenke Bewegungen, drehte sich mühsam um die eigene Achse. Sie umtanzte ihn leichtfüßig, verführerisch und lachte ihn an. Fast wäre er gestürzt, aber ein alter Spanier fing ihn auf und brachte ihn zurück zum Leineweber. Der saß noch immer genüsslich am Tisch und nahm den Wein in kleinen Schlucken. Häufig griff er auch zum Wasserglas. Er sah schon von weitem, der Karl konnte heute nicht mehr. So schleppte er ihn zum großen Planwagen, hob ihn mit einigen Anstrengungen auf die Ladefläche und deckte ihn sorgsam mit einer harten Pferdedecke zu. Als Karl am Vormittag erwachte, fühlte er sich gut. Er hatte keinen Brummkopf, wie er ihn sonst von feiertäglichen Bier- und Schnapsgelagen kannte. Nur ein bisschen müde fühlte er sich.

Irgendwie war er durch Lärm und unverständliches Sprachgewirr aufgewacht. Als er die Plane des Wagens hochschlug stellte er fest, dass eine neue Kaufmannsgruppe in der Nacht auf dem Messehof angekommen war. Sie hatten Wohnzelte aufgeschlagen, die Männer trugen Turbane und die schönen, zierlichen dunklen Frauen bunte lange Gewänder. Staunend sah er zu, wie ein kleiner dicklicher Kaufmann sich seinen Turban band. Wie viele Meter herrliche türkisfarbene Seide er schnell und vollendet wickelte, bis der gewaltige Turban richtig saß.

Der Leineweber hatte ebenfalls verschlafen, trat hinter Karl und sagte „Inder hast Du sicher auch noch nicht gesehen". Der kleine Dicke mit dem gewaltigen Turban lachte und winkte ihnen zu. Seine Frau brachte Kaffee in winzigen Näpfchen auf einem großen bronzenen Tablett. Mehrere Inder griffen zu, auch Karl und der Leineweber wurden aufgefordert. Der Kaffee war so bitter, dass es Karl im Halse würgte, die Luft blieb ihm kurz weg. Die Inder lachten, einer klopfte ihm auf den Rücken. Eine Frau brachte Wasser.

Das war ihr letzter Tag, der Leineweber trieb zur Eile. Schon in der Nacht wollte er abfahren. Er beglich seine Rechnungen, kassierte für seine Tuche bei verschiedenen Händlern und kaufte Geschenke für seine Familie. Karl kaufte ein herrliches buntes Seidentuch von den Indern für seine Anna. Es wurde ihm wehmütig, wenn er daran dachte, dass er diese interessante lebhafte Stadt schon in Kürze verlassen würde. Was hatte er nicht alles gesehen, gehört, erfahren, gerochen und gekostet in diesen wenigen Tagen, die ihm endlos lang erschienen.

Die Welt war hier zu Gast und er durfte dabei sein! Wie farbig waren die Menschen in ihren Trachten, Frisuren und Hautfarben, wie schön, wie ein großer bunter Blumenstrauß. Wie viel konnte man verstehen, ohne ihre Sprache zu sprechen. Wie friedlich und gut konnten das Zusammenleben, der Handel und der Wandel sein. Sechs freie Tage und der Bergmann Karl hatte seinen Stoff fürs Leben gefunden, der ihn immer wieder begeisterte und ihn bis in seine letzten Tage beglückte.

Die Großmutter und die Dinge

Manchmal darf Rotschopf bei Großmutter über Nacht bleiben. Dann hört er, wie die Großmutter mit den Dingen spricht.

Zum alten Herdofen in der Küche sagt sie in der Frühe: „Getrau dir fei net zu qualmen, ich wos, du hosts heit schwer, es ragnet und es is e´ dicker Nabel. Heit is Sonntag und ich will in de Kirch. Na ward ner, ich gab dir a mei bestes Holz." Der Ofen scheint es zu verstehen. Er wärmt die kleine Stube und bringt das Kaffeewasser zum Kochen – ganz ohne zu qualmen.

Nach den Hausarbeiten des Vormittags legt sich die Großmutter am Mittag gern ein wenig zur Ruhe. Vorher aber ermahnt sie das alte hochbeinige Sofa, „na nu quietsch´ma net, alte Kiste, ich will jetzt fei e´wing Ruhe hoben!"

Oder auch, „Wasserhahn, hör mer fei auf zu tropfe, morgen kommt der Klempner und repariert dich."

Tropft das Wasser nach dieser Aussage weniger, brennt der Herd nun wirklich besser? Quietscht das Sofa tatsächlich weniger? Oder täuscht das alles nur?

Für die Großmutter sind die Dinge Lebewesen. Der Junge hört immer gespannt zu und amüsiert sich spitzbübisch. Rotschopf lacht laut, wenn die Großmutter mit den Kaffeetöpfen schimpft. Beim Abwaschen sagt sie, „na, werd ihr nu wohl langsam sauber werden, ihr werdet glatt den ganzen Tag hier im Dreck rumstehen" und dabei reibt sie die Töpfe kräftig mit Sand. Dann blitzen sie wieder. Fast glaubt man daran, bei Großmutter sind die Dinge lebendig, sie antworten ihr und tun das, was sie verlangt.

Denn Großmutter kann sich tief in die Dinge hineindenken, sie kennt ihr Alter, jedes Ding hat seine Geschichte und natürlich auch seine

Stärken und Schwächen. Sie akzeptiert den Lebenslauf der Dinge. Alle Dinge haben bei ihr eine Seele. Vielleicht ist sie auch gerade deshalb sehr unglücklich, wenn etwas zerbricht, zerfällt oder verloren geht. Es ist ihr ein großer Gräuel, wenn etwas mutwillig zerstört wird. Alles pflegt und erhält sie, so gut sie kann. Sie spürt auch, wenn die Dinge ihre Hilfe brauchen.

Als Holzfällertochter ist sie unter großer Armut in den erzgebirgischen Wäldern aufgewachsen – bei den „kleinen Leuten", wie sie sagt, hatte alles seinen Wert. Was Menschen in mühevoller Arbeit geschaffen haben, hat für sie Substanz und Seele. Diesen Wert gilt es gut zu nutzen und möglichst lange zu erhalten. So schärft sie ihrem Lieblingsenkel immer wieder ein, die Dinge behalten ihren Wert, solange man sie nutzen kann. Es ist sträflich, solche Dinge zu zerstören.

Die Großmutter besitzt nur wenig. Das, was sie besitzt, braucht sie täglich – Schrank, Tisch, Stühle, Kommode, Bett, Sofa, die Kuckucksuhr, zwei Bilder unter Glas mit Darstellungen aus der Bibel. Neues oder mehr braucht sie nicht, will es auch nicht haben. So wie es ist, ist es gut. Nie ist sie unglücklich, launisch, nie voller Wünsche, nie unzufrieden. Sie ruht fest in sich selbst, ist sich einig mit ihrer Familie, den wenigen Freunden und vielen Bekannten und ihrem Gott.

Nein, in die heutige Konsumgesellschaft würde sie nicht mehr passen. Nicht geeignet wäre sie als immer neugieriger Konsument, fordernder Kunde und unbefriedigter Verbraucher. Oder gar schlimmer, vielleicht sogar als Vernichter oder Zerstörer von nützlichen und wertvollen Dingen.

So sah sie auch die Kriege, die Zerstörung in großem Maße gebracht hatten und gegen jede Vernunft wüteten.

Oft warnte sie in der Familie davor, wenn jemand etwas unbedingt brauchte, „die Dinge zum Götzen zu machen". „Die Dinge sind nicht das Leben", so sagte sie oft, „sondern das Leben braucht bestimmte Dinge – aber im Kern doch unendlich wenig!" Davon war sie fest überzeugt.

Heute, nach vielen Jahren, fragt man sich manchmal, weshalb fällt es uns modernen Menschen so unendlich schwer, ein kleinwenig von dieser Lebensphilosophie aufzunehmen? Warum sind wir solche verblendeten Sklaven der tausend Dinge, die uns täglich vorwärts treiben und bewegen?

Unsere Welt ist endlich, die Ressourcen sind endlich – unser Streben nach den Dingen scheint unendlich. Wollen wir nicht sehen, nicht fühlen, nicht begreifen, dass wir mit unseren Wünschen nach immer neuen Dingen die Einmaligkeit und Schönheit unseres blauen Planeten zerstören und die Existenzgrundlage künftiger Generationen gefährden?

Ach ja, wann wird man je verstehen?

Tünche, alles Tünche

Tante Melanie bewohnte ihr uraltes kleines Haus. Erbaut war es aus Lehmfachwerk im neunzehnten Jahrhundert. Geduckt stand es flach und tief an der Straße, so als schämte es sich und müsste sich verstecken, oder besser gleich im erzgebirgischen Lehm versinken. Das Dach aus groben, schweren Tonziegeln, die die Jahre und der Ruß der Schlote schwarz gefärbt hatten. Die Dachbalken waren krumm durchgebogen. So hätte es keinen gewundert, wenn eines schönen Tages einer oder mehrere dieser Dachbalken durchgebrochen und das Dach zusammengestürzt wäre. Die Fenster, klein und einfach verglast, waren sorgsam gestrichen, auch wenn der Kitt an vielen Stellen fehlte. Denn Farbe und streichen, das waren die Wunderwaffen der Tante Melanie. Ihr Leitspruch: „kommt halt a´ bissel Farbe drauf, wird alles wieder schie!"

Mit diesem Motto versuchte sie, das Elend, die tödlichen Krankheiten ihres kleinen Hauses immer aufs Neue wieder zuzufärben. Farbe, Farbe und vielleicht ein wenig Gips, das war ihre Lösung. Von Problemen keine Spur, Sanierung war nicht nötig. Tünche würde es schon machen. Tatsächlich fanden einige oberflächliche Nachbarn ihr Häuschen gut in Schwung. Ein Baumeister allerdings, der irgendwann zu Rate gezogen wurde, weil das Häuschen eventuell verkauft werden sollte, machte die Katastrophe sichtbar. Er klopfte mit einem winzigen Hämmerchen tiefe, kleine Löcher in die morschen Mauern, in die vom Holzwurm zerfressenen Türschwellen, die verfaulten Fensterschenkel und die zerstörten Dachbalken. Danach gab er ein vernichtendes Urteil über das Gemäuer ab. Er provozierte damit einen Tobsuchtsanfall und den Rausschmiss durch Tante Melanie. Sie verfluchte das Hämmerchen und mit Gips und Farbe machte sie die Löcher bald wieder unsichtbar. Alles Tünche, alles Tünche, das scheint auch das Lebensmotto mancher Zeitgenossen zu sein, um den wirklichen Problemen des Lebens aus dem Wege zu gehen. Und die Politiker erst, sie scheinen gleich reihenweise bei Tante Melanie in der Schule gewesen zu sein. Der Selbstbetrug feiert Triumphe – aber oft ist es auch der Betrug am Wähler. Ja, und dann wünscht man sich manchmal den kleinen, aber schlagkräftigen Hammer des Maurermeisters, der so vieles Übertünchtes sichtbar macht.

Hannibal ad portas

Geschichte, gut vorgetragen und erklärt, kann begeistern. So wunderte es nicht, dass die Dreizehnjährigen der 7a ihren Geschichtslehrer gern mochten. Es war ein dünner, jungenhafter Typ, kaum Mitte Zwanzig. Beim Vortrag saß er immer halb schräg auf der leeren ersten Bank, einen Fuß auf dem Boden, den zweiten auf den Sitz abgestützt.

Er gehörte zu den „Neulehrern", einer Gruppe von jungen Leuten, Handwerkern, Angestellten, Jungbauern, die man 1946/47 im Osten schnell ausgewählt und ausgebildet hatte. Sie sollten einen neuen, antifaschistischen Wind in die Schulen bringen.

Oft misslang das, die jungen Leute hatten nicht die Kraft, das Wissen, die Erfahrung, um einem harten Schulalltag standzuhalten. Sie verschwanden dann nach kurzer Zeit wieder in ihren alten Berufen. Einige aber schafften es, sich in den Nachtstunden genügend Wissen anzuarbeiten, um ihren neuen Beruf mit Erfolg zu meistern. In der Regel waren es die Härtesten und Talentiertesten, die mit Begeisterung und wachsendem pädagogischen Geschick die Kinder mitrissen und viele Unterrichtsstunden zu einem Erlebnis für ihre Schüler machten. Genauso einer war der Herr U.

Oft konnte man in der Klasse eine Stecknadel fallen hören, wenn er erzählte, wie das römische Weltreich sich entwickelte. Die frühe Republik, die Volkstribunen, der Senat, die Schlachten und dann die drei Punischen Kriege. Die Kinder erlebten ihr Deutschland gerade nach dem zweiten Krieg, also noch bewohnbar, aber voll von Not und Entbehrung.

Solch ein Unterricht ging unter die Haut, oft vergingen die Stunden wie im Fluge. Viele in der Klasse waren immer neugierig und gespannt auf die nächste Stunde. So war es für die Jungen und Mädchen Ehrensache, in den Stunden aktiv zu werden, mit ihren Fragen und Anmerkungen und vielleicht sogar mit einem kleinen Vortrag. Da bot der Lehrer einen Vortrag zum Thema „Die Schlachten des Hannibal" an. Der Arm eines kleinen Rotschopfs schoss in die

Höhe. Die Begeisterung war ihm ins Gesicht geschrieben, das war sein Thema und zwar nur seins. Der Lehrer war skeptisch, nicht weil er dem Jungen das Thema nicht zutraute, nein, das nicht. Aber für das Thema brauchte man Bücher, vielleicht sogar eine spezielle Literatur und die stand in normalen Bergarbeiterhaushalten nicht, so dachte der Lehrer. Gern hätte er für den Vortrag die Tochter eines Kollegen oder den Sohn des Apothekers oder den Pfarrersjungen genommen. Vorsichtig fragte er den Rotschopf: „Hast du Literatur zu Hause?" Der nickte ganz leicht mit dem Kopf und wurde rot. Der Lehrer wusste sofort, dass er gelogen hatte.

Da kam ihm aber eine Idee. Der Rotschopf und der Anwaltssohn waren befreundet, sollen sie doch zusammen den Vortrag machen. So fragte er den blonden Anwaltssohn: „Ihr habt doch viele Bücher zu Hause?" „Ja, mein Vater hat eine große Bibliothek", antwortete der ohne Zögern, dann wurde er verlegen. Denn eigentlich hatte er keine Lust auf diesen Vortrag und die Vorbereitungsstunden. Seine Nachmittagsstunden hatte er anders geplant. Der Lehrer spürte das sofort und hielt dagegen, „und außerdem könntest du eine gute Note gebrauchen! – Also, ihr beide macht das zusammen."

Der kleine Rotschopf schaute zu Hause in den Bücherschrank. Da gibt es zweimal Zola, zweimal Dumas, drei Bände Maxim Gorki, einmal Thomas Mann, einen Gedichtband von Goethe, ein paar Schillerdramen sind auch da. Alles steht in der guten Stube, schon viel für einen Bergarbeiterhaushalt. Aber mit Hannibal und römischer Geschichte hat das alles nichts zu tun. Na, und Vatis Bücher? Aber auch dort Fehlanzeige: „Der deutsche Klempnergeselle", „Der Weg zum Klempnermeister", „Nützliche Klempnertechnik" und ein paar andere Fachschriften findet er. Nein, mit Hannibal ist da auch nichts zu machen. Oder, denkt er und muss lachen, vielleicht könnten die Klempner helfen, die Metallrüstungen der Legionäre des Hannibal nach den Schlachten wieder in Ordnung zu bringen? Nein, er weiß genau, mit diesem Familienschatz ist die Hausaufgabe nicht zu lösen. Er muss zu seinem Freund, den Anwaltssohn. Die Mutter seines Freundes empfängt ihn in der Diele der Villa. Bittet ihn in die Küche und bietet Apfelsaft an. Sein Freund ist noch einkaufen. Endlich kommt er. Gemeinsam gehen sie zum Arbeitszimmer des Vaters.

Der Vater hat seine Kanzlei im Haus. Er sitzt hinter einem riesigen

Schreibtisch und arbeitet. Das Zimmer erscheint dem Rotschopf gewaltig. Beeindruckend aber sind die Bücherwände, außer der Gartenfront mit den großen Fenstern und der Glastür zur Veranda sind alle Wände mit Regalen vollgestellt. Bücher, Bücher, Bücher – so etwas hat der Rotschopf noch nie gesehen. Der Anwalt begrüßt den Jungen freundlich, fragt nach irgendetwas. Der Rotschopf hört nicht genau hin, antwortet unkonzentriert. Die Wände nehmen seine Aufmerksamkeit voll in Anspruch.

Sein Freund erklärt dem Vater, was sie brauchen. „So, so Hannibal" sagt der, „da wird sich sicher etwas finden, denke ich". Von hoch oben aus den Regalen holt er eine sechsbändige Ausgabe „Römische Geschichte", eines ist noch spezieller, „Hannibals Übergang über die Alpen", dann noch zwei Bände „Der römische Senat", der sich ja viel mit Hannibal und Karthago beschäftigte. Noch ein Buch „Römisches Recht" drängt der Vater den Jungen auf. „Na, dann mal ran", sagt er zu den Jungen, und wenn ihr fertig seid, können wir uns ja mal über Hannibal unterhalten." Das findet der Rotschopf toll und denkt an seine Eltern.

Stundenlang sitzen sie im Kinderzimmer und blättern und schmökern in den alten Büchern. Immer wieder werden sie fündig. Dem Rotschopf glühen vor Begeisterung die Ohren, auch sein Freund ist jetzt voller Eifer bei der Sache, sie sammeln die Fakten:

- 218 – 201 Punische Kriege, Hannibal in Spanien, Südfrankreich und über die Alpen,
- 216, 2. August, Schlacht bei Cannae, 70 000 Römer werden erschlagen, unvorstellbar, eine solche Niederlage,
- schließlich 211, Hannibal vor den Toren Roms, Der Schreckensruf geht durch die Stadt, „Hannibal ad portas!"
- 202 Entscheidungsschlacht bei Zama, Sieg des Scipio über Hannibal.

Sie bewundern diesen „Tausendsassa," diesen Hannibal, staunen wie er die Kampfelefanten über die Alpen bringt und vor Rom steht. Erfolg und Misserfolg, Kämpfe, Siege und Niederlagen dieses Mannes – was für ein Leben! Sie sitzen bis in die Abendstunden. Zeichnen die Feldzüge mit roten Pfeilen auf Karten.

Am nächsten Tag unterhält sich der Anwalt nochmals gründlich mit den Jungen. Er rückt die Konzeption des Vortrages zurecht. Ergänzt Details, zeigt, dass der Untergang Hannibals auch viel mit Missgunst,

Neid und Hass der Karthagoer selbst zu tun hatte. „Ja, so ist das halt im Leben", sagte er, „Erfolge und Niederlagen gehen Hand in Hand". Er wünscht das Beste und hat es dann eilig.

Der Vortrag wurde ein großes Ereignis für die Klasse. Fakten, Bilder, Details, Karten, die wechselnden Erklärungen der Jungen, alles stimmte. Begeisterung greift Raum, der Lehrer ist sichtlich beeindruckt. Natürlich gibt es Einsen. „Schade, wir haben keine besseren Noten", sagte er. „Wie habt ihr das geschafft?", fragte er. Es waren die Bücher, die vielen Bücher, die Bibliothek, stammelt etwas verlegen der Rotschopf. Sein Freund erwähnte die Hilfe des Vaters. Von diesem Tag an hat der Rotschopf die Macht der Bücher begriffen. Er beginnt intensiv zu lesen und würde damit nie mehr aufhören. Bücher und Bibliotheken waren nun das Wichtigste auf der Welt. Heimlich war er ein wenig neidisch auf seinen Freund, der solche Schätze zu Hause hatte und einen Vater, mit dem man über Hannibal sprechen konnte.

Am nächsten Sonntag berichtete er der Großmutter nach der Kirche von diesem Vortrag. Sie hörte aufmerksam zu, sah und fühlte die Begeisterung ihres Lieblingsenkels für die Bücher, das Wissen, das Erschließen von Erkenntnis. Fühlte sicher auch den stillen Vorwurf, dass es in der Bergarbeiterfamilie keine Bibliothek gab und auch keinen so gebildeten Rechtsanwalt.

„Ja", sagte sie, „der Rechtsanwalt ist auf den hohen Schulen gewesen, der hat Bildung genossen!" Erstaunt hörte der Rotschopf, wie die Großmutter über Bildung sprach, „Bildung genossen!?" Bei „genießen" dachte er eher an Bonbons, Schokoladenpudding, Schulausflug, freien Nachmittag oder so was. Bildung konnte man also genießen, und nicht jeder hatte die Chance im Leben wie dieser Rechtsanwalt. Anders war das also mit der Bildung in seiner Familie.

Vielleicht war die Großmutter auch deshalb ein wenig traurig. Als achtes Kind einer bettelarmen Holzköhlerfamilie aus dem oberen Erzgebirge hatte sie zwar ein Zeugnis voller Einsen, aber über die 6-jährige Grundschule hinaus führte kein Weg nach oben.

Später, wenn er über seinen Studien saß, schwitzte, stöhnte, schimpfte, weil dieses oder jenes nicht gleich gelingen wollte, würde er an die Großmutter denken: Bildung genießen – war das nicht eine geniale Idee – ein Stück Schlüssel zur Welt? So war das also damals mit dem „Hannibal ad portas," jetzt war Wissen das Wichtigste.

Die Arme der Götter

Es war ein nasser Aprilmorgen, an dem eben alles daneben ging. Um 8 Uhr hatte Rotschopf Russisch, nicht gerade sein Lieblingsfach. Den Eltern war dieses Fach auch nicht wichtig. Vater war erst vor zwei Jahren aus russischer Gefangenschaft gekommen. Sein Gesundheitszustand, und alles was er erzählte, lasteten schwer auf der kleinen Familie.

Die Lehrerin kontrollierte zuerst die Hausaufgaben. Eine Übersetzung aus dem Deutschen ins Russische, eine ziemlich zeitaufwendige und knifflige Aufgabe. Rotschopf erschrak. Er hatte diese Aufgabe vergessen. Wirklich, ehrlich vergessen. Gestern hatte er sechs Stunden Unterricht, später hatte er Mathe gemacht, Bio und Geschichte und dann dem Vater im Garten geholfen.

Er schämte sich und rutschte mit rotem Kopf unruhig in seiner Bank hin und her. Jetzt stand die Lehrerin vor ihm. Er stammelte etwas kleinlaut, nur das Wort „vergessen" war zu hören. Die junge Lehrerin wurde laut. Insgesamt waren sie sechs, ein Viertel der Klasse hatte keine Hausaufgaben! Alle vier Jungen und zwei Mädchen bekamen eine Fünf eingetragen. Er erschrak mächtig, denn seine wackelige Drei, die er bisher in Russisch hatte, kam damit stark ins Wanken. Irgendwie muss ich das wieder rausholen – nur wie, dachte er.

Dann kam eine Doppelstunde Mathe. Gleichungen, normalerweise konnte er das gut. Nur heute? Gerade heute erwischte es ihn. Ab an die Tafel. Er war völlig unkonzentriert und es reichte gerade noch für eine Vier. Der Lehrer musste zwei Mal helfen und schaute erstaunt. „Das kannst du doch sonst", sagte er und schüttelte seinen Kopf. „Du musst einfach besser aufpassen und nicht am Platz vor dich hinträumen!" Recht hatte er ja, manchmal war Rotschopf die Mathe zu trocken. Aber für eine Note zwischen zwei und drei hatte es bisher immer gut gereicht. Nun also die vier, hier wurde es zwar noch nicht gefährlich, aber er hatte sich ganz schön an der Tafel blamiert. Einige Jungen grinsten. Der Kleine wurde klein und kleiner, als er zu seiner Bank zurück schlich. Was sollte er zu Hause sagen, wenn er in Mathe auch in Richtung Vier marschierte? Russisch, da sahen die Eltern vielleicht darüber hinweg, bei Mathe war das nicht zu erwarten.

Die letzte Stunde an diesem Tag war Deutsch. Für die Grammatik brachte er auch keine große Konzentration auf. Die schlechten Resultate dieses Tages beschäftigten ihn zu sehr. Aber es ging vorbei, wie so manche Schulstunde. Erst am Ende der Stunde gab der Lehrer die korrigierten Diktathefte aus. Er begann immer zuerst mit den schlechten Noten – zweimal die Fünf. Rotschopf hörte kaum zu. Er wusste, je später sein Name genannt wurde, umso besser. Aber er erschrak, da war ja schon sein Name – eine Vier. Seine Welt sprang aus den Fugen. Ein Diktat voller Schusselfehler, viel Rot neben seiner krakeligen blauen Schrift. Langsam ging er nach vorn, mit tief gesenktem Kopf. Da war keine Kraft mehr dem Lehrer in die Augen zu sehen. Fast auf allen Vieren schlich er sich an seinen Platz zurück. Lautlos rannen die Tränen über sein Gesicht. Er bedeckte es mit beiden Händen und rutschte auf seinem Platz zusammen. Die Diktatübergabe lief schnell weiter. Noch drei Vieren, viele Dreien, zwei mal Zwei, keine Eins.

Der Lehrer war sehr unzufrieden und gab kurz angebunden mehrere Hausaufgaben. Er verabschiedete sich und wollte gehen. Die ersten drängten schon lärmend zur Tür.

Da sah er, Rotschopf hatte den Kopf in seine Hände auf die Bank gelegt, er schluchzte laut. Sein Banknachbar wollte ihn zum Gehen bewegen, aber er blieb sitzen. Ein kleines, hilfloses Häufchen Elend. Der Lehrer trat an die Bank heran. „Na, na", sagte er, „so schlimm wird es schon nicht sein!" Aber er sah, hier war mehr als eine kleine Aufmunterung von Nöten. Er nahm den Jungen mit in´s Lehrerzimmer.

Vorsichtig fragte er, was heute passiert war. Langsam begann der Junge zu sprechen, erzählte von seinem Unglück – einmal Fünf und zweimal Vier. Wie sollte das weitergehen? Das Gesicht war rot und tränenverschmiert.

Der Lehrer überlegte – der Junge war doch nicht dumm, gab oft kluge Antworten. Wie konnte man helfen? Er sah den Jungen an, der zitterte jetzt vor Angst und Erschöpfung. Der Lehrer grübelte. Bald war er sich sicher, am Verstehen haperte es bei dem nicht und faul war er auch nicht.

Er war sich sicher, es fehlte eins, das Vertrauen zu sich selbst. In diesem Zustand schaffte er die notwendigen Leistungen nicht.

Langsam ging er um den Tisch, holte eine angebrochene Limonadenflasche aus dem Schrank, spülte sorgsam zwei Gläser aus, setzte ein Glas vor den Jungen und eins an seinen Platz und goss Limonade ein.

„Trink", sagte er leise. Zögernd nahm der Junge das Glas und trank in ganz kleinen Schlucken. Mit dem Taschentuch wischte er sich jetzt die Augen und das Gesicht sauber. Der Lehrer grübelte noch immer und ging mit langen Schritten durch das Zimmer.

Die Arme der Götter

Wie konnte man so einem Mut machen, Selbstvertrauen aufbauen, Begreifen lernen, dass auch Niederlagen zum Leben gehören und man damit umgehen muss. Dass Fehler notwendig sind, damit man aus ihnen lernt.

„Möchtest du noch etwas sagen", fragte er den Jungen. Der Kleine schüttelte den Kopf. Endlich ging der Lehrer zum Schrank, holte ein Blatt Papier hervor und gab es dem Jungen. „Lerne das bis morgen auswendig, morgen sprechen wir darüber!" Der Junge nahm das Blatt, bedankte sich und ging.

Zu Hause schaute er, was da geschrieben stand:

Feiger Gedanken,
Bängliches Schwanken,
Weibisches Zagen,
Ängstliches Klagen,
Wendet kein Elend,
Macht dich nicht frei.
Allen Gewalten
Zum Trutz sich erhalten,
Nimmer sich beugen,
Kräftig sich zeigen,
Rufet die Arme
Der Götter herbei!
(J.W. Goethe)

Am nächsten Tag nahm der Lehrer sich viel Zeit und erläuterte den Vers nochmals mit seinen Worten. Er sprach vom Mut und von der Angst und von der Kraft und der Entschlossenheit, er sprach viel vom Vertrauen, das man in die eigenen Kräfte haben muss. Denn die Götterarme, so erklärte er, kommen einem erst dann zu Hilfe, wenn man selbst sein Bestes gibt – nicht früher, aber auch nicht zu spät! Der Junge hörte sehr aufmerksam zu, nickte mit dem Kopf, bemühte sich zu verstehen. Von da an ahnte er vielleicht, wie viel Kraft und Energie man brauchen würde, um ein gutes, erfolgreiches Leben zu meistern. Manchmal, später, konnte er in schwierigen Situationen die Arme der Götter rufen – und manchmal waren sie tatsächlich zur Stelle, wenn es Not tat. Da wusste er aber schon, dass der Glaube an sich selbst, die eigenen Fähigkeiten, die eigene Kraft und der Wille, den man einsetzen kann, dass das die Arme der Götter sind.

Blaubeeren – oder Regime des Chaos

Das Land begann sich wieder zu berappeln. 1947 fuhren die Züge wieder, freilich sehr unregelmäßig und mit Verspätungen. Von den alten Lokomotiven hatte man mit Mühe die Naziparolen abgekratzt, „Räder müssen rollen für den Sieg" war da leicht hellgrau manchmal noch zu erkennen. Diese Loks mit ihrer Steinkohleheizung zogen uralte, klapprige Waggons mit schmalen Kupees mit je acht Sitzplätzen. Rechts vier, links vier, man saß sich eng gegenüber auf diesen Holzbänken. Jede Bank war aus schmalen, eng verschraubten Brettern gefertigt. Nur manchmal war auf diesen, ehemals gelackten Brettern, noch ein Rest des Anstrichs zu erkennen. Links und rechts hatten diese Kupees je eine Tür oben mit Fenster, das zu dieser Zeit oft mit Pappe oder einer Sperrholzplatte verschlossen war, denn Glas hatte Seltenheitswert.

An einem warmen Augustnachmittag des Jahres 1947 fuhr eine etwas rundliche 40-jährige Frau mit ihrem dürren, kleinen 8-jährigen Sohn in einem solchen Waggon ins Erzgebirge. Sie hatte einen großen, fast neuen Emailleeimer bei sich und in einer alten Stofftasche steckte noch ein ansehnlicher Topf. Der Zug war nicht voll. Ein paar Oberschülerinnen, die aus der Kreisstadt nach Hause auf ihre Dörfer fuhren, Frauen, die vom Einkauf kamen, ein Tischler mit einem Rucksack voller Werkzeug und vier Brettern unterm Arm. Der Junge genoss die Fahrt auf der harten Bank. Die langsam vorbeiziehende Landschaft, die kleinen Dörfer, Wiesen in voller Blüte, die dichten dunklen Fichtenwälder, die so typisch waren für dieses Gebirge.

Morgen würden sie also Heidelbeeren sammeln, heute den Cousin des Vaters besuchen. Das war ein schlanker, knorriger Bergarbeiter. Wenn der einem die Hand gab, dann tat das richtig weh. Der Cousin hatte an die Mutter eine Karte geschrieben. Dort war zu lesen, dass es jetzt in den Wäldern des oberen Gebirges Heidelbeeren in Masse gäbe. Sie sollten kommen und bei ihm im kleinen Haus oben am

Berg übernachten, dann einen Tag Heidelbeeren sammeln und am Abend mit dem Schichtzug wieder nach Hause fahren.

Die Mutter dachte nicht lange nach, beriet sich aber doch mit dem Sohn. Heidelbeeren für Marmelade, Kompott und Saft für den langen Winter – das konnte die kleine Familie brauchen.

Langsam, fast mühsam, zuckelte der Zug die kurvenreiche Strecke in die Berge. Alle paar Minuten hielt er an. Der Schaffner rief dann mit lauter, etwas krähender Stimme die Ortschaften aus. Der Kleine hatte Spaß an dieser Stimme und versuchte ihm nachzuahmen. Die Mutter lachte und hielt ihm den Mund zu. Endlich waren oben am Hang die ersten kleinen Häuser von S.-Berg zu erkennen.

Sie hatte den Ort als eine ruhige, beschauliche Bergstadt mit einer jahrhundertealten Tradition in Erinnerung. Eine seltsame Mischung von Kurort und verschlafenem Nest. Die Straßen waren eng, die Häuser gepflegt, der Markt herausgeputzt. Von den Einheimischen kannte jeder jeden. Das kleine Radiumsanatorium war der Stolz der Stadt. Es brachte Fremde in den Ort, die gastfreundlich umsorgt wurden. Mit diesen Fremden versuchten die Gebirgler sogar hochdeutsch zu sprechen, wenn sie merkten, dass der Dialekt des Gebirges nicht verstanden wurde. Umgeben war das Städtchen von einem Kranz hoher dichter Fichtenwälder, die sich steil bergauf bis ins Böhmische hinzogen. Die Wälder brachten das ganze Jahr über frische, kühle sauerstoffreiche Luft in die Stadt. So war es wohl recht, dass die Stadt schon 1910 zum Luftkurort erklärt wurde.

Seit alters her lebte man vom Bergbau und dem Wald. Ein Zubrot brachte der bescheidene Fremdenverkehr. Im Mittelalter war die Stadt sehr reich – Silberfunde waren die Quelle. Später fand man Zinn, Blei und Arsen. Nun sollte es Uran geben, so stand es in der Zeitung. Dieses Uran musste der Teufel hier vergraben haben!

Schon zu Hause hatte die Mutter es von Bergarbeitern gehört, dass die alten Bergstädte sich in Goldgräberstädte verwandelten. In die dichten Fichtenwälder wurden breite Schneisen geschlagen, Straßen wurden angelegt. Wo die Geigerzähler ausschlugen und Uran meldeten, wurden in großer Eile Schächte vorgetrieben. Halden aus graubraunem Schiefer, der Abfall der Schächte lag in den Wäldern, auf den Wiesen und auch in den Dörfern. Zehntausende Männer, Bergleute, Handwerker, entlassene Kriegsgefangene, Sträflinge, Jugendliche aus halb Deutschland rückten ins Gebirge ein. Denn hier gab es Arbeit, Geld, sogar sehr viel Geld, Lebensmittel in Sonderrationen und Schnaps – so hatte es Mutter ein alter Bergarbeiter erzählt.

Nun würde sie sich selbst ein Bild machen. Es war soweit, die Bimmelbahn zuckelte in den kleinen Bahnhof, der Zug kam zum Stehen.

Sie erschrak, als sie den Bahnhofsvorplatz erblickte. Überall Männer in graugrüner Gummibekleidung, Gummistiefel, Gummihosen, Gummiblousons, einige trugen dazu eine Art Südwester als Kopfbedeckung, natürlich ebenfalls aus graugrünem Gummi. Diese seltsamen Hüte konnte man weit ins Gesicht ziehen. Gleichzeitig schützten sie den Nacken vor Tropfwasser in den Schächten.

Die Gummimänner standen in Gruppen, saßen auf den wenigen alten Bänken, erzählten, rauchten, lachten, riefen einander etwas zu. In einer Ecke wurde gesungen, Schnapsflaschen kreisten. Drei saßen am Boden und spielten Skat. Eine junge blonde Frau, auffällig geschminkt, wurde von zwei Gummitypen an einen Pfeiler gedrückt, sie schimpfte und schrie, „weg ihr geilen Böcke". Die Männer lachten.

An einer Ecke stand ein langer dürrer Volkspolizist mit Tschako auf dem Kopf und Gummiknüppel am Gürtel. Zwei Kumpel, dicht vor ihm – einer packte ihn unsanft am Revers der Uniform und redete heftig auf ihn ein. – Wie im Film, dachte die Mutter – und spürte, wie die Angst in ihr hochstieg.

Endlich fasste sie sich ein Herz, griff den Jungen fester und schritt entschlossen durch die diskutierenden und trinkenden Männergruppen. Einige machten zotige Bemerkungen, sie merkte wie sie errötete. Nur weg hier. Im Bahnhofsgebäude mussten sie noch über einen Besoffenen steigen. Er lag auf dem Fußboden und hatte sich erbrochen. Keiner kümmerte sich. Aus der offenen Bahnhofskneipentür kamen dicke Rauchschwaden. Jemand brüllte, „8 Bier und 8 Wodka, aber Tempo, du Nutte!" Das galt einer älteren Kellnerin. Nur schnell hier vorbei. Endlich waren sie auf der Straße. Schon wollte sie aufatmen, schaute auf den Jungen, der war erschrocken und hatte Angst.

Die enge Straße war mit Fahrzeugen und Menschen vollgestopft und von ohrenbetäubendem Lärm erfüllt. Große russische LKWs, graugrün, laut hupend, beladen mit Holz, Baumaterial, Menschen und Erde bahnten sich ihren Weg. Dazwischen Militärjeeps, besetzt mit Soldaten mit Stahlhelmen und Gewehren. Lange verdreckte Sattelschlepper, die in der kleinen Stadt kaum um die Ecken kamen und Kumpel von den Schächten holten oder zu den Schächten fuhren. Auf den schmalen Fußwegen fast nur Kumpels, die einzelne Fußgänger ohne viel Federlesens vom Bordstein stießen.

Der Junge wollte immer stehen bleiben. Die Mutter zerrte ihn weiter. Fahrzeuge, Soldaten, Kumpels, Hektik, Lärm, Wolken von Auspuffgasen, Schnapsgeruch, Gummiklamotten – das alles lähmte ihn und machte ihn doch unendlich neugierig. Fast wäre er von zwei Kumpels umgerannt worden. Die Mutter zog, er wirkte wie gelähmt, unfähig zu denken, sich gezielt zu bewegen, zu reden. Nur mit größter Mühe überquerten sie eine Straße. Endlich erreichten sie einen schmalen, menscherleeren Weg und fanden oben direkt am Wald das kleine Haus des Cousins.

Der Hausherr und seine Frau erwarteten sie und freuten sich über den Besuch. Die Mutter war entsetzt und erschöpft. Der Junge sagte kein Wort. Es gab Kaffee und Kuchen und am Abend ein ungewöhnlich reiches Abendbrot.

Der Cousin war ein drahtiger, mittelgroßer Vierzigjähriger, der schon immer im Bergbau arbeitete und nun als Brigadier sehr viel Geld verdiente. Bei einem Schnaps erzählte er am Abend: „Im Erzgebirge sei es jetzt immer so, die Einwohner lebten in einer Art Ausnahmezustand. Hier regiert die Wismut AG, die Russen oder doch wahrscheinlich beide." „Nein", verbesserte er sich später, „eigentlich regiert hier das Chaos."

Die große Sowjetunion brauchte Uran. Die neue Sonne, um Atombomben zu bauen und mit den Amerikanern gleichzuziehen. Hiroshima und Nagasaki – die Namen kannte die Mutter doch, oder etwa nicht – fragte der Cousin. Doch sie wusste Bescheid. Das Material für diese furchtbare Waffe lag also hier, direkt unter ihren Füßen. „Wertvoller wie Gold", sagte der Cousin und lachte. Um an dieses Material heranzukommen, tun die Sowjets alles oder fast alles, erzählte er weiter. Das Gebirge ist eine einzige große Goldgräberstadt, die Tag und Nacht nicht zur Ruhe kommt. Die gräbt und gräbt und gräbt. Essen gibt es, und Geld gibt es, soviel wie noch nie im Gebirge, Schnaps gibt es, Weiber gibt es und Prostitution.

Knochenhart war die Arbeit unter Tage, acht Stunden, auch oft zwölf

Stunden. Dazu Wasser, Schlamm, Dreck, Bergstürze, Stollen, die zu Bruch gingen, Verletzungen, Unfälle, Krankheiten und Tote.

Über Tage – Gesetzlosigkeit, Schlägereien, Alkohol, Vergewaltigungen, überall Geld, Geld und noch mehr Geld. Am Fünfzig-Mark-Schein brannte sich mancher die Zigarette an. Die Einheimischen trauten sich oft nicht auf die Straße. Wild waren die Tage, noch wilder die Nächte. Manch einer schlief nur vier Stunden pro Tag, weil er zwölf Stunden arbeitete und den Rest der Zeit für Schnaps und die Weiber brauchte.

Ein Hauch von Freiheit, Ungebundenheit und Gesetzlosigkeit bestimmte das Leben. Die von überall angereisten kleinen und großen Gauner hatten hier täglich vierundzwanzig Stunden Konjunktur.

Polizei wurde nur in Trupps von zehn bis fünfzehn Mann ernst genommen. Aber selbst denen konnte es noch passieren, dass sie von einer Gruppe Kumpels einfach zusammengeschlagen wurden. War es dann von Zeit zu Zeit allzu bunt, so schaffte ein Zug Rotarmisten mit aufgepflanztem Bajonett für kurze Zeit Ordnung und Ruhe. Warnsalven aus Maschinenpistolen machten schnell nüchtern. Denn ein Minimum an Regelmäßigkeiten war schon notwendig. Ansonsten galt nur ein Motto – Uran, Uran und nochmals Uran! Denn das dunkle Erz des Gebirges griff gerade in die Weltgeschichte ein, ja es machte selbst Weltgeschichte.

So war es ein langer Bericht geworden, den der Cousin der Mutter bis in die Nacht gegeben hatte. Sie hatte Angst vor der Rückfahrt, „ach was", beruhigte der Cousin, „bei Tag tun die hier keiner Frau was."

Die Mutter setzte ihren Plan um. Schon in aller Frühe war sie mit ihrem Sohn im Wald. Heidelbeeren gab es in Hülle und Fülle. Im Wald war es ruhig, nur von fern hörte man von Zeit zu Zeit das Hämmern auf den Schächten. Der Junge und die Mutter sammelten fleißig. Am Mittag waren der große Eimer und auch der Topf randvoll mit großen dunkelblauen, fast schwarzen Heidelbeeren. Mutter las noch die letzten Blätter aus den Beeren und verknotete ein Tuch mit Bindfaden über dem Eimer. Der Topf blieb offen und stand in der großen Tasche. So begann der schwierige Rückmarsch in Richtung Bahnhof.

Der Schichtzug war schon lange vor der Abfahrt voll mit Kumpels besetzt. Die saßen und lagen auf den Dächern, in den Kupees auf den Bänken und hockten auf den Perrons und den Treppen der Waggons. Mutter und Sohn standen in einem Kupee. Auf den Bänken schnarchten zwei Kumpels. „Setz dich doch einfach drauf", rief ein Kumpel von draußen, als er die stehende Frau sah. Ein junger Kumpel begann Streit mit dem rotbemützten Bahnhofsvorstand. Der Zug sollte sofort abfahren, der Rotbemützte aber wollte den Fahrplan einhalten. Schließlich sperrten drei Kumpels ihn in seinem Dienstraum und der Wortführer der Kumpels ließ tatsächlich den Zug abfahren. Unterwegs stoppte der Zug nicht nur auf den Bahnhöfen. Sondern hielt immer, wenn ein paar Kumpels zu Hause waren. Sie zogen dann einfach die Notbremse und quietschend stand der Zug. Am Ende der Fahrt war er fast leer. Seufzend ließ sich die Mutter auf eine Bank fallen. Endlich hatte sie Sohn und Heidelbeeren gut nach Hause gebracht.

In der Nacht konnte der Sohn schlecht schlafen, er träumte von besoffenen Kumpels, die alles kurz und klein schlugen, Häuser, Wohnungen, Zäune, Ställe und seine Schule.

Später dachte er, Chaos, begründet in Rechts- und Ordnungslosigkeit, Zügellosigkeit, Eigennutz, ohne jede Einschränkung, Rücksichtslosigkeit, Gefühllosigkeit, das ist wohl fast das Schlimmste, was Menschen einander antun können. Deshalb kann man die wilde Bestie Chaos nie frei herumlaufen lassen. Oft gehen sie Hand in Hand, Krieg und Chaos – einer von vielen Gründen, den Krieg endlich zu ächten.

Systemwechsel

Wahrscheinlich ist es im Frühjahr 1949 gewesen. Die Birken zeigten ihr helles Grün. Die Getreidesaat war prächtig aufgegangen und die Wiesen waren voller Löwenzahnblüten. Vater, Mutter und Rotschopf weilten zu Besuch beim Löbelottel im Stadtkaffee in Zschopau.

„Das Geschäft läuft schlecht", nörgelte der Ottel gleich los, noch bevor er seine Nichte und die Familie richtig begrüßt hatte. Das Stadtkaffee hatte er nur noch an drei Tagen in der Woche geöffnet – Freitag, Sonnabend, Sonntag. „Sonst ist Ruhe", sagte der Onkel traurig. Was sollte er auch seinen Kunden anbieten. Kaltgetränk und Heißgetränk, eine seltsame Mischung aus Wasser, Süßstoff, etwas Fruchtsaftkonzentrat und viel Farbe. Limonade – nein, keine Limonade – eben irgendetwas, das keiner trinken wollte.

Ein sehr dünnes Bier schickte die Brauerei von Zeit zu Zeit vorbei. Obwohl die richtigen Biertrinker sich schüttelten, es wurde gekauft, nur eben gab´s davon viel zu wenig. Damit war das Angebot schon vorgestellt. „Ein Kaffee muss doch wenigstens Kaffee anbieten", jammerte der Onkel. Er hatte keinen, auch keinen Kuchen, keine Sahne, keinen Zucker, keine Schokolade, kein Eis, keine Wurst, keinen Wein, keinen Schnaps – der Onkel hörte auf aufzuzählen. Ja, was sollen Kunden in solch einer Gaststätte?

Wie das Geschäft, abgemagert und bis zur Unkenntlichkeit entstellt, so sah auch der Onkel aus. Graugesichtig, früh gealtert, auf einen Stock gestützt, der Bauch eingefallen, mit hilflos hängenden langen Armen, so latschte er in alten Filzschuhen durch sein Kaffee. Hosenträger, ein altes weißes Hemd, ungebügelte dreckige Hose rundeten das Bild ab. Die Mutter erschrak, was war das vor ein paar Jahren noch für ein Mann. Ein Mann, der auch als Anfang Fünfziger noch manches junge Mädchen erobern konnte. Alles vorbei, dachte auch der Vater.

Der Onkel drängte seine Gäste an den Stammtisch und brachte zwei Dünnbier und für Rotschopf ein Kaltgetränk.

Dann begann der Onkel auf's Neue zu jammern. „Wie soll das bloß weiter gehen? Ich kann den Kellner nicht bezahlen, die Putzfrau auch nicht. Die Mieter zahlen keine Miete. Steuern wollen die vom Finanzamt haben, Steuern ohne Umsatz! Das muss mir mal einer vormachen!"

Und dann energischer, „das kann gar nicht so weitergehen! Wir sind jetzt vier Jahre nach dem Krieg. Da müsste es doch endlich mal besser werden. Nichts wird besser in der Sowjetzone, ja, drüben im Westen, da soll's ja jetzt losgehen? Da gibt's wieder was, die Amis helfen. Aber, kann ich denn mein schönes Haus, mein Stadtkaffee auf den Buckel nehmen und in den Westen tragen? Geht nicht, geht ganz und gar nicht", sagte er mit dumpfer Stimme und schüttelte seinen großen runden Kopf.

„Es is' wie is'", sagte der Mann seiner Nichte, was sollte er auch sagen. Das was er dachte; dass es noch fünf oder auch zehn Jahre brauchen würde, bis die Normalität, die der Onkel erhoffte, wieder hergestellt war!

„Wie soll das weitergehen?", drängelte der Onkel schon wieder. Er fragte den Mann seiner Nichte, der erst vor zwei Jahren aus der Gefangenschaft aus Russland zurückgekehrt war. „Wie ist es denn in Russland? Was wird sich hier ändern – wenn das hier alles wie dort werden soll?", fragte er den Vater. Der Vater schwieg, „Wie ist es denn dort", der Onkel drängte, „du warst doch in russischen Städten, warst sogar in Moskau!! Gibt's denn da ein Kaffee, so wie meins, wo man am Sonntagnachmittag Kaffee trinken und Kuchen essen kann, so mit Familie? Oder nach Feierabend zum Bier geht und zum Skat!"

Der Vater schüttelte den Kopf, „ne, ne, das gibt's da nicht!" „Auch nicht in Moskau?", fragte der Onkel. „Glaube nicht", entgegnete mürrisch der Vater. „Die haben doch ein ganz anderes System – die Russen", ergänzte er, und dachte, wie soll ich's ihm bloß verständlich machen? Er holte tief Luft, wischte sich die tränenden Augen, die er immer hatte, wenn er sich aufregte.

Der Onkel wurde nervös, „was denn für ein anderes System", fragte er erregt weiter. „Alles ist staatlich", sagte der Vater kurz. „Wie alles?", fragte der Onkel, der immer mehr durcheinander kam. „Eben alles", entgegnete der Vater trocken. „Da gibt's also keine Privaten?", sprudelte es bestürzt aus dem Onkel heraus. „Keine", sagte der Vater sehr leise. Der Onkel schlug fassungslos seine großen Hände vor`s Gesicht. „Ist´s denn möglich", stöhnte er.

Halb versteinert, ungläubig drängelte er weiter: „Also, du sagst, in Russland gibt es keinen privaten Bäcker, Schuster, Schneider, Fleischer, kein Restaurant, kein Kaffee – keine Privaten". „Nein", sagte der Vater. „Das kann doch nicht gehen" entgegnete der Onkel. „Doch", entgegnete der Vater, „es geht, aber eben schlecht."

„Das ist also das System", entgegnete entsetzt der Onkel. „Und du meinst, dieses System kommt jetzt mit den Russen auch zu uns?" „Furchtbar", stöhnte der Onkel, „ganz furchtbar". Aber noch gab er nicht auf. „Du bist Klempner, wo hast du denn in Russland gearbeitet?" „In der Fabrik", antwortete der Vater. „In der staatlichen Fabrik", verbesserte der Onkel, der Vater nickte. „Wo kaufen die Menschen denn ein?", fragte der Onkel „Im Magazin, einem großen Laden für alles, wenn´s was gibt – auch staatlich", ergänzte der Vater.

„Systemwechsel – das ist es also, was auf mich zukommt", entgegnete der Onkel mit leiser, zerknirschter Stimme. „Systemwechsel", wiederholte er noch einmal, langsam, deutlich mit sehr leiser Stimme. Der Vater sah, wie der Onkel in sich zusammensackte. Der Onkel machte noch einen letzten Versuch; „können die Amis und die Engländer nicht helfen?" Der Vater schaute traurig auf den Onkel, und entgegnete: „Ich denke, was der Stalin einmal im Griff hat, das wird er nicht ohne weiteres wieder herausrücken. Und einen neuen Krieg wegen der zerstörten Sowjetzone, nein das glaube ich auf keinen Fall."

Mühsam erhob sich der Onkel, langsam watschelte er in Richtung seiner geliebten Theke. Dann musste er sich legen, das Herz machte Probleme. Er schien zu ahnen, vielleicht auch in Bruchstücken zu erfassen, dass dieser Wechsel seine Existenz, seinen Beruf, seine Kenntnisse, ja auch seine Wertevorstellungen, sein ganzes Weltverständnis aus den traditionellen Angeln heben würde. Er sah darin ganz sicher den Verlust des Inhalts des wichtigsten Teils seines Lebens. Er hielt den Anforderungen dieses Systemwechsels, dessen Notwendigkeit und Inhalt er nie voll begriff, gesundheitlich nicht stand.

Er starb schon kurze Zeit später.

Er konnte nicht ahnen, dass sein Großneffe, der als Zehnjähriger mit am Tisch saß, bei diesem wichtigen Gespräch vierzig Jahre später ebenfalls von einem solchen Wechsel wie vom Blitz getroffen wurde. Jetzt hieß der Systhemwechsel „Wende" und der Großneffe musste begreifen, dass solche „Wenden" wohl das Schwierigste sind, was man einem Menschen abverlangen kann! Das Unterste wird nach oben gekehrt, aus Schwarz wird Weiß, aus Weiß wird Schwarz, alles ist in Frage gestellt, nichts besitzt mehr Gültigkeit. Da erst konnte er die tiefe Verstörtheit und Hoffnungslosigkeit des Onkels von damals erfühlen und verstehen.

Wie der alte Großonkel hatte auch er viel zu verlieren, seine Ideale, den Glauben, seine Existenz, seine Ziele und Vorhaben und letztlich auch den Beruf. Eigentlich war er nach dieser Wende leer wie ein alter Eimer.

Was bleibt, fragten die Freunde? Ja, was blieb tatsächlich? War er nun Schrott und Abfall der Geschichte? Prof. Baring erklärte im Fernsehen, wenn schon die ostdeutschen Professoren ihre Lehrstühle verloren hätten, so hätten sie doch mit ihren kräftigen Stimmen fabelhafte Chancen als Marktschreier in der freien Wirtschaft!

Was konnte man also tun? Anschwimmen, gegen die Stromschnellen und den reißenden Fluss des Wendewechsels, der alles niederriss – Gutes und Schlechtes gleichermaßen.

Irgendwo waren dann doch auch helfende Hände und Köpfe, die verstanden, dass hier auch Wertvolles vernichtet wurde und sich gegenstemmten. Irgendwoher wuchs dann ein eiserner Wille, sich nicht unter die Räder zu werfen oder an der Wand zerdrücken zu lassen. Irgendwoher kam auch ein Fünkchen Glück. Und irgendwann hatte man wieder festen Boden unter den Füßen. Aber welche Mühen und welche Selbstverleugnungen waren dafür notwendig? Welcher Preis war zu zahlen?

Der blaue Fetzen

Es ist sicher zu Beginn der fünfziger Jahre gewesen, Rotschopf ging in die 7. oder 8. Klasse seiner Grundschule. Da griff die Politik in sein Leben. 1949 wurde im Osten die Republik gegründet, die man die Deutsche und Demokratische nannte. In der Schule hatten die Kinder es gelernt und auf der Straße laut gerufen:

„Es lebe, es lebe, es lebe Wilhelm Pieck und unsere, unsere und unsere Republik!"

„Ob es unsere Republik wird", sagte der Vater zu Hause zu Rotschopf, als er den Spruch hörte, „ist noch nicht ganz sicher, aber es sieht gut aus. Wenn es aber unsere Republik wird, dann wird es ein Staat der Habenichtse und der armen Schlucker – und wir gehören dann dazu. Aber diese Republik wird es schwer haben, und ob sie überhaupt auf Dauer existieren kann? Wer kann das wissen? Denn sie werden es uns schwer machen – die, die alles haben und sich nicht vorstellen können, das Habenichtse einen Staat regieren".

Jedenfalls hatten die Eltern nichts dagegen, dass der Kleine in die Jungen Pioniere eintrat, so wie viele der Bergarbeiterkinder.

Stolz nahm er seinen Ausweis, das Abzeichen und das blaue Halstuch in Empfang. Die Mutter kaufte verbilligt das weiße Hemd dazu. An den Pioniernachmittagen trug er nun das Halstuch und an Feiertagen, wie dem 1. Mai, auch das weiße Hemd.

In der Schule gab es den neuen Morgengruß: „Für Frieden und Völkerfreundschaft seid bereit!" Damit hatte er keine Probleme. Frieden war sowieso in aller Munde und das Wichtigste in dieser Zeit. Denn die Städte lagen noch voller Ruinen und der Hunger wurde nur langsam weniger. Und das mit der Völkerfreundschaft, das würde er schon hinkriegen, so dachte Rotschopf.

Den einzigen Menschen aus einem anderen Volk, den er kannte, das war der Tscheche Rudolph, der als Hilfskellner bis zum Ende des Krieges im Stadtkaffee arbeitete, und mit dem hatte er sich wunderbar verstanden.

Jedenfalls war er stolz auf sein neues Halstuch und seine erste Mitgliedschaft. Das wollte er nun partout dem Onkel Otto in Zschopau zeigen. Die Mutter kannte des Onkels Meinungen und Haltungen und riet energisch davon ab, „es wird Stunk geben", sagte sie sehr nachdenklich. Der Vater war auch nicht begeistert. Nach mehrmaligem Hin und Her, setzte sich letztlich der Junge doch durch.

Am Wochenende begann die Reise. Als sie ins Stadtkaffee kamen, saß der Onkel allein an einem der großen Marmortische und trank seinen Pfefferminztee.

Eingefallene Wangen, das Gesicht rot vom hohen Blutdruck, die Augen farblos fahl im schmutzigen Hemd, ein Hosenträger hing ihm auf dem Oberarm. Kein Gast im Kaffee. Es war nicht zu übersehen, dem Stadtkaffee ging es schlecht, dem Besitzer noch mehr.

Die Mutter umarmte ihn, er reichte dem Vater müde die Hand und stöhnte. Dann sah er seinen Großneffen traurig an und starrte auf das Halstuch. „Was soll der blaue Fetzen?", knurrte er hart mit leiser, aber fester Stimme. Fast widerstrebend gab er Rotschopf endlich seine weiche, feuchte Hand, der jede Kraft zum Zudrücken verloren gegangen war. Dann sagte der mit kratzender Stimme, halb zu dem Jungen und halb zu dem Vater gewandt; „immer wieder dasselbe, warum lernt die Jugend nie etwas dazu? Was machen wir nur falsch – wir Alten, Willi?"

Der Vater zuckte hilflos mit den Schultern. Rotschopf war empört. Gerade wollte er etwas antworten. Da legte ihm die Mutter ihre Hand auf die Schultern und machte ihm mit einem Blick klar, dass das jetzt überhaupt nicht ging.

Die Tante kam mit einer Kanne Pfefferminztee, begrüßte die Neuankömmlinge und lenkte das Gespräch mit ihren belanglosen Fragen in eine andere Richtung.

Der Onkel stützte seinen großen Kopf in seine Hand, schlürfte laut einen Schluck Pfefferminztee und schien noch mehr in sich zusammen zu sinken.

Jeder am Tisch wusste, dass das Gespräch weitergehen würde. Der

Onkel holte tief Luft, lehnte sich in den Sessel zurück und begann eindringlich zu erzählen. Dabei hatte er seinen Großneffen fest im Blick. „Ich will dir erzählen, wie das bei mir war, mit den Parteien und der Politik. Weißt du, mein Vater und die ganze große Familie der Löbelbäcker – zeitweise hatten wir drei Bäckereien in Zschopau – wählten konservativ. Die Zentrumspartei – eine christliche Volkspartei. Einer meiner Brüder war sogar einmal ihr Vorsitzender hier in der Stadt. Wir waren gute Christen, hatten was erreicht, sparten fleißig und arbeiteten viel. Wir waren Bäcker, wir waren Mittelstand, wir hatten unser Auskommen.

Die Zentrumspartei, so dachten wir alle, das war die unsere, treudeutsch, christlich, für Gott und den Kaiser und dass alles ja so bleibt wie es ist." Er holte tief Luft und setzte langsam fort.

„Das ist immer so in der Politik, die, die was haben, die halten fest am Alten, denn sie wollen ja nichts verlieren! Und die, die nichts haben, die wollen alles verändern, denn sie wollen ja auch endlich mal was haben! Doch verständlich, oder?", fragte der Onkel, der Junge nickte.

„Gegen den 1. Weltkrieg, der die Bäckersöhne wegraffte, meinen Bruder und zwei meiner Cousins, gegen das Nachkriegselend und die Inflation von 1923, die unsere Ersparnisse vernichtete, hat uns keine Zentrumspartei geholfen. Nein, die waren überall vorn mit dabei, wo die furchtbaren Entscheidungen getroffen wurden, die unsere Familie ruinierten.

Ich bin mit Achtzehn, 1915 begeistert in den Krieg gezogen, an der Knarre einen Blumenstrauß, die Mädchen lachten und winkten an der Straße. Siegreich wollen wir Frankreich schlagen. Jeder Stoß, ein Franzos, jeder Schuss ein Russ, jeder Tritt ein Britt – das waren die Losungen, die uns begeisterten.

Der Kaiser selbst soll es gesagt haben – wohl das Dümmste von allem: Viel Feind, viel Ehr! Aber es ging ja noch dümmer, wir, wir jungen Kerle, wir haben es aus tiefstem Herzen geglaubt, was die Politik uns vormachte.

Dann kamen wir nach Hause, das heißt die, die die Schlachten bei Verdun, am Kanal und in den Ardennen überlebt hatten, ins Elend, in die Not, in das Chaos und die Revolution.

Da trat ich in den „Stahlhelm" ein. Das war eine Frontkämpfervereinigung, die waren für Ordnung, Kameradschaft, Disziplin und Organisation. Das schien mir in diesen verrückten Zeiten das Richtige zu sein. Wir waren gegen die Bolschewisten und gegen die Nazis. Wollten Ruhe und Ordnung und bessere Zeiten. 1932 haben wir uns noch mit den Nazis geprügelt, aufhalten konnten wir den Hitler nicht. Der Stahlhelm wurde 1933 aufgelöst und ich war um eine Illusion ärmer.

Dann sind sie gekommen, die SA- und SS-Führer und wollten ihre Saalabende und Feiern in meinem Stadtkaffee machen. Es war ja das beste Haus am Platze. 1933 habe ich mich noch gedrückt. 1935 haben sie gedroht, dass sie mir das Lokal demolieren, wenn ich nicht die Saalabende hereinnehme und in die Partei gehe. In die Partei bin ich nicht eingetreten. Gefeiert haben sie dann im Stadtkaffee, so bis 1943 – dann hatten sie nichts mehr zu feiern. Was sollte ich denn machen?" Der Onkel atmete schwer, nahm einen Schluck Tee, machte eine lange Pause und setzte dann fort:

„Aber gemolken haben sie mich nach allen Regeln der Kunst. Eine Spende für den SA – Sturm, eine Spende für den Führer, eine Spende für das Flüchtlingshilfswerk, eine Spende für das Winterhilfswerk usw. und sofort. Die haben gedacht, beim Löbel läuft´s Geschäft, der hat's, bei dem werden wir es uns holen. So ging das dann bis 1945.

Dann kamen die Russen, wir mussten raus aus dem Stadtkaffee und bekamen ein Notquartier. Das Stadtkaffee wurde Kommandantur. Ach, was hatte ich für Angst um das Mobiliar, die Bilder, das Silber, die Vasen und Tischdecken. Ich bin zum Kommandanten gegangen. Ein ganz junger Offizier, mit blondem lockigen Haar und blauen Augen. Herr Kommandant, habe ich gesagt, ich bin der Löbel Otto, das ist mein Stadtkaffee, mein Haus, ich bin der Eigentümer!

Der junge Kerl lachte, rauchte sich ein Papirossa an, zerkaute ganz langsam das Mundstück und sagte: „Du jetzt nicht mehr Haus, kein Kaffee, kein Eigentümer! Jetzt hier Kommandantur und ich Kommandant! Du verstehen?" Als ich wieder anfing und nicht gehen wollte, sagte er nur noch barsch: „ab marsch, marsch, dawai, dawai" - und zeigte auf die Tür. Ein Posten, so ein Kleiner mit mongolischen Schlitzaugen und langem Mantel, schob mich rasch nach draußen und brachte mich zum Schlagbaum, mit dem die Straße zum Kaffee abgesperrt war. Der Schlitzäugige sagte etwas zu einem anderen, der an der Schranke Wache hielt. Der andere lachte, die Schranke hob sich, ich stand allein im Regen auf der Straße. Die Russen in meinem

Kaffee – hier mitten in Deutschland, in Sachsen – ich konnte es nicht fassen! Der verrückte Hitler, wohin hat uns diese irrsinnige Politik gebracht, dachte ich.

Und wie viele sind bis zum Schluss mitgerannt: „Mit Heil mein Führer, und immer drauf!"

Wir waren dann im Schloss einquartiert, achthundert Jahre altes Gemäuer, kalt und feucht, Mauern zwei Meter stark. Ein Wunder, dass wir es überlebt haben. Was half es?

Da kam eines Abends ein alter KPD-ler. Den hatte ich zehn Jahre nicht gesehen. Hätte ihn auch fast nicht erkannt, wie ein dürres Knochengestell in einem alten Anzug sah er aus. Er hatte das Strafbataillon 111 überlebt. Im KZ haben sie ihn auch gehabt. Er wollte sich bei mir bedanken. Wofür, fragte ich ihn? – Na damals, als sie mich jagten, hast du mir Kaffee gegeben und fünf Reichsmark! Erinnerst du dich nicht? Ich wusste das nicht mehr. Na ja, dann kam er mit der Sprache raus, was meint ihr, was er von mir wollte, er wollte mich für seine Partei gewinnen. Ausgerechnet mich, dachte ich.

„Du bist unbelastet", sagte er zu mir, „Otto, damals hast du mir ja wirklich geholfen". Nun holte er wieder aus: „Hier beginnen jetzt neue Zeiten, wir bauen einen neuen Staat, alles wird schöner, alles wird besser, keiner wird mehr hungern und frieren. Alles Unrecht wird beseitigt, du kriegst dein Kaffee zurück, Otto, so wahr ich hier stehe!" Als er zu Ende war, sagte ich, „ja, es wird fast so wie der olle Heine schon 1848 sagte – wir wollen hier auf Erden schon das Himmelreich errichten."

„Ja", sagte er, „Otto, genau so wird es werden" und drückte mir ein Anmeldeformular für seine Partei in die Hand.

„Ich habe in meinem langen Leben zu oft erfahren, dass sie alle lügen, diese Politiker und ihr Anhang. Sie lügen, dass sich die Balken biegen. Und warum soll das jetzt auf einmal völlig anders sein? Nur die Jungen, die wissen das nicht, die haben es nicht erlebt. Und es scheint wie ein ewiger Fluch zu sein, der auf uns allen liegt, dass man nur das glaubt, was man selbst erlebt und erfahren hat und nie das, was einem berichtet oder gesagt wird.

So, nun mein Junge, mein Rat, lass die Finger von der Politik. Die ist wie eine Hure, sie geht von einem zum anderen. Nein, das ist zu einfach, besser – Politik ist immer Kampf um Macht, Einfluss, Ämter, Ansehen und Geld und noch mehr Geld, zwischen kleinen, aber mächtigen Interessengruppen. Die können manchmal gewinnen und manchmal verlieren. Der kleine Mann aber scheint in der Politik immer der Verlierer zu sein. Für ihn gibt's nie die versprochenen Paradiese, sondern eher Sorgen, Not und Elend – und wenn es ganz schlimm kommt – auch den Tod".

Der Onkel war erschöpft von dieser langen Rede, wischte sich das Gesicht mit einem großen karierten Taschentuch und lehnte sich zurück. Langsam trank er einen Schluck von dem nun schon kalten Pfefferminztee.

Rotschopf hatte mit roten Ohren und großem Interesse zugehört. Nun wagte er leise einen Einwand. „Aber Junge Pioniere, das sind doch keine Politiker, das sind ja nur Kinder, die sich für etwas Gutes begeistern". Der Onkel war sofort wieder bei der Sache: „Genau da fängt es an", sagte er, „am Anfang stehen immer die guten Ziele, die Ideale, die man den Jungen, den Begeisterungsfähigen, den Naiven verkauft. Mit Speck fängt man Mäuse, so ist es halt".

„Aber die Ehrlichen, die Standhaften, die Idealisten, die nicht nur an ihren Vorteil und ans Geld denken", schiebt Rotschopf nach, „die gibt es doch in der Politik auch – oder?" Der Onkel wurde hellhörig. Darauf will er jetzt hinaus. Schlaue Frage! „Ja", sagt er ganz langsam, „darüber habe ich sehr viel nachgedacht. Es gibt sie tatsächlich, diese Ehrlichen, diese Sauberen, diese Idealisten, die Träumer mit den besten Visionen für alle Menschen.

Bei Hitler sind viele von denen in den KZ´s gestorben, Genossen aus der SPD und der KPD, Christen und Gewerkschafter – viele, zu viele. Schon immer gab es die, und es wird sie hoffentlich auch immer geben. Vielleicht sind sie die große Hoffnung der Menschheit. Nur in der Politik scheinen diese Idealisten zu verschwinden, sich zu verschleißen, sich zu verbrauchen und sich letztlich zu vernichten. Ihre Ansichten, Meinungen und Ideen, seien sie noch so gut, bleiben irgendwo stecken, setzen sich nicht durch, können das Blatt nicht wenden. Mir scheint es manchmal so, als ob diese Edlen das Feuer sind, auf dem die großen Ränkespieler der Politik ihr Süppchen kochen. Sie verbrennen dabei, ohne sie geht es scheinbar nicht. Es kann auch sein, sie werden ans Kreuz geschlagen, so wie Jesus. Seit der Kreuzigung: für die Ehrlichen und die Idealisten also kein Wandel und kein echter Fortschritt."

Der Onkel machte wieder eine Pause. Sah seinen Großneffen erwartungsvoll an und fragte: „Möchtest du zu denen gehören? Ich wünsche es dir nicht!"

Ganz vorsichtig und leise war der Onkel aufgestanden. Er kam auf Rotschopf zu und öffnete mit seinen dicken Gichtfingern ganz behutsam den Knoten des blauen Halstuchs. Nahm das Tuch Rotschopf langsam von der Schulter, legte es sorgsam zusammen und dann auf den Tisch. Rotschopfs Gesicht glühte. Der Alte strich seinem Großneffen über den Kopf, so wie er es früher, als er noch klein war, häufig getan hatte, und sagte fast zärtlich zu dem Jungen: „Denk mal gründlich darüber nach."

Der Hasenbaron – oder das Ding mit der Verantwortung

Sie lagen im hohen Gras der Friedhofswiese, Liese und der Rotschopf und rupften, was die Hände fassen konnten. Klee, der eben voll erblüht war, Löwenzahn mit tief gesägten Blättern, Bärlauch mit festen Wurzelstöcken, Spitzwegerich, dazwischen feines, weiches Gras – die richtige Mischung für mehrere große Familien hungriger Stallhasen.

Rotschopf hielt einen Moment inne. Seine zwei großen Stoffbeutel waren schon vollgestopft. Vorsichtig hob er den Kopf und spähte durch das hohe Gras, die leicht ansteigende Wiese hinauf zum Gerätehäuschen des Friedhofswärters. Der war nicht zu sehen, alles war ruhig da oben. Ein paar alte Frauen mit schwarzen Kopftüchern arbeiteten zwischen den Gräbern.

Rotschopf sah zur Seite in ein lachendes Mädchengesicht: „Nichts zu sehen da oben", sagte sie, „der Alte vom Friedhof macht sein Mittagsschläfchen". „Na, Gott sei Dank", erwiderte er fast flüsternd. Einmal hatte sie der Alte schon gejagt, er mochte es nicht, wenn sein Grünfutter geklaut wurde. „Hast du deine Beutel voll?", fragte er leise „gleich, gleich", sagte sie und lachte ihn schon wieder an. Verlegen stopfte er noch ein-, zwei Hände in ihre Tasche. Dann rannten beide leicht geduckt in Richtung Bahndamm. Hier waren sie sicher. Jetzt ging es über einen kleinen Bach. Er sprang voran auf die großen Kieselsteine und reichte ihr unterstützend die Hand. Er war stolz auf seine erste Freundin, die Liesel. Sie gingen in die gleiche Klasse, sie war ein hübsches schlankes Mädchen, mit braunen halblangen Zöpfen, einem ebenmäßigen Gesicht, blauen großen Augen und kleinen perlweißen Zähnen.

Fast täglich pfiff sie halb drei, wie ein Junge auf zwei Fingern, vor seinem Haus. Dann rannte er los. Zur Begrüßung puffte sie ihm in die Rippen oder stieß ihm freundschaftlich das Ende eines ihrer Zöpfe in die Wange. Sie lachte und er wurde total verlegen. Angestrengt schaute er auf ihre braungebrannten Beine im kurzen Rock. Dann lachten beide, fassten sich vielleicht an den Händen und rannten los. Schade nur, dass sie einen halben Kopf größer war als er. Auch mit Elf hatte man halt schon seine Träume.

„Lass mal, du wächst schon noch", sagte sie einmal, als sie spürte, dass er darunter litt.

Es war die große Zeit der Hasenzucht in der Siedlung. Die Nachfrage nach Hasenfutter konnten die kleinen Gärten der Siedler nicht decken. Außerdem wurden diese Flächen dringend gebraucht, für Kartoffeln und Möhren, Bohnen und Kohlrabi, Tomaten und Tabak.

Hasenfutter beschaffen war Aufgabe der Kinder. Vom Bahndamm, von Wegrändern, vom Ödland, von Waldwiesen und manchmal auch von der Friedhofswiese wurde es organisiert. Jeder Haushalt hatte seine Hasen. Die Schlachtschweine des kleinen Mannes – wie die Kumpel sagten. In der Siedlung gab es überall Experten und Liebhaber für „Belgische Riesen", „Französische Silber", „Weiße Angora", Zwergkaninchen und den ganzen Misch – Masch aus allen möglichen Kreuzungen und Züchtungen.

Hasen waren begehrte Geschenke und Kauf- und Tauschobjekte. Sie waren der Sonn- und Feiertagsbraten der Siedler. Die Felle wurden zu Jacken und Mänteln, zu Muffen und Handschuhen für die Frauen verarbeitet. Rund herum, der Hase feierte als bester Freund des Menschen wahre Triumphe und alle hatten ihn zum Fressen gerne. Im November gab es im Gasthof eine große Hasenschau mit Prämierung. Wer einen Preis für seine Hasen erhielt, fühlte sich, als hätte er im Lotto gewonnen. Es schien so, als ob alle Achtung und Anerkennung der Männer, aber auch der Familien in der Siedlung, von den Erfolgen in der Hasenzucht abhingen. So wichtig war also die Hasenfrage!

Umso bemerkenswerter, dass Rotschopf mit seinem elften Geburtstag die volle Verantwortung für die Hasen übertragen bekam. Der Vater wies ihn genau ein. Legte dazu seine schwere Pranke auf seine Schulter und gebrauchte unmissverständlich die Begriffe Verantwortung und verantwortlich.

Er sollte den Vater entlasten, der neben seiner Arbeit im Schacht, bei Freunden und Bekannten, klempnerte. Das brachte manchmal noch ein Stück Speck oder Butter, ein paar Eier oder ein bisschen Geld.

Rotschopfs neue Aufgabe begann schon früh vor der Schule: Die Stalltüren öffnen, die Hasen mit Kartoffelschalen und Heu füttern. Nach der Schule mit frischem Grün versorgen, abends nochmals Gras und Heu – und dann die Ställe sicher verschließen. Am Sonnabend waren alle Ställe auszumisten und mit Stroh einzustreuen. Alle Hasennäpfe wurden mit warmen Wassern gewaschen. Alles glänzte dann frisch, und Rotschopf hatte das Gefühl, dass sich die Langohren richtig wohl fühlten.

Schwieriger wurde es, wenn die Hasen krank wurden. Durchfall oder Blähungen, dann musste er Vater zur Hilfe rufen. Es war Futterumstellung notwendig und manchmal auch Massagen.

So lebte er mit seinen Hasen in Verantwortung. Kannte ihre Vorlieben und Verhaltensweisen. Wusste sich richtig zu verhalten, wenn Häsinnen warfen und Jungtiere gepflegt werden mussten. Die Verantwortung, die ihm zuerst Angst gemacht hatte, trug sich nun schon viel leichter. Er wusste, er beherrschte alles Notwendige, er wurde gebraucht und seine Arbeit war wichtig.

Einmal im August, an einem sonnigen Nachmittag, saß er mit einigen Hasen im Gras. Die suchten sich selbst ihr Lieblingsfutter und zwei, drei der Langohren hatte er immer gut unter Kontrolle. Da kam sein Lieblingsonkel Max in den Garten und fragte, was er mache. Rotschopf erzählte, dass er jetzt die Verantwortung für mehr als 20 Hasen hatte. Der Onkel hörte aufmerksam zu und sagt dann: „Na, da bist du ja ein richtiger Hasenbaron". „Was ist das?", fragte der Junge. Der Onkel lachte: „Na, einer, der so viel Hasen hat, der von Hasen was versteht und die Verantwortung trägt."

Hasenbaron, dachte der Junge – auch gut. Er ahnte aber nicht, dass er nun einen Spitznamen hatte, der auch bald in der Schule bekannt war. Die Jungen hänselten ihn. Aber wie alles im Leben, liegen Gutes und Schlechtes dicht nebeneinander. Vielleicht war die Liesel erst durch diesen Spitznamen auf ihn aufmerksam geworden und er konnte nun jeden Tag mit ihr Futter klauen.

Dass Verantwortung manchmal richtig schwer werden kann, erfuhr er einige Monate später. Es war Anfang November, Regen und Sturm fegten die Blätter von den Bäumen. Er hatte vor dem Abendläuten gefüttert, aber die Ställe nicht verschlossen. Weshalb? Das wusste er später nicht mehr. Am Abend war die Nachbarin gekommen, es wurde viel geschwatzt und gelacht. Dann ging er zu Bett. Nach Mitternacht wurde seine Kammertür aufgerissen. Vater war von der Mittagsschicht nach Hause gekommen und stand nun in der Tür. Im Hasenstall hatte er Lärm gehört. Der Marder hatte zwei Hasen erbissen und einen davon verschleppt. Den anderen toten Hasen hielt Vater an den Ohren in der Hand. Blut tropfte langsam zu Boden. Rotschopf sprang aus dem Bett. Der Vater stand vor ihm, regennass in seiner alten ledernen Jacke, von seiner Schirmmütze tropfte das Wasser. Der Regen trommelte noch immer ans Fenster. Schweigen, langes Schweigen. Der Sohn wusste, der Vater unterdrückte einen cholerischen Anfall nur mit aller größter Mühe. Mit einer Stimme, die durch Mark und Bein drang, sagte der Vater fast leise: „Jetzt geh und tue deine Pflicht, du hattest die Verantwortung! Die Tiere können sich nicht selbst helfen!"

Rotschopf rannte barfuß und im Schlafanzug hinaus in die Nacht. Wuchtete die schweren Holztüren zu, fühlte und fand den kalten Eisenriegel, stemmte sich gegen den Riegel und verschloss die Stalltüren, die im Regen verquollen waren. Völlig durchnässt stampfte er durch Pfützen und Gras zur Haustür. Dort stand schon die Mutter mit der dicken wollenen Kamelhaardecke. Die legte sie ihm um und führte ihn ins Haus. Sie sprach kein Wort. Er war pflichtvergessen gewesen, das wog schwer in seiner Familie. Es wurde nicht so schnell verziehen, auf keinen Fall aber sofort.

Still verkroch sich Rotschopf in sein Bett. An Einschlafen war nicht zu denken. Wie konnte das nur passieren? Er sucht nach einer Erklärung – klar Verantwortung musste man tragen lernen. Hat man es nicht gelernt, so wird sie schnell zu einer Zentnerlast. Es ist, als ob man eine lange eiserne Kette hinter sich herschleppt, jedes Glied dieser Kette war eine Verpflichtung – die pünktlich und genau erfüllt sein wollte, und das Tag für Tag. Schaffte er das eigentlich mit seinen elf Jahren? Er wollte mit dem Vater darüber sprechen.

Der nächste Tag war ein Sonntag. Der Vater war milder gestimmt, als er am Hasenstall sah, dass sich der Schaden in Grenzen hielt. Vielleicht tat ihm der Sohn auch leid, der mit hängendem Kopf seine Arbeit machte. Der Vater fragte: „Wie konnte das gestern passieren?" Rotschopf stöhnte und antwortete mit leiser Stimme, „es ist so schwer an alles zu denken, ich habe es einfach vergessen. Aber ich muss es künftig tun".

Der Vater entgegnete: „Nein, sag dir jetzt nicht ich muss es tun, sondern ich will es tun, und aus Fehlern kann man nur lernen. Für jeden Menschen, also auch für dich, gibt es neben Spiel und Freude auch Pflichten und diese Pflichten gehen vor. Für diese Pflichten trägt man Verantwortung.

Erfüllte und gelebte Verantwortung gibt Mut und Kraft und baut dich auf. Sie macht dich reif für die schwereren Aufgaben des Lebens. Vergeigte Verantwortung bringt Probleme, macht unsicher, schwach und führt oft zu Schuld und Schuldgefühlen."

Genauso fühlte sich Rotschopf jetzt. Als der Vater ihn fragte, ob er das verstanden hatte, kam ein ganz leises „Ja" über seine Lippen. Einiges ist Rotschopf geblieben aus jener durchregneten Novembernacht: Verantwortung ist ein hohes Gut, sie ist verbunden mit Verlässlichkeit, Vertrauen, Garantien und Sicherheit. Werte, die unverzichtbar sind für ein sinnerfülltes funktionierendes Zusammenleben.

Der Bau

Mit dem Bau war es so, wie es häufig ist auf dem Bau. Es kostet mehr als erwartet, dauert ewig und länger, funktioniert häufig nicht und fordert von den Betroffenen das Letzte an Kraft, Engagement und Herzblut.

Das Abenteuer Bau begann für Rotschopf´s Familie sehr überraschend an einem kalten Oktobertag 1952. Die Schwägerin ließ den Vater wissen, dass sie gedenke, das Haus und das Grundstück schnell zu verkaufen. „Wenn er es wolle, könne er es haben", sagte sie „über den Preis würde man sich einigen!"

Der Vater schmunzelte, das Haus war eine abbruchreife Bude. Fast an der Straße gelegen, kaum unterkellert, feucht – und mit einem Dach, das bei jedem Sturm einzufallen drohte. Toiletten – ein Plumpsklo, das ins Erdreich ging. Die drei winzigen Zimmer im Erdgeschoss rochen dumpf nach Moder, weil die Dielenbretter verfaulten. Die Zimmer im Obergeschoss hatten große dunkle Wasserflecke an den Decken, denn unter dem kaputten Dach standen alte Eimer und Töpfe, die die Tante regelmäßig bei Regen leeren musste, was sie oft vergaß.

Ja, das war also das Haus! 1870 erbaut aus leicht gebrannten, teilweise nur sonnen-getrockneten Lehmziegeln, verbunden mit Kalkmörtel, der seit langem zerfallen war. Putz, der an vielen Stellen abrieselte. Winzige Fenster, die weder Licht noch Sonne in die Räume ließen. Alle fast ohne Kitt, mit verrosteten Scharnieren, so dass sie kaum zu öffnen waren. Türen, die nicht schlossen weil die riesigen Kastenschlösser und schweren eisernen Schlüsseln sich nicht bewegten. Fast wie auf einem alten Schloss, dachte der Vater und wog einen der Schlüssel spielerisch in der Hand.

Das Grundstück, vielleicht 400 qm sumpfige Wiese, mit ein paar großen, alten gut tragenden Pflaumenbäumen. Die lobte die Tante über alles, was sollte sie auch sonst loben an einem solchen Objekt.

Der Vater musste sich wohl setzen, als er alles mit dem Auge eines Käufers zu betrachten begann. Die Tante hatte einen Pfefferminzschnaps zu Hause – Gott sei Dank.

Dem Vater war klar, jeder Baufachmann würde von einem solchen Kauf abraten. Rotschopf würde sich später oft fragen, was die Eltern wohl bewogen hatte, sich diese Last aufzubürden. Es musste doch erkennbar sein, dass diese Ruine alle Ersparnisse auffressen würde. Dass sie jede Stunde Freizeit kosten und wahrscheinlich alle Lebensmöglichkeiten der kleinen Familie auf lange Zeit unerträglich einengen würde.

Der Vater sah das alles ganz anders. Es war das Haus seines Lieblingsbruders, das er nicht gern in fremde Hände geben wollte. Und es war für ihn eine große Chance, vieles handwerklich auszuprobieren, seine handwerklichen Fähigkeiten zu vervollkommnen. Seine Hobbys – die Arbeit am Bau und die Notwendigkeit, das Haus zu rekonstruieren, sollten sich verbinden. Eine Herausforderung, wie er sie wahrscheinlich schon seit langem für sich gesucht hatte.

Die Mutter wiederum wollte dem Mieterdasein, besonders aber der Hausbesitzerin, entkommen. Die war meistens wie ein überlauniger Feldwebel, sie meckerte und stänkerte und nichts war ihr recht zu machen. Aber Mutter dachte auch immer an das Eigene – einen eigenen Garten und vielleicht irgendwann auch die eigenen schönen vier Wände im Haus. Rotschopf schließlich sollte einen Hund mit Hütte auf dem Grundstück bekommen.

So hatte jeder in der Familie seine glückliche Vision. Die künftigen Anstrengungen und Entbehrungen, die dieses Projekt mit sich bringen würde, wurden zuerst weitgehend ausgespart.

Es ging schon hart los. Die Mutter musste das für den Kauf notwendige Geld von ihrem Bruder borgen. Einige wichtige Behördengänge erledigte sie schnell. Die Bürokratie war damals wohl noch viel mit sich selbst beschäftigt.

Was der Vater viel zu wenig bedacht hatte, wurde nun zur Tagesaufgabe. Organisieren – Ziegel, Zement, Holz, Nägel, Baustoffe, Dachpappe. Nichts aber auch gar nichts war 1952 in der DDR privat zu haben. Die Mangelwirtschaft fegte den Markt leer von allen Materialien, die ein solcher Bau brauchte.

Der Vater tröstete sich, „alte Ziegel gehen auch, wenn man

sie ordentlich sauber klopft", sagte er. „Alte Bretter können ausgeschnitten werden, geschlämmter Kalk ersetzt den Zement, Sand gibt's in der Sandkuhle im Wald, man muss ihn nur mit dem Handwagen holen und sieben!".

Er schob sich vergnüglich einen Zigarettenstummel in den Mundwinkel, schmunzelte und bemerkte: „Der Mensch kann noch zu dumm sein, er muss sich nur zu helfen wissen".

Es begann eine enorm harte Arbeitsetappe. Vaters Plan wurde realisiert. Ziegel wurden aus Ruinen geholt, sauber geklopft und aufgestellt. Sand kam tatsächlich aus der Waldkuhle. Ein riesiger Pott geschlämmter Kalk musste immer nass gehalten und bewegt werden. Wie ein Feldherr stand der Vater am Abend vor seinen täglich gewonnenen Baustoffreserven. „Na", sagte er zu seiner erschöpften Familie, „geht, doch!" Oder auch „von nichts kommt nichts – aber wir schaffen es schon." Mutter und Sohn stöhnten, aber er setzte noch fünf Ziegel bis es total finster war. Trotz des väterlichen Optimismus fehlte es für das begonnene Bauprojekt immer noch an fast allem. Nun wurde also organisiert, das brauchte Zeit und Kraft, verzögerte natürlich den Baufortschritt. Nichts ging glatt!

Für den Jungen sollten diese Baujahre wichtige Lehrjahre werden. Er würde praktische Erfahrungen sammeln, lernen, hart und mit Ausdauer zu arbeiten, Schwierigkeiten zu überwinden, sich Ziele zu setzen und diese zu erreichen. So dachte und so wünschte es sich jedenfalls der Vater. Er hatte den festen Vorsatz, der Sohn muss das Arbeiten lernen! Seine Meinung war: „Erst in der Arbeit zeigt sich der Mensch wirklich. Das ist der Mittelpunkt des Lebens, dort muss er sich bewähren. Ja, die Arbeit schafft erst den Menschen".

Rotschopf konnte und wollte das alles nicht hören. Das war bestimmt nicht die Meinung eines Zwölfjährigen und er murrte hier und da. Mutter unterstützte ihn. Sie hatte etwas dagegen – „dass der Junge immer so hart herangenommen wurde. Der sollte seine Schularbeiten machen, viel arbeiten konnte er später auch noch". Rotschopf wollte aber vor dem strengen Vater nicht als Versager dastehen, also zog er mit – so gut es eben ging.

„Es wird hart", hatte der Vater gesagt, und es wurde hart. Man quälte sich täglich. Geht nicht, gab´s bei Vater nicht. Seine Kraft und Energie schienen unbegrenzt. Montags bis sonnabends arbeitete er von 5 Uhr 30 bis 14 Uhr auf dem Schacht. Dann las er kurz Zeitung und trank Kaffee. Im Sommer konnte man dann noch von 15 Uhr bis 21 Uhr arbeiten. Im Winter war es etwas weniger. An Sonntagen wurde sowieso von morgens bis abends gebaut. Der Jahresurlaub war vollgepackt mit „Bauhöhepunkten".

Manchmal half ein Bruder des Vaters für ein paar Stunden, manchmal auch ein Cousin. Bauhöhepunkte wurden auch von den Nachbarn ein wenig unterstützt.

Vor Beginn der Arbeiten machte der Vater eine ziemlich genaue Bauplanung. Er kritzelte Grundrisse und Balkenplanungen auf alten Pappkarton oder auf alte Schalbretter. Er berechnete Sandmengen, Bausteine und Arbeitsstunden. Vorher stand er lange auf dem jeweiligen Bauort, rauchte, überlegte und vermaß dieses und jenes. Dann war er nicht anzusprechen. Nie begann er eine Arbeit ohne eine gründliche gedankliche und organisatorische Vorbereitung. „Kopflos", nannte er viele Handwerker, die einfach drauflos arbeiteten, ohne alles gründlich bedacht zu haben. Selten hatte er eine gute Meinung von seinen Berufskollegen. Diese Pfuscher, sagte er verächtlich, das meiste versuchte er deshalb selbst zu machen. Waren in seltenen Fällen doch Handwerker im Haus, so konnten sie es ihm nicht rechtmachen.

Viel hielt er von Planung. Nach dem Hauskauf entstand sein persönlicher Zweijahresplan. In dieser Zeit sollte das Haus wieder bewohnbar werden. Notwendig waren dazu eine Isolierung der Böden und Keller, neue Dielen, Fenster, Türen, Öfen und Toiletten. Der Zweijahrplan wurde dann zum Fünfjahrplan erweitert, mit dem Ausbau eines Bades, den Anbau eines Waschhauses, dem Neubau eines Schuppens. Der Zweite Fünfjahrplan schließlich brachte ein neues Dach, den Putz fürs ganze Haus, die Trockenlegung des Gartens, einen festen Gartenzaun und einen Hühnerstall. Alles, was über die zehn Baujahre hinausging, erklärte der Vater für „Luxusvorhaben": eine Garage, ein Gartenhäuschen für den Sonntag und massive Gartentore.

Ohne Zweifel, der Vater lebte in seiner Welt, mit seiner Arbeit und für seine Arbeit. Hatte er sich einmal festgelegt und entschlossen, so gab es nichts, das ihn ernstlich aufhalten konnte. Zweifel kannte er nicht oder vielleicht nur in sehr besonderen Situationen.

Als er gleich zu Beginn der Arbeiten mit Hammer und Meißel dabei war, die kleinen Fenster im Erdgeschoss zu erweitern, kam ein alter

Kumpel vorbei. Der blieb auf seinem Stock gestützt stehen, schaute kurz zu und sagte dann: „Na, Willy, willst wohl die alte Bude endlich abreißen? Recht haste!" Der Vater holte tief Luft, tat als hätte er nichts gehört und hämmerte verbissen weiter. Später erzählte er, dass das eine Stunde des tiefen Zweifels war – für ihn eine sehr schwere!

Als dann Jahr für Jahr und Monat für Monat im Haus gebaut wurde, wurde es den Leuten unheimlich. Gerüchte gingen durchs Dorf: „Der Willy", erzählten sich die Kumpels auf dem Schacht, „ist jetzt bei den Freimaurern, der muss ständig bauen, aber er kriegt das Geld dazu!" Der Vater lachte nur, deutete mit dem Zeigefinger an seine Schläfe und macht verbissen weiter.

Egal, was oder wo gebaut wurde, Rotschopf war immer dabei, als Lastenträger, als Dreck-Kehrer, als Sand-Sieber, als Steine-Klopfer oder als Kalk-Rührer. Häufig auch als Hilfskraft, nur mit „fass da zu, halt dort fest, drück hier gegen!" Oft aber auch mit „stell dich nicht so an" – wenn es nicht gleich so gehen wollte, wie der Vater dachte. Manchmal taten dem Jungen die Arme und Beine so weh, dass er nahe am Heulen war. Er biss die Zähne zusammen, als er tagelang aus der neuen Jauchengrube Lehm herausschleppte. Alte Eiseneimer mit schwerem glitschigen Inhalt, jeder vierzig Pfund, oder mehr. Tagelang trug er alte Ziegel vom Dach und neue hinauf, als das Dach umgedeckt wurde. Nur einmal weinte er sich bei Mutter aus. „Der Mensch hält viel aus" – sagte die Mutter, „und du schaffst das auch!". So hielt er durch. Das alles war eine harte Last für den Heranwachsenden. Das Schlimmste aber, es war nie ein Ende in Sicht.

Nun konnte er langsam das unsägliche Glück nachempfinden, wenn etwas gelungen und fertig war. Wie strahlte der Vater, als er der Mutter die sauberen neuen Wohnräume übergab. Schöne Räume, große Fenster, neue Holztüren, alles malerfrisch. Da sah er, wie sich Mutter und Vater vor Glück in den Armen lagen. Nie zuvor hatte er seine Eltern so gesehen. Zärtlichkeiten, im Allgemeinen und noch dazu vor dem Sohn, das war nicht ihre Sache. Der Vater stand an der Tür, rauchte eine neue Zigarette an und sagte: „Aufgabe erfüllt, Ziel erreicht – das ist das Einzige, was zählt!" Die Mutter strahlte und hatte eine Träne in den Augenwinkeln.

Das war aber ein Ausnahmetag. Ansonsten war Verzicht angesagt. „Keine unnötigen Ausgaben", sagte der Vater. Aber was war unnötig, wenn man nicht das Nötigste hatte? Mehr als fünf Jahre kein neues Kleid, keine neuen Schuhe für die Mutter. Kein Anzug, kein Hemd für den Vater. Alte Klamotten für den Bau waren noch genug in den Schränken. Neue Hemden für den Sohn? Die alten sind doch noch ganz!"

„Wie lange hält man das durch?", fragte die Mutter eines Abends. „Lange", sagte der Vater, „wenn man ein Ziel hat!" Irgendwann ging es doch nicht mehr. Die Mutter schrie und verwünschte diesen Bau. Die Ehe war ernsthaft in Gefahr, der Vater war still und ratlos. Eins stand fest: Aufgeben kam für ihn nicht in Frage. Vielleicht ging nach diesen schwierigen Tagen einiges ein wenig langsamer. Vielleicht gab es gelegentlich einen freien Sonntagnachmittag. Sicher wurde das Wirtschaftsgeld etwas erhöht und es wurden ein paar Steine weniger gekauft. Trotz dieser maßlosen Anspannung, die die Familie an ihre Grenzen brachte, fühlte sich der Vater wohl. Er freute sich unbändig über jeden Erfolg.

Als er mit diesem Bau begann, war er ein exzellenter Klempner. Er hatte viele Baustellen erlebt und sich dabei vieles von anderen Gewerken abgeschaut. Jetzt vervollkommnete er seine Fertigkeiten und Fähigkeiten. Nun wurde er Maurer, Zimmermann, Betongießer, Steinmetz, Eisenflechter, Dachdecker und Maler. Dafür zahlte er Lehrgeld und das zahlte er gern.

Einmal in den ersten Baujahren versuchte er eine Zimmerwand zu putzen. Als er fast eine halbe Stunde Putz angeworfen hatte, ging er nach draußen um eine Zigarette zu rauchen – da lachten die Familie und ein Nachbar schallend. Von oben bis unten war er selbst mit Putz bedeckt, kaum die Augen waren noch frei geblieben. An der Wand war kaum eine Spur vom Putz. Wohl oder übel musste er die alten Klamotten ablegen und verbrennen. Sich waschen und die Arbeit für einen halben Tag unterbrechen. Putzen war eben eine Technik, die gelernt werden musste. Also holte er sich einen alten Maurer für zwei Stunden, der zeigte ihm die Kniffe. Bald putzte er besser als viele Maurer. „Man kann alles lernen", sagte er später, „man muss es nur ernsthaft wollen".

Im Improvisieren war er ein Meister, und die Mangelwirtschaft zwang täglich dazu. Für den Hühnerstall, der irgendwann im Bauablauf vorgezogen wurde, fehlten Ziegel und Zement. In der bäuerlichen Handelsgenossenschaft, die von Zeit zu Zeit auch Baumaterial verkaufte, gab es beides nicht. Zufällig lagen aber dort große Mengen Drainagerohre, die keiner wollte. Vater kaufte gleich einen Pferdewagen voll davon. „Was willst du mit den Rohren?", fragte der

Sohn. Der Vater schmunzelte – „einen Hühnerstall bauen", antwortete er und lachte. „Wie das?", wollte der Sohn wissen, „na, das wirst du gleich sehen". Und dann ging´s los.

Der Vater machte ein Steinfundament aus Feldsteinen. Aus alten Brettern wurden nun zwei Wände zusammengenagelt, gegenübergestellt und befestigt, dann mit Balken in die Erde gerammt. In den Zwischenraum kippte der Vater Kalkschlamm mit Sand, als Ziegelersatz dienten die Drainagerohre. So wuchs ganz langsam das Hühnerhaus, es wurde sozusagen aus einem Stück gegossen, nicht gemauert. Endlos war die Zahl der Eimer, die Rotschopf schleppte. Der Bau zog sich hin. Zeit spielte für Vater keine Rolle. Manchmal brach ein altes Brett unter dem Druck der nassen, schweren Masse, dann stürzte ein Teil der Mauer ein. Der Vater blieb ganz ruhig, stützte die Bruchstelle sorgsam ab und begann von vorn. Mit Geduld war nach seiner Meinung fast jedes Problem zu lösen. Und eines Tages stand tatsächlich das Hühnerhaus. Gelernte Maurer hatten sich an den Kopf gefasst, als Vater und Sohn mit der Gießerei des Baues begannen. Am Ende begutachteten sie das fertige Werk mit großer Hochachtung. Mehr und mehr bewunderte auch Rotschopf die Zähigkeit, Geduld und Kraft seines Vaters.

Ganz langsam wurde so aus der alten Bude, die man vor mehr als zehn Jahren gekauft hatte, ein Haus und ein Grundstück zum sicheren Leben und Wohnen. Der Plan des Vaters ging auf. Die letzten Jahre waren leichter, der Erfolg, die bewältigten Probleme trieben vorwärts. Es war Licht am Ende des Tunnels. Eines Abends, beim Bier, sagte der Vater: „Der Mensch formt den Bau und der Bau formt den Menschen – das haben schon die Pharaonen beim Pyramidenbau erlebt!"

So behielt der Vater wiederum Recht, der Sohn war in diesen Baujahren gewachsen und erstarkt. Er hatte gelernt zuzufassen und scheute sich vor keiner Arbeit mehr. Mit Problemen konnte er nun umgehen, er hatte gelernt, wie man Ziele stellt und wie man diese mit Geduld und Hartnäckigkeit erreicht. Zwischen Schweiß, Dreck und unsäglichen Anstrengungen formte sich so das Grundraster einer späteren Persönlichkeit. Bei der Arbeit entstanden Erkenntnisse und Erfahrungen, neue Denkweisen, die dann zu Haltungen und Verhaltensweisen reiften. Der Bau hatte so für Rotschopf ein Fundament für sein künftiges Leben gelegt. Die Arbeit hatte er als große Anstrengung und Herausforderung erlebt und dieser Erfahrung würde er über die Jahre treu bleiben.

Der Schacht

Im Ort war es überall zu hören – ach, was heißt im Ort – das Revier, das Zwickauer-Ölsnitzer Steinkohlenrevier kannte nur einen Gruß, das „Glück auf" des Bergmanns. Schon die Sechsjährigen auf dem Weg zur Schule grüßten am Morgen mit einem piepsigen „Gliigg auf". Das schöne „ü", des Wortes Glück, wurde im Dialekt des Bergmanns zu einem langen giftigen „I".

Die jungen Kerle hatten keine Freunde, sondern ihre „Kumpels", denn jeder war im Revier erst mal Kumpel. Diesen schmetterten sie zur Begrüßung, natürlich auch zu jeder Tageszeit, ihr kräftiges „Gliigg auf" entgegen. Der alte Bergmann im Garten sagte zu seinem Nachbarn nur noch kurz oder lang „auf" oder „aaaauuuuuf" und tippte sich mit zwei Fingern an die Schirmmütze. Sagte einer guten Tag, guten Morgen oder guten Abend, so war klar, ein Ortsfremder stand vor der Tür. So waren die Schächte allgegenwärtig wie der Gruß und bestimmten alles Leben im Revier.

Rotschopf, neugierig wie er war, hörte gern den Alten zu, wenn sie vom Bergbau erzählten. 1844 soll es gewesen sein, da teufte ein gewisser Wolf den ersten Schacht auf Niederwürschnitzer Flur. Viel Grabarbeiten waren dazu nicht notwendig, denn die Kohlenflöze reichten bis ans Tageslicht. Lachend erzählten die Alten, dass es vorkommen konnte, dass man beim Graben einer Wasserrinne, zwei, drei Handbreit tief, schon auf gute, feste Kohle stieß.

In Lugau soll es Bauern gegeben haben, die im Winter einfach ihre Kohle aus dem Keller holten. Gebrochen mit der Spitzhacke vom Flöz, das dort zu Tage trat. Freilich, ein wenig vorsichtig musste man schon sein, sonst konnte es passieren, dass die Grundmauern des Hauses in Bewegung gerieten.

Viele kleine Schächte hat es damals gegeben: Den „Gühne-Schacht", den „Hedwig-Schacht", den „Glückauf-Schacht", den „Gottes-Segen Schacht", den „Gottes-Hilfe Schacht" u.a. Die waren aber alle schon lange verschwunden. Rotschopf kannte nur noch ein paar Halden, mit grauen Schieferbrocken und rostigen Gedenktafeln an den Wegen, manchmal in Gärten, oder auch auf den Feldern.

Jetzt bestimmte ein riesiger Schacht das Leben. Das war der „Karl Liebknecht Schacht", wo seine Onkels, seine Cousins und die Väter seiner Freunde arbeiteten. Als der Vater aus der Gefangenschaft kam und Klempner nicht gefragt waren, weil es kein Zinn, kein Blei, keine Dachrinnen und keine Wasserhähne gab, ging er auch auf den Schacht.

Dass es schwer war und gefährlich dort zu arbeiten, lernte Rotschopf schon sehr früh. Immer wenn der Vater zur Mittagsschicht ging, drückte sich die Mutter zaghaft an ihren Mann. Gab ihm vielleicht einen kleinen Kuss, hielt seine Hände kurz ganz fest und wünschte ihm eine „Gesunde Schicht". Denn viel passierte da – 700 oder 800m unter der Erde. Oft heulten die Sirenen, Krankenwagen fuhren dann mit Blaulicht und Signalhorn. Boten eilten nachts durch die Siedlung und klingelten die Familien aus den Betten: Bergrutsch, Stolleneinbruch, Wassereinbruch, Gasexplosion, das waren die Meldungen, die sie austrugen. Und natürlich auch, wen es erwischt hatte von den Kumpels und vielleicht auch wie schwer: „Ja, ja" hieß es da, „der Karl liegt im Krankenhaus in Stollberg, hat noch mal Glück gehabt, wir haben ihn raus geholt. Es hat ihn erwischt, wahrscheinlich nur ein Beinbruch."

Da atmete die Familie auf, das würde sicher wieder werden. Manchmal begrub der Berg Kumpels, oder eine Gasexplosion verschloss die Stollen. Dann war das Elend der Familien groß.

Der Schacht und die Arbeit prägten die Menschen. Ein harter, fester Menschenschlag hauste da, der dem Berg unter täglicher Lebensgefahr die Kohle abtrotzte. Wortkarg machte die schwere und gefährliche Arbeit. Raubeinig und grobschlächtig konnten die Kumpels sein. Furchtbar in ihrer Wut, mit ihren Flüchen und Verwünschungen, wenn sie der Berg reizte oder der Steiger. Feigheit und Egoismus hatten da keinen Platz. Wenn es kritisch wurde, wenn es brannte, Stollen zu Bruch gingen, dann war keiner allein.

Der Schacht, das war ein großes Rüttelsieb, auf dem alle in Kürze durchfielen, die nicht richtig anpacken konnten oder wollten, die nicht durchhielten in der Dunkelheit, im Kohlenstaub, in der dumpfen Hitze und bei der Knochenarbeit. Hier war kein leichtes schnelles Geld zu verdienen. Kein Pöstchen zu ergaunern, „zwei linke Hände" wurden schnell erkannt. Der Spott der Kumpels war dann gnadenlos. Er trieb solche über Nacht aus dem Schacht und aus dem Ort.

Der Schacht, das erfuhr Rotschopf schon als Erstklässler, der gab Arbeit, Lohn und Brot. Vom Schacht kamen die Kohle und die Wärme, der Schnaps und der Speck und manchmal auch Fahrradreifen und Hühnerfutter. Nichts ging ohne den Schacht, weder Kindergarten, noch Urlaubsreise, weder Arztbesuche noch Kurreisen, weder Qualifizierung oder Feierstunde. Der Schacht, der hatte überall seine Hände im Spiel, egal ob Theater, Tanzabende, Bibliothek, Vorträge, Hochzeiten oder Jubiläen.

Ja, und war einer der Kumpel gestorben, so wurde er vierspännig von schwarzen Rappen in einem alten, mit Schnitzereien und viel Glas verzierten Wagen von der Kirche zum Friedhof gefahren. Die Kumpels trugen ihre festlichen Uniformen und die Bergmannskapelle spielte. Die Menschen standen still am Straßenrand. Es war eine feierliche ergreifende Stimmung – die Rotschopf tief berührte. Manchmal, so dachte er, wollte er auch gern Bergmann werden, nur wegen der herzerwärmenden Trauerfeier, der letzten Fahrt und dem Abschiedsgruß, den die Trompeter der Bergmannskapelle am offenen Grab bliesen: „…. es ist Feierohmd,… es ist Feierohmd is Togwerk is vollbracht…" So tönte es dann weit über die hohen Kastanien des Friedhofs bis hinein in den Ort, hin zum Schacht und über die Wiesen bis in den Wald.

So dachte der Rotschopf, der Schacht sei ein Ungeheuer, das alles gab, was die Menschen brauchten, das die Menschen formte, lehrte, nutzte, letztlich aber auch verbrauchte und dann begrub. So war es klar, die Jungen aus dem Ort mussten zum Schacht passen. Oder vielleicht richtiger, der Schacht machte sie passend. Man lernte Hauer, oder Zimmerling, Grubenschlosser oder Grubenelektriker, so wie es der Vater oder schon der Großvater waren. Tradition erbte sich fort. Ebenso die Spitznamen. Verheiratet war man zuerst mit dem Schacht, und Scheidungen waren selten und in vielen Lebensläufen gar nicht vorgesehen. Und eine Generation formte die nächste. Beim Malochen in der Dunkelheit unter Bächen von Schweiß, im Kohlenstaub – oft in übermenschlicher Anstrengung. Die Schächte waren Menschenschmieden. Hier wurde Stahl gehärtet im Feuer der alles belebenden Arbeit.

Im Ort gab es viel Verständnis für das, was nach dem Krieg im Osten geschah; die Bodenreform, die Konzernenteignung und die Entnazifizierung. Die Kumpels waren vor dem Krieg in ihren Knappschaften gut organisiert. Viele waren Mitglieder der SPD, wenige in der KPD. 1946 sangen sie „Brüder in eins nun die Hände" – ja warum denn eigentlich nicht? Einige fuhren zum Vereinigungsparteitag nach Berlin.

Das hieß nicht, dass es keinen Streit gab unter den Kumpels. Als es losging, mit dem Hennecke Adolf, da stießen zwei Gruppen heftig aufeinander. Die einen forderten, „erst gebt uns mehr zu fressen, dann können wir auch mehr arbeiten, denn von nichts kommt nichts"! Eine kleine Gruppe um den Hennecke meinte: „Erst müssen wir mehr arbeiten, dann können wir auch mehr fressen!"

Das hat so nicht allen gefallen. Im Schacht, zu Hause, abends in der Kneipe beim dünnen Bier, überall wurde diskutiert. Der Hennecke war im Revier bald bekannt wie ein bunter Hund. Als er eines Nachts von der Mittagsschicht nach Hause wollte, haben den Adolf Drei aufgelauert. Sie haben ihn vom Rad gezerrt und ordentlich durchgewalkt. Der Adolf war groß, knochig und zäh und hat wohl einiges zurückgegeben. Aber einer gegen drei – na, ja? Sie haben ihn einen Verrückten genannt, einen Arbeiterschinder und einen Arbeiterverräter. Ein paar Tage später soll er gesagt haben, das habe ihn mehr geschmerzt als die Tracht Prügel.

In der Nacht jedenfalls, hat er ziemlich hilflos im Straßengraben gelegen. Endlich haben ihn ein paar Kumpels der Frühschicht gefunden und nach Hause geschleppt. Egal wie, er stand zu seiner Idee. Seine Idee?? Später würde man erfahren, dass Henneckes Vorbild im Donbass lebte, einem riesigen Kohlerevier in der Sowjetunion und Stachanow hieß.

Egal wie – das Land kam in einen neuen Schwung mit der Henneckebewegung, weil Tausende seinem Beispiel folgten. Rotschopfs Vater wurde Aktivist – was für ein verrücktes Wort dachte Rotschopf – Aktivist des 1. Zweijahresplanes. Ihn interessierte nicht die Urkunde oder die kleine Medaille, auf die der Vater stolz war. Aber es gab dazu Reis und Butter, Speck und Fleisch, Mehl und Nudeln. Die Henneckeidee schien zu funktionieren und Mutter war glücklich, weil sie etwas auf den Tisch stellen konnte.

So quälte sich das kleine Land, schwerfällig, langsam und mühsam mit seinen Nachkriegsnöten. Rationierung und Markenwirtschaft bestimmten das Leben. Viele waren unzufrieden mit diesem

Schneckentempo, es wurde gemeckert, diskutiert und geschimpft. Im Westen ist es besser, im Westen gibt´s alles, warum bei uns nicht?

Die Gegenwartskundelehrerin versuchte es uns zu erklären, der verlorene Krieg, die vielen Zerstörungen, die hohen Reparationen, das gespaltene Land usw., usw.

Rotschopf hörte nur mit halbem Ohr hin. Zuhause war man zufrieden. Vater stand jeden Tag am Kohlenstoß, oft lag seine Leistung weit über der Norm. Die Schwerstarbeiterkarte, die er hatte, versorgte die kleine Familie ganz gut. Und die vielen Extras, die andere brauchten und wünschten, danach fieberte in seiner Familie keiner. Man wurde satt und sonntags wurde Kuchen gebacken. Schokolade und Apfelsinen gab's Weihnachten. „Was soll das ganze Gequatsche?", sagte der Vater. „Wir haben den Krieg begonnen und verloren, und werden noch eine Weile daran zu schleppen haben."

Dann kam der 17. Juni 1953. Rotschopf steckte in den Abschlussprüfungen der 8. Klasse. Die Gegenwartskundeprüfung wurde abgesagt, die Klasse jubelte. Na und, dachte Rotschopf – auch gut. Die Mutter hörte Rias, was sie sonst nie tat. Denn die Eltern waren sich einig, das war sehr übel, was dieser Sender ständig über den Osten auskippte. „Aber nun auf einmal doch Rias?", fragte Rotschopf die Mutter.

„Ja", sagte sie, „es ist sehr ernst. Ich denke, wenn ich die Hälfte davon glaube, was die erzählen, bin ich ganz gut informiert."

Volksaufstand hieß es, Streik, Generalstreik, Gefängnisse auf – auf die Straße, auf die Straße!

Beruhigend, dass die Schachtschlote noch qualmten wie eh und je, die Züge mit Kohlen rollten. Vor dem Karl-Liebknecht-Schacht, zum Ende der Frühschicht, standen dann doch ein paar traurige Figuren. Fünf, sechs junge Kerle, vielleicht noch zwei, drei Frauen dabei und brüllten:

„Spitzbauch, Bart und Brille ist nicht des Volkes Wille!"

„Alle Räder stehen still, wenn dein starker Arm es will."

Gleich bildete sich eine Traube von Kumpels um die Gruppe. Die Kumpels lachten und riefen: „Wo kommt ihr denn her? Ihr seid doch keine Kumpels?" Ein alter Bergmann merkte an: „Anstelle von Spitzbauch, Bart und Brille seid ihr also jetzt des Volkes Wille – was? - Ihr Typen!". Ein anderer frotzelte: „Ich glaube mich juckt mein starker Arm, ich würde gern eine Ladung Prügel austeilen!".

Die Kumpels nahmen es heiter. Die Gruppe agierte verbissen. Immer wieder brüllten sie ihre Losungen. Dann begannen sie Flugblätter zu verteilen. „Aha, jetzt kommen die schönen Grüße, von Onkel Tobias vom Rias, der will uns jetzt die Welt erklären!", rief einer dazwischen.

Zwei, drei Kumpels begannen die Zettel zu lesen, einige steckten sie sorgsam ein. Andere zerrissen sie sofort und hielten sie den Jungen unter die Nase. Einer zertrampelte das Papier auf der Straße. Die Stimmung wurde explosiver. Die Gruppe war eng zusammengedrückt und brüllte: „Streik, Streik, Streik!" Irgendjemand rief nach der Polizei, ein anderer brüllte: „Lasst diese Arschlöcher doch!"

„Polizei – quatsch", rief ein großer, breitschultriger Kumpel. „Wir gehen jetzt alle zu Mutter Krätschmann" und nehmen unsere Gäste einfach mit. „Mutter Krätschmann", das war eine Eckkneipe, keine hundert Meter vom Haupteingang des Schachts entfernt. Die Gruppe wurde von den Kumpels umringt und mit sanfter Gewalt in Richtung Kneipe bugsiert.

Dort gab's erst eine Runde Bier, dann eine Runde Schnaps, dann wieder Bier, dann wieder Schnaps. Dazwischen gab's Bockwürste und dann natürlich Diskussion. Diskussion um die Weltpolitik, Diskussion um die Versorgung, Diskussion um das Essen und die Bananen, Diskussion um die Normen und den Schacht. Abends gegen Neune waren alle ziemlich fertig vom Trinken und Diskutieren. Die kleine Gruppe erhielt noch ein „Ehrengeleit" zum Bahnhof. Sie wurden in die Waggons geschoben und fuhren nach Chemnitz, denn von dort waren sie gegen Mittag gekommen. Wer sie schickte, wollten sie nicht sagen. Das war es dann, mit dem glorreichen 17. Juni 1953 – jedenfalls vor dem Karl-Liebknecht-Schacht. So dachten an diesem Abend viele, die bei „Muttern Krätschmann" mit gesoffen und diskutiert hatten.

Aber – es war sehr ernst, wie die Mutter es sofort nach den ersten Rias-Nachrichten erkannt hatte. „Was wollen die bloß, die Schwachköpfe", knurrte am nächsten Morgen der Vater. In Chemnitz und Zwickau waren Tausende auf den Straßen. Das Zwickauer Gefängnis wurde gestürmt, Steine flogen, Fahnen wurden verbrannt, Volkspolizisten rannten um ihr Leben, Parteiabzeichen verschwanden in den Taschen.

Nun wurde auch der Vater unruhig, schließlich konnte man nicht alle besoffen machen, wie die Typen aus Chemnitz.

Was kam nun? Ausgehverbot, Ausnahmezustand! Die Rotarmisten warfen die T-34 Panzer an, pflanzten die Bajonette auf, luden die Kalaschnikows durch und rollten aus den Kasernen. Mussten die denn nun die Ruinen des alten Berliner Zentrums wieder aufs Neue erobern, das war doch erst acht Jahre her, acht kurze, sehr kurze Jahre, verflucht noch mal! Was war da nur passiert in der DDR? Was lief hier schief? Und die Steine knallten an die Panzertürme. Die Menge johlte, die Bajonette blitzten in der Sonne! Gebrüll, Gekreische, die ersten Schüsse, die Menge in Panik – nur weg hier – hier ist ja der Teufel los!

„Das hängt mit den Erwartungen der Menschen zusammen", sagte die Mutter am Abend. Die Erwartungen, war das der Schlüssel? Vielleicht, Rotschopf würde später lernen und lehren, enttäuschte Erwartungen führen zur Unzufriedenheit. Hohe Erwartungen ohne Erfüllung führen zu sehr großer Unzufriedenheit. Sehr große Unzufriedenheit kann zur Gewaltbereitschaft und zur Gewalt führen!

„Aber der Hass, dieser tödliche Hass, wo kam der mit einmal wieder her?", fragte der Vater. „Und die riesigen Erwartungen, wo kommen die her?", ergänzte der Junge.

„Vielleicht haben sie viel zu viel versprochen, die da oben", sagte die Mutter. „Ach, was", entgegnete der Vater, „das ist alles nur Westpropaganda". „Nee, nee, sagte der Junge, „viele fahren eben nach „Drüben", nach Frankfurt, nach München, nach West-Berlin zu Onkel Gustaf und Tante Erna. Und dort ist alles besser und viel besser und noch viel besser! Und da gibt es Schokolade und Bananen". Die fehlenden Bananen, ja, diese verfluchten Bananen, die die Kinder im Osten nur noch aus Bilderbüchern und Westpaketen kannten, die würden die Republik wie ein böses Omen noch über vierzig Jahre verfolgen, und sie auch noch bei ihrem Untergang bis zur Bahre begleiten.

Der Vater war noch nicht zufrieden: „Dieser teuflische Hass gegen alles was hier entsteht, was hier probiert wird, ohne Kapitalisten und ohne Kapitalismus – warum nur das?"

„Ich denke", entgegnete die Mutter, „der Hass entsteht aus Wut und Angst, dass hier tatsächlich was Neues entstehen könnte, das die alte Gesellschaft eines Tages überwindet. Der Hass wird importiert". „Nein, nein", widerspricht der Vater, „auch hier gibt es viele, die nach dem Krieg viel verloren haben und es gern zurück hätten. Sie sehen heute keine Chance und warten darauf, dass alles hier zusammenbricht."

Nur langsam verwuchsen sich die Wunden des 17. Juni im Land. Aber was war aus der Lektion zu lernen? Und hatte man etwas daraus gelernt? Und wenn man schon etwas aus dem Dilemma lernte, wieviel Möglichkeiten hatte man es umzusetzen? Es vielleicht ganz anders zu machen?

Es muss zwei, drei Jahre später gewesen sein, in Ölsnitz wurde das Bergarbeiterklubhaus eingeweiht. Ein schönes, großes Gebäude direkt im Zentrum der Stadt. Ein herrlicher Saal, tolle Gastronomieräume, eine Kegelbahn, eine Nachtbar, Räume für die Schnitzer, den Heimatverein und die Briefmarkenfreunde, ein Jugendtreff und vieles mehr. Unvorstellbar, für ein Kaff mit knapp 15.000 Einwohnern.

Da kam er nach Ölsnitz, der Ministerpräsident des Landes – Otto Grotewohl. Im Saal des Klubhauses konnte kein Apfel mehr zur Erde. Fünfhundert, vielleicht sechshundert Kumpels standen dicht bei dicht. Er setzte an zur Erklärung der Politik des Landes, zur Weltpolitik, hing am Manuskript, vielleicht zehn Minuten lang. Die Kumpels standen ehrfürchtig und leicht irritiert auf ihren Plätzen. Da wollte keine Stimmung aufkommen, der Redner spürte das. Energisch zog er endlich seinen Sakko aus, hängte ihn über einen Stuhl, machte die Krawatte ab, rollte die Ärmel des weißen Hemdes hoch, öffnete den Hemdkragen und steckte das Manuskript in die Tasche.

Er entschuldigte sich für diesen Redeansatz, und sagte lachend: „Nun kommen wir also zur Sache, was interessiert euch? Was wollt ihr wissen? Wo kann ich helfen?"

Da war der Bann gebrochen. Erst langsam, dann immer lebhafter kamen die Fragen zur Bühne. Da ging es um Wohnungen, um Fleischversorgung, um Schuhe für die Bergarbeiter, Zement für Hausreparaturen und neue Dachrinnen. Schließlich auch um Sabotage, die Henneckbewegung, die Normen und die Normerfüllung und die Löhne.

Der Ministerpräsident wusste es lange. Die Politik für die Kumpels ergab sich aus tausend Details, ihren Sorgen, ihren Wünschen und ihren begründeten Forderungen. Zuerst stand er an seinem Pult, bald schon marschierte er über die Bühne, trat weit nach vorn, so dass er die fragenden Kumpels gut sehen konnte. Er argumentierte, erklärte, gestikulierte, überlegte und lachte, machte Witze, suchte nach den richtigen Antworten. Die Kumpels lauschten und staunten, hörten, klatschten und argumentierten. Und dann immer wieder, Frage und Nachfrage, Antwort und Nachantwort. War etwas nicht zu erklären, so wurde es gesagt. Aber der Redner sagte dann auch, warum nicht und unter welchen Bedingungen es zu klären wäre. Die Kumpels schwitzten in der Wärme und Enge. Im Saal konnte man eine Stecknadel fallen hören, wenn Grotewohl antwortete.

Klar verständlich, die Argumentationen geschliffen, in einem wunderbaren hannoverschen Hochdeutsch, das sich so abhob vom breiten Slang des Gebirges und des Schachtes. Zwei Sprachen und doch eine Sprache – das war das Resultat dieses denkwürdigen Nachmittags. In vielem war man sich nach diesen Stunden der erhitzten Diskussion einig: Das Ziel war klar, es ging nach vorn, gemeinsam konnte man es schaffen. Was heut noch nicht ging, würde morgen gehen! Am Ende rief der Ministerpräsident den Kumpels zu: „Ich bin Bergmann, wer ist mehr!" Da tobte und bebte der Saal. Rotschopf war in eine Ecke gedrängt worden, atemlos hatte er zugehört, nun brüllte er mit. Dann begannen sie zu singen: „Auferstanden aus Ruinen und der Zukunft zugewandt."

Auf Schultern trugen die Kumpels ihren Ministerpräsidenten aus dem Saal und noch ein kleines Stück durch den Ort. So eine Demonstration hatte die alte Bergarbeiterstadt in ihrer 750-jährigen Geschichte wahrscheinlich noch nie erlebt. Die Gassen quollen über von fröhlichen Menschen, Blumen, Fahnen, Bravorufen. Die Bergarbeiterkapelle spielte ihre alten Lieder.

Grotewohl marschierte in der ersten Reihe des Zuges. Er winkte, grüßte, lachte, drückte Hände. Das war sie, die Einheit von denen „da unten und denen da oben", von der man oft geträumt hatte. Da sagten auch die Skeptischen – darauf kann man ein Land bauen.

Rotschopf und seine Freunde, die platzten fast vor Freude und Begeisterung. Ja, und heute waren sie stolz auf den Grotewohl, auf den Schacht, auf die Kumpels und das ganze spannende Leben, das man vor sich hatte.

Unsereins

Gehört hatte er das Wort schon oft, dieses „Unner aans" – wie es im Dialekt gesprochen wurde. Die Großmutter benutzte es, die Onkel und die Tanten, auch manche Kumpels. Was war das, dieses „Unser eins"? Rotschopf beobachtete den Gebrauch des Wortes, wie „unner aans kann sich dies fei net leisten", oder „das passt fei net zu unner aans" oder auch „unner aans, kann das fei net leisten, unner aans hoat dos doch net gelernt!"

Jetzt wurde er Vierzehn, die Berufswahl stand an, da erlangte das „Unser eins" auf einmal besondere Bedeutung. Eines Sonntagvormittags, im Frühjahr, polterte Vaters Bruder, Max, ins Wohnzimmer. Onkel Max, ein alter Bergmann, kam auf ein Bier vorbei. Als erstes wollte er wissen, wie es künftig „mit dem Gung" weitergeht: „Ihr müsst euch beeilen, jetzt, so kurz vor Ostern, werden auch die Lehrstellen schon knapp," sagte er zu den Eltern. Die Mutter entgegnete entschlossen: „Der Junge geht weiter in die Schule!"

„Ach geh", sagte der Max, „das ist doch nichts für Unner anns!" Aber was war eigentlich was für unsereins? Unsereins – war das eine Welt, wie eine Kiste, vier Seiten, eng begrenzt und oben zugenagelt? War das Rotschopfs Familie, war das der Max, der Paul und all die anderen? Unsereins konnte und durfte wahrscheinlich einiges nicht, dachte Rotschopf. Für unsereins gab es einen bestimmten Weg. Vieles andere war nicht denkbar, nicht möglich, nicht erreichbar. Es passte einfach nicht zu Unsereins!

Max hatte die Verunsicherung in der Familie gespürt und nutzte seine Chance: „Dar Gung soll schnell sei Gald verdiene und auf eigene Füße stiehe! Oder willst du ihn bis zwanzig Gahr noch ernähre?", fragte er den Vater. „Das würde vielleicht noch gehen", entgegnete der etwas kleinlaut. „Aber wozu?", fragte nun der Max, und regte sich sichtlich auf. „Wer bezahlt einen mit Abitur und was soll der überhaupt arbeiten? Und dann vielleicht noch studieren, das kostet und kostet, und wann wird der Gung dann fertig? Der wird ja alt bei der Studiererei", schob der Max noch nach und schmunzelte über das ganze runzlige Gesicht.

Jetzt war es sehr ruhig in der Stube, nur eine Fliege surrte aufdringlich durch den Raum. Max trank gemächlich sein Bier aus. Sein Rat war klar: Wir kommen alle vom Schacht und wir bleiben auf dem Schacht – und das ist gut für unsereins!

Am Abend grübelte der Junge über das „Unsereins." Am nächsten Tag sprach er mit seinem besten Freund Wolfgang darüber. Der hatte schon einen Lehrvertrag als Grubenelektriker in der Tasche. „Unsereins", sagte der, das ist doch klar, das sind die Kumpels, das ist der Schacht, das ist die Arbeit, der Schnaps und das Bier, die Familie, die Mädchen und was weiß ich noch! Du stellst aber heute auch Fragen!" Wolfgang schüttelte den Kopf. Rotschopf klopfte Wolfgang auf die Schulter, lachte und sagte: „ja, du hast schon Recht!"

Ja, er wusste, er war kein Anwaltssohn, kein Apothekersohn, kein Lehrersohn und er hatte auch keinen Fleischermeister zum Vater. Aber wer war er denn? In den Bergarbeiterfamilien war alles anders. Das Essen und Trinken, die Gewohnheiten, das Geld und die Sorgen, die Gespräche und die Umgangsformen.

Unsereins, das war also ein Status, eine Lebensweise, das ganze Sein. Man gehörte dazu oder auch nicht. Die Kumpels wussten, sie waren nicht reich, und das würde sich auch nicht ändern, man war „Masse" und war stolz darauf. Da war eine Kluft zu den anderen, da war ein Graben. Für „Unsereins" war also ein Lebensweg schon eingestellt und richtig festgeklopft. War es das, was Rotschopf so ängstigte? „Unsereins", überlegte er, ging nicht auf die „hohe Schule", blieb im Ort, hatte seine Familie, seinen Schrebergarten, die Kneipe und die Kumpels, wenn man Glück hatte, keine Unfälle, vielleicht Kinder und später die Bergarbeiterrente. So schlecht war das doch eigentlich nicht? Oder? Was war daran auszusetzen?

Der Wolfgang hatte seinen Lehrvertrag und trank seine ersten Biere in der Kneipe, alles war klar und sicher. Bei Rotschopf dagegen wollte jeder wissen, was er denn werden wolle. Er konnte das nicht mehr hören! Er spürte, wie er sich aus Trotz und vor Angst langsam zumachte. Je mehr auch er in sich hineinhörte, er konnte diese Frage eigentlich nicht ehrlich beantworten. Warum, ja warum? Vielleicht, weil er noch viel zu wenig über sich selbst wusste? Trotzdem spürte er, hier kam er nicht mehr weg, eine Antwort war fällig.

Nachts träumte er, er stand auf einer großen Straßenkreuzung, acht, vielleicht zehn Straßen trafen sich, große und kleine, helle und dunkle.

Ganz rechts war eine große, breite Straße, an deren Ende die Schlote des Schachtes qualmten. Die Straße hatte ein altes Emailleschild, dort stand „Unneraans" und ganz hinten, stand da nicht der Max? Der winkte und lachte, er solle kommen. Aber eigentlich wollte er doch gern noch einen Blick in die anderen Straßen werfen. Da wachte er auf. Es war ihm klar, die Berufsentscheidung war notwendig.

Dass ihm hier, immer wieder, mit seinen knapp vierzehn Jahren eine der schwersten Fragen überhaupt gestellt wurde, ahnte er damals noch nicht. Erst viele Jahre später würde er ganz langsam begreifen, welches große Gewicht die Berufsentscheidung für ein Menschenleben hat.

Wie viel Glück oder Unglück kann an dieser Frage und der richtigen oder falschen Antwort hängen? Wurde hiermit nicht oft darüber entschieden, was für einen selbst künftig wichtig ist, wohin einen der Lebensweg führt, und was man sich vielleicht einmal leisten kann? Alles oder vieles schien mit dieser Entscheidung zusammenzuhängen. Einiges begriff er damals schon; er dachte, hat man etwas gefunden, das einem täglich Freude macht, begeistert, ja, da hat man vielleicht das große Los gezogen. Erfolg und die Zufriedenheit scheinen im Gefolge fast sicher. Vieles zieht die Berufsentscheidung wie eine feste Schleife hinter sich her. Die Kollegen, die Freunde, die Partnerin, Interessen und Wünsche, Kenntnisse und Werte.

Quält man sich über Jahre, vielleicht ein Leben lang, mit einer Arbeit ab, die einem nicht liegt, die man nicht liebt, vielleicht sogar hasst, dann nehmen die Probleme wahrscheinlich kein Ende. Je mehr ihm das bewusst wurde, umso größer wurde die Angst vor dieser Entscheidung.

Aber zu dieser Zeit waren die Sorgen der Eltern viel praktischer: Womit sollte der Sohn mal sein Geld verdienen, sein Leben sichern? Da ging es ganz einfach „um das Klarkommen mit einem einfachen Leben" – wie es der Vater sagte. Rotschopf, in seiner Bedrängnis, wollte eigentlich die Erwartungen der Eltern erfüllen. Die Mutter forderte, sei bescheiden, sei nicht vorlaut, sei höflich, sei fleißig, bring gute Noten nach Hause, hilf deinen Eltern, denn die haben es schwer genug!

Er mühte sich, nicht alles klappte immer. Aber nun sollten doch neue Weichen für die Zukunft gestellt werden.

Der Mutter war schon klar, dass so ein „Hänfling" wie sie sagte, mit gerade mal dreißig Kilo und ein Stück unter eins fünfzig Körpergröße im Schacht nichts verloren hatte. Vielleicht geht er in die Verwaltung, vielleicht wird er Lehrer – dachte sie. Sicher würde es ihm gut tun, wenn er wenigstens bis zur 10. Klasse noch zur Schule gehen könnte – hoffte sie.

Der Vater kam auf dem Schacht in Druck: „Nah, Willy, waos maocht denn dei Gung noach dar Schul? Bringste ne mit offn Schaocht?" Fragten die Kumpels. Der Vater schwieg hartnäckig, auch wenn die Kumpels frotzelten: „Dar soll wuhl emaol waos besseres werden, he Willy, kah Schaochtscheißer?"

Der Vater war eigentlich mit Leib und Seele Handwerker. Einer, der manches versuchte, vieles konnte, und für fast alles eine Lösung fand. Für den Sohn dachte er immer an die „feinen Handwerksberufe." Das waren nach seiner Meinung die Feinmechaniker, die Uhrmacher und die Radiomonteure. So etwas sollte der Sohn werden, da brauchte man den Kopf und hatte eine leichte und schöne Arbeit, dachte er. Und machte der Rotschopf das gut, konnte er mal seinen Meister machen – vielleicht würde er sich selbstständig machen – so seine Überlegungen. Aber steckte ein Handwerker in dem Kerlchen? Als er einmal sein Fahrrad reparieren sollte, zeigte er weder Geschick noch Geduld. Der Vater musste selbst Hand anlegen. Die Frage, was soll nun werden, beschäftigte deshalb auch ihn immer stärker. Von weiteren Schuljahren hielt er nichts. Von der Verwaltung noch weniger. Diese „Sesselfurzer", sagte er, als Mutter den Vorschlag machte. „So was soll der Junge nicht werden".

Langsam kam der Sonntagnachmittag heran, es regnete leicht aus trüben, tiefziehenden Wolken. Mutter deckte den Kaffeetisch. Sie hatte ihre Quarktorte gebacken und schlug nun noch Schlagsahne. Es hatte sich Besuch angemeldet, ihr Bruder und seine Frau aus Dresden. Er arbeitete in der Polizeiverwaltung, sie war Volksrichterin am Gericht. Mutter hoffte, dass in den Berufsstreit vielleicht noch weitere Meinungen aus der Familie einfließen könnten. Nein, eigentlich hoffte sie nur auf eins, die volle Unterstützung für ihren Vorschlag.

Die Gäste waren pünktlich, es wurde Kaffee getrunken, eine Reihe von aktuellen Informationen war schnell ausgetauscht. Und dann war man auch schon beim Thema. Vater entwickelte und begründete seine Vorschläge. Onkel und Tante nickten einige Male zustimmend.

Mutter wurde unruhig und ging dann in die Offensive. Der Sohn sollte weiter zur Schule, so konnte sie ihn noch ein bisschen herausfüttern, er würde wachsen und sich entwickeln. Die schwirige Berufswahl, zu der der Junge ja selbst keinerlei Vorstellung hatte, wie sie betonte, würde noch für ein paar Jahre verschoben. Denn kommt Zeit, kommt Rat.

Dem Vater schwoll der Kamm, er wollte energisch widersprechen. Da zog der Onkel das Wort an sich: „Wenn der Junge es schafft, dann soll er doch zur Schule gehen. Willy, ihr werdet ihn schon durchbringen". „Ja, aber ob er es schafft, das ist doch die Frage" entgegnete der Vater. „Ganz genau weiß das heute keiner", sagte der Onkel, „aber die Zensuren sind gut soweit ich weiß, und damit sind die Chancen groß. Und wegen eines Studiums macht euch heute noch keine Sorgen. Die Universitäten und Hochschulen sind für Arbeiter- und Bauernkinder weit offen". Der Vater wurde unruhig; „was heißt hier weit offen? In unserer Familie hat noch keiner studiert!" Die einzigen Studierten, die der Vater kannte, waren der Obersteiger und der Schachtarzt. Und von beiden hielt er viel. Sollte der Junge vielleicht so etwas werden? Er konnte es sich nicht vorstellen.

„Und wer sollte das Studium viele Jahre bezahlen, das Leben, die Wohnung, die Bücher?", fragte der Vater. Der Onkel erklärte: „Für Arbeiter- und Bauernkinder gibt es Stipendien und Internate. Sie werden gefördert, wo es geht und sollen den Alten nicht auf der Tasche liegen! Der Staat braucht eine neue Intelligenz – die qualifizierten Arbeiter- und Bauernkinder". Beispiele kannte der Onkel auch mehrere, es ging also. Das klang alles gut und überzeugend. Die Augen der Mutter leuchteten. Rotschopf hörte interessiert zu. Des Vaters Misstrauen wurde nur langsam schwächer. Die Volksrichterin unterstützte ihren Mann.

Der Vater war viel zu verliebt in seine Idee, und außerdem war der Junge doch der Einzige. Für's Alter hätte er ihn sehr gerne in der Nähe gesehen. Wenn der wirklich studierte, was dann?

Mutter brachte den Schachtschnaps. Der erwärmte die Seele und entkrampfte die hitzige Diskussion und das Herz. Rotschopf spürte, wie seine Sorgen etwas kleiner wurden. Man lachte und trank. Die zehnte Klasse – Mittlere Reife, rückte in die Nähe. Da würde der Vater vielleicht doch mitgehen. Mit Sechzehn konnte man auch noch eine Lehre aufnehmen, dachte er. Sein Plan blieb also in der Schublade. Der Onkel klopfte Rotschopf auf die Schulter und sagte: „Da hast du es, jetzt musst du aber ran, du wirst das schon schaffen!" Rotschopf strahlte, vielleicht war die 10. Klasse doch das Beste.

Der Onkel nahm noch einen Schachtschnaps und sage dann zu Rotschopf: „Früher hieß es immer, und drüben im Westen ist es noch so, haste was, dann bist du was! Dabei ist es egal, wie du zu dem Was gekommen bist, geerbt, verdient, ergaunert oder gestohlen – nur haben musste es!"

Wir sagen heute: Kannst du was, dann bist du was! Das heißt, bei uns hängt es nicht vom „Haben", sondern vom „Können" ab, wenn einer nach oben will!"

Das gefiel dem Rotschopf richtig gut, was der Onkel hier sagte. Die schwere Berufsentscheidung hatte auf einmal Format und Richtung gewonnen. Vielleicht konnte „Unsereins" nun doch etwas mehr als der langen Tradition des Schachtes zu folgen.

Ein wenig Licht und viel Schatten

Der März begann kalt und trüb. Am Morgen des 6.3.53 peitschte ein böiger Ostwind Schneeregen durch die Gärten und Gassen der Siedlung. „Eigentlich jagte man heute keinen Hund vor die Tür", sagte die Mutter – drückte Rotschopf aber trotzdem pünktlich wie immer durch die Haustür.

Mit großen Schritten, die Schiebermütze ins Gesicht gezogen, die Winterjoppe bis obenhin zugeknöpft, die Hände tief in den Taschen, so marschierte er los. Gott sei Dank hatte er neue hohe Lederschuhe an, so spürte er die Nässe aus den tiefen Pfützen kaum. Es war noch dämmrig. Erst vereinzelt, dann immer dichter liefen kleine und größere vermummte Gestalten in Richtung Schule. Wie ein Fluss, dachte Rotschopf, der aus zahllosen Bächen gespeist wird.

Vor der Schule staute sich der Strom. Alles drängelte und schob, alle wollten schnell ins Warme und Trockene. Hinter der offenen Tür stand Hausmeister Fritsch. Ein alter, immer etwas knurriger ehemaliger Schlosser, der es auf dem Schacht irgendwann nicht mehr ausgehalten hatte. Nun strömten die Kinder an ihm vorbei. „Langsam, langsam", rief er mit rauer Stimme. Rotschopfs Banknachbar, der Fred, hatte bemerkt, dass der Fritsch heute seinen guten dunkelbraunen Anzug anhatte, dazu ein weißes Hemd und schwarze Krawatte. Fred stieß Rotschopf an: „Mensch, guck mal, wie sieht der heute aus?" Rotschopf drehte sich nur kurz um. Tatsächlich, der Fritsch ging um diese Zeit sonst immer in einem dicken bunten Norweger-Pullover. Ein paar Schritte weiter stand ein Lehrer und rief: „Bitte nicht in die Kassenzimmer gehen, alles in die Turnhalle"!

Die Turnhalle lag weit hinten im Gelände und war an das Schulhaus angebaut. Im Hauptgang gab es nun noch stärkeres Gedränge. Jemand rief laut „Ruhe, langsam gehen, Disziplin! Was soll denn das?", fragte ein dickes großes Mädchen aus der 8. Klasse. Vorn sagte einer leise: „Stalin ist tot". Wie ein leises Echo pflanzte sich die Neuigkeit unter den Kindern fort; „Stalin ist tot, Stalin ist tot". „Ach so", sagte ein anderer halb laut, „also deshalb alle in die Turnhalle!" „Was ist mit

Stalin?", fragte ein Kleiner. „Na, tot soll er sein, haste nicht gehört!", antwortete ein anderer Knirps.

Die Eingangstür zur Halle war nur halb geöffnet. Zwei junge Lehrer in schwarzen Anzügen regelten den Einlass: „Nicht drängeln", riefen sie, „und bitte Ruhe, leise!" Sie schoben die Kinder fast einzeln durch die Tür. Die Turnhalle bot einen ungewöhnlichen Anblick.

Alle Sportgeräte waren entfernt worden. In der Mitte der Halle standen dicht beieinander Klappbankreihen ohne Lehnen. Durch die großen Fenster fiel nun ein dämmriges Tageslicht. Die großen weißen Flächen zwischen den langen Fenstern waren mit schwarzem Tuch bespannt. An den beiden Längsseiten der Halle standen je zwei hohe Leuchter mit brennenden Kerzen. Den alten Flügel des Musiklehrers hatten sie in die Halle geschafft, er stand nun vorn an der linken Seite. Der Klavierdeckel war geöffnet und die weißen Tasten blitzten im Kerzenlicht. Vorn rechts, etwas erhöht, stand ein großes Rednerpult, auch schwarz verhangen mit zwei brennenden Kerzen. Herbert, Rotschopfs Klassenkumpel, bemerkte viel zu laut: „Mensch, ham´ war heute vielleicht Weihnachten?" Zwei Mädchen kicherten. Da erst bemerkte man die anwesenden Lehrer. Einer trat sofort auf Herbert zu und zischte böse: „Klappe, Herbert! Und setz dich!"

Die Lehrer trugen alle dunkle Anzüge, helle Hemden und schwarze Krawatten. Ein, zwei Parteiabzeichen blitzten auf. Wie Polizisten aufgereiht, standen sie rechts und links an der Längsseite der Halle. Ernste, strenge Gesichter, kein Wort zu viel. Die Lehrerinnen ebenfalls alle in Dunkel. Alle waren bemüht, die vierhundert Kinder möglichst leise an ihre Plätz zu bugsieren. „Mann", sagte Herbert und stieß Rotschopf an, „das ist ja wie auf einer richtigen Beerdigung!" Rotschopf nickte seinem Biolehrer zu, der nickte zurück, „die 8a hier in diese Reihe", sagte er leise. Die Lehrer sahen blass und übernächtigt aus. Spitz um die Nase, dachte Rotschopf. Irgendwer musste doch das alles vorbereitet haben. Sicher letzte Nacht, wann sonst?

Eine kleine dunkle Lehrerin aus der Unterstufe weinte leise in ihr Taschentuch. Eine andere war so blass, dass man glauben konnte, sie würde gleich umfallen. Leise erklang Trauermusik. Endlich hatten alle einen Platz gefunden. Vorn in der Mitte der Halle hing ein großes weißes Tuch. Darauf ein Porträt, handgemalt mit schwarzen, sehr markanten Strichen. Das soll Stalin sein, dachte Rotschopf? Unmöglich. Der berühmte Schnauzbart hing rechts und links über den Mund nach unten. Die Stirn war viel zu flach und erst die Augen und die Hakennase! Rotschopf musste leise lachen. Neben ihm saß Ulla, sie sah Rotschopf an und sagte: „Na, etwas Ähnlichkeit gibt´s schon!" Andere lachten laut. Die Lehrer wurden grob und riefen Namen. Eher verschlagen und hinterhältig sieht der Typ aus - überlegte Rotschopf. Das wollte der alte Zeichenlehrer, der Herr Gern – bestimmt nicht. Der musste das Bild wohl auch in der letzten Nacht zuwege gebracht haben. Die Musik verstummte. Der Direktor war ans Pult getreten. Rotschopf hörte mit halbem Ohr hin, er starrte auf den Rücken seines breiten Vordermanns. Bequem sind diese Bänke nicht, wie Hühner auf der Stange, dachte er.

Der Direktor sprach über den ungeheuren Verlust für die Sowjetmenschen, die Brudervölker, die DDR, uns alle und die ganze Welt. Der geniale Führer der Menschheit, er war nicht mehr. Unfassbar, unersetzlich und furchtbar. Hinten schluchzten jetzt auch zwei, drei Mädchen. Die großen Jungen bemühten sich, ernste, betroffene Gesichter zu machen. Als wenn alle Vater und Mutter verloren hätten, so fühlte sich Rotschopf.

Der Direktor holte tief Luft, und weiter ging es. Er lobte den genialen Weltenlenker, den größten Feldherrn. Nicht General, nicht Marschall, nein viel, viel mehr – Generalissimus. Der klügste Politiker, der größte Philosoph, der herausragende Ökonom, der unvergleichliche Historiker, der hervorragende Lehrer, der exzellente Naturwissenschaftler. Na, dachte Rotschopf, Naturwissenschaftler? Ja, vielleicht deshalb, weil er einmal mit Mitschurin gesprochen hat? Rotschopf hatte davon ein Foto gesehen. „Stalin und Mitschurin begutachten neue Weizensorten", stand darunter. So viel Genialität, wahrscheinlich fast Gott gleich, mindestens ein Übermensch, der jetzt gestorben ist. Rotschopf hörte nicht mehr hin.

Dann schlägt der Ton der Rede um. Was wird nun aus uns? Wie soll und wie kann es nun weitergehen? Kann es überhaupt weiter gehen? Fast weinerlich stellt der Direktor diese Fragen in den Raum. Aber ja, tröstet der Redner, natürlich im Sinne Stalins, mit Stalin, für Stalin, diesem Vorbild, diesem Leitstern. Stalin muss man jetzt studieren, den Stalinismus verinnerlichen und junge Stalinisten erziehen. Ja, und das geloben wir!

Der Größte unter den Großen ist für ewig unvergessen, der Verlust ist furchtbar, aber wir werden in seinem Sinne kämpfen und siegen.

Der Redner hat sich erschöpft. Er tritt vor das Stalinbild, verneigt sich tief und setzt sich in die erste Reihe. Keiner wagt zu klatschen. Der Musiklehrer spielt auf dem alten Flügel. Die Trauerhymne erklingt: „Unsterbliche Opfer, ihr sanket dahin..." Fast ohne Pause erklingt dann die Nationalhymne. Alle stehen auf: „Auferstanden aus Ruinen und der Zukunft zugewandt ..." Der Gesang verstärkt sich immer mehr und bricht nach der ersten Strophe ab.

Der Direktor tritt nochmals nach vorn: „Die Feierstunde ist beendet, ab sofort ist heute schulfrei!" ruft er mit kräftiger Stimme in den Raum. Fast wäre ein Jubelgebrüll losgegangen. Aber es gibt Gott sei Dank – nur ein lautes Raunen in der Halle. Nun sind die Kleinen nicht mehr zu bändigen, sie drängeln durch die weit geöffnete Turnhallentür. Die Großen schieben sich langsam und geordnet aus der Halle.

Am Abend dann fragte Rotschopf den Vater: „Wie war er denn so, dieser Stalin? Ein Übermensch, ein Genie, der konnte ja wohl alles? Du warst doch drüben in Russland?" Der Vater überlegte eine Weile und sagte dann: „Einfach ist diese Frage nicht zu beantworten. Vielleicht trifft man es am besten, wenn man Stalin als eine Persönlichkeit mit viel Licht und Schatten begreift." Rotschopf schüttelte den Kopf und entgegnete: „Verstehe ich überhaupt nicht, wie meinst Du das?" Wie sollte er es dem Sohn sagen? Er stockte, überlegte erneut, gestikulierte und versuchte dann zu erklären: „Für die normalen Russen, mit denen ich in der Fabrik in Wladimir gearbeitet habe, war er wie ein Vater, nein vielleicht doch eher wie ein Gott. Aber ein Gott aus Stahl, wie schon der Name sagt, mächtig, streng und gefürchtet. Dabei glaubte das einfache Volk bedingungslos an ihn. Sie verehrten ihn grenzenlos. Mit Stalins Namen auf den Lippen sind die jungen Kerle zu Tausenden in den Tod gegangen, vor Moskau, bei Leningrad, in Stalingrad, in Warschau und auch in Berlin.

Stalin hat Hitler das Genick gebrochen. Er ist der eigentliche Sieger des 2. Weltkrieges, auch wenn das manche nicht so gern hören. Die besten und stärksten Armeen der Deutschen Wehrmacht sind im Osten vernichtet worden. Historische Wahrheiten sind hartnäckig, und ich glaube, das ist eine.

Und noch eins hat er geschafft: Er hat das rückständigste Land Europas, das Land der Analphabeten und der Bastschuhe zu einer anerkannten Weltmacht gemacht. Ich denke, das ist das Licht, das er in die Welt gebracht hat.

Und nun kommt der Schatten: Zwanzig Millionen tote Russen soll der

Sieg gekostet haben. Wie viele davon haben ins Gras beißen müssen auf Grund von Fehlern in der Politik, der Strategie, der Organisation und auf Grund der Unfähigkeit von Stalin und seinen Generälen? Ich weiß es nicht. Experten sagen, der Sieg war teuer, viel zu teuer. Aber wer will das objektiv beurteilen? Vielleicht Historiker in zweihundert Jahren? Aber bedenke, was wäre aus dem Land und der Welt geworden, wenn dieser Preis nicht bezahlt worden wäre? Hitler in Moskau, in Leningrad, im Ural, in Wladiwostok, in Baku? Unvorstellbar, der zweite Weltkrieg hätte vielleicht einen ganz anderen Verlauf genommen? Die halbe Welt faschistisch – ein Alptraum!

Ja, und was kommt dann noch auf sein Konto? Vier, vielleicht auch fünf Millionen Tote während des Bürgerkriegs, der Kollektivierung und der ersten Fünfjahrespläne – Erschossene, Verhungerte, in Lagern Verreckte und zu Tode gehetzte. Das ist der furchtbare Schatten dieses Mannes. Und viele werden seinen Namen auf ewig verfluchen!

Du siehst, Licht und Schatten, Hell und Dunkel! Selbstvernichtung und Vernichtung eines übermächtigen, tödlichen Feindes, dabei aber Erhalt des Landes und der Existenz des Volkes. Zweihundert Jahre Entwicklungsrückstand wurden in vierzig Jahren aufgeholt. Aber zu welchem Preis an Menschen, an Hoffnungen, an Idealen, an Schicksalen. So rollte die russische Geschichte ihre blutige Bahn."

Der Vater holte tief Luft und griff nach einer Zigarette. Der Sohn schwieg betroffen. Nachdenken war angesagt. Vieles war offensichtlich nicht so einfach wie die Lehrer es erklärten. Denn vom Licht hatte der Direktor heute viel gesprochen, aber der Schatten blieb unerwähnt.

Damals ahnten Vater und Sohn noch nicht, was Chrustschow drei Jahre später über Stalins Schreckensherrschaft noch zu Tage bringen würde. Dann konnten viele Menschen nur noch das Dunkel Stalins sehen. Der Vater sagte dann später: „Es ist ja vielleicht nur ein wenig Licht und sehr viel Schatten um diesen Menschen."

Es war Frühjahr 1956, Rotschopf wurde bald Siebzehn. Was hatte er mit diesem toten Stalin noch zu tun? So dachte er damals. Aber oft würde er später noch an das Gespräch mit dem Vater denken. Denn er musste erleben, dass dieser Tote noch über ein halbes Jahrhundert ein Untoter sein wird.

Seine Theorien, der Personenkult, sein totaler Herrschaftsanspruch, der unmarxistische Allwissenheitswahn, der Unfehlbarkeitsanspruch und die Engstirnigkeit würden auch Rotschopfs Leben immer wieder in bestimmte, oft ungeliebte Bahnen zwängen und vieles blockieren.

Vor allem aber würde dieser Stalinismus letztlich eine der schönsten und besten Visionen der Menschheit, den großen Traum von einer sozialeren, gerechteren und friedlicheren Welt, maßgeblich mit zerstören helfen. Und das ist wohl das Schwerwiegendste in der dialektischen Einheit von Licht und Schatten dieses Mannes.

Die Schwarzblechtafel

Zwei Meter lang und ein Meter breit soll sie gewesen sein, die Schwarzblechtafel, von der der Vater wiederholt erzählte. Sie stand 1946 auf einer Werkbank, schräg an die Hallenwand einer riesigen Fabrikhalle angelehnt. Diese Halle stand in Wladimir – zweihundert Kilometer östlich von Moskau. Die Tafel war mit Kreide bemalt. Kräftiges Weiß markierte die Grenzen der Sowjetunion, von Polen bis zum Stillen Ozean und von Finnland bis zur Türkei.

„Bolschaja Russia", sagte Viktor, der Kupferschmied, stolz zu seinem Woina Pleny – dem Kriegsgefangenen Willy. Viktor zeichnete noch ein paar Städte in die Karte. Moskau, Leningrad, Kiew, Brest-Lidowsk, im Westen und Wladiwostok im Osten.

Ja, und mit dieser Tafel begann Vaters Erzählung über die Zeit mit Viktor und die russische Geschichte.

Der Vater dachte gern an diesen Russen, mit dem er am Ende seiner Gefangenschaft fast befreundet war.

Er schilderte ihn als einen baumlangen, mageren aber kräftigen Kerl. Viktor war Weißrusse und kam aus Minsk. Mit einigen wichtigen Maschinen seiner Fabrik war er 1941 nach Osten evakuiert worden, als die Faschisten so schnell vorrückten. Schon über fünfzig Jahre war er damals. Hatte lustige, graublaue Augen und einen wilden dunklen Rauschebart, aus dem es schon heftig grau schimmerte. Er war ein Kraftmensch, der einen Eisendraht mit seinen Fäusten bog und schwere Hämmer wie Spielzeug schwang. Was dem Vater sofort auffiel, er war ein begnadeter Handwerker. Mit der Blechschere und mehreren Hämmern machte er aus ein paar Stücken amerikanischen Konservenblechs die erstaunlichsten Dinge - Trinkbecher, kleine Kisten, Fingerhüte und manchmal auch Armreifen für die Arbeiterinnen zum Frauentag. Unter seinen Kollegen, aber besonders auch bei den Frauen, genoss Viktor große Achtung.

Und nun klopften sie also täglich neun Stunden gemeinsam, der

Weißrusse Viktor und der Deutsche Willy, Dachrinnen und Fallrohre aus viel zu starken Schwarzblechtafeln.

Ganz langsam fasste Viktor Vertrauen zu dem deutschen Kriegsgefangenen. Der Vater merkte es zuerst daran, dass Viktor es unterließ, ihn mit „dawai, dawai, dawai" (schnell, schnell, schnell) Rufen durch die Halle zu jagen, um ein bestimmtes Werkzeug zu suchen oder Schwarzblech heranzuschleppen.

Auch der Russe hatte erkannt, der Deutsche war auch ein guter Handwerker, und gemeinsam überboten sie leicht die Norm. Die überbotene Norm brachte zusätzlich Chleb, Kascha, Machorka und Tchai – Brot, Gerstenbrei, Tabak und Tee brauchte auch der Deutsche, um zu überleben. Und darum ging es damals zuallererst.

In den Pausen rauchten sie nun gemeinsam grob geschnittenen, fast schwarzen Machorka. Der wurde in kleine Stücke Papier aus der „Prawda" gewickelt und zu dicken unförmigen Zigaretten gedreht. Feuer schlug man mit Stein und Eisen, trockene Baumwolle musste den Funken fangen, um die Zigarette in Brand zu setzen. Die erste Zeit konnte das der Deutsche nicht. Er war dann froh, wenn er Glut von der Zigarette des Russen bekam.

Einmal, als sie wieder ganz allein in ihrer Hallenecke waren, sprach Viktor den Willy in einem holprigen, sehr schwer verständlichen Deutsch an. Der Vater staunte und meinte, seinen Ohren nicht trauen zu können. Er glaubte einen süddeutschen Dialekt zu hören. Oft fehlten dem Russen bestimmte Worte. Dann wurde mit Händen und Füßen erklärt, und manchmal gab es auch schon ein Lächeln.

So mit der Zeit, ganz langsam, verstanden sich die beiden immer besser. Viktor lernte schnell neue Worte. Irgendwann erfuhr nun der Woina Pleny Willy, dass Viktor früher eine Babuschka an der Wolga hatte, die mit ihm als Kind oft Deutsch gesprochen hatte. Ja, und der hörte auch vom furchtbaren Familienschicksal des Russen. Viktors Frau und seine zwei kleinen Mädchen waren bei einem Bombenangriff der Deutschen in Minsk verbrannt.

Schon bald wollte Viktor nun vieles über Deutschland wissen. Zuerst fragte er nach der Familie, nach den Eltern, den Geschwistern, der Frau und den Kindern. Später interessierte er sich für das Essen in Deutschland und ob es denn auch genügend Wodka gebe? Dann unterhielten sie sich über Wohnungen, Feiertage und deutsche

Städte. Irgendwann sprachen sie auch über Hitler und Stalin. Beide waren froh, dass „Hitler kaputt war", wie Viktor sagte.

„Und dann Stalin, ja Stalin", sagte Viktor und schmunzelte, beugte sich zu dem viel kleineren Willy runter und flüstere ihm ins Ohr, „er ist unser Zar, unser roter Zar!" Gleich fügte er hinzu, „darf man aber nicht sagen, besser nur denken!" Lachend richtete er sich auf, legte seinen dicken, ölverschmierten Zeigefinger auf den Mund und machte „psst, psst, psst!" Und dann erklärte er schon etwas lauter: „Wir hatten immer unsere Zaren, in Russland geht nichts ohne Zaren! Russische Geschichte ist Zarengeschichte, eine schlimme und furchtbare Geschichte."

Irgendwann, ein paar Wochen später, fragte Willy einmal ganz vorsichtig nach dieser russischen Geschichte. Er merkte sofort, wie Vitors Augen leuchteten und wie er sich begeisterte für dieses Thema. Denn Viktors Vater war Lehrer für Geschichte und hatte ihm die Begeisterung für die Historie vererbt. Bald hatten die beiden einen Stoff für viele Pausen und wohl auch für mehrere Abendstunden. Das immer dann, wenn der Posten den Kriegsgefangenen erst später ins Lager zurückbringen musste. Was häufig passierte, wenn zusätzliche Aufgaben zu erledigen waren.

Und damit der Utschenik – der „Schüler" Willy – auch alles richtig verstehen konnte, schleppte Viktor die Schwarzblechtafel an. Darauf malte er die Karte Russlands und später die vielen farbigen Pfeile. Einmal fragte der Vater, wo Viktor wohl zu dieser Zeit die farbige Kreide her hatte. Ja, woher? Viktor lachte, „einfach organisiert."

Viktor begann mit seinen Erklärungen zur russischen Geschichte im 13. Jahrhundert. Vier dicke gelbe Pfeile, kommend aus der Mongolei, durchströmten das ganze Russland, berührten Kiew und Moskau und gingen bis Polen. „Die Tataren", sagte Viktor, und zog seine Augen mit den Zeigefingern zu Schlitzaugen. „Drei Jahrhunderte zerstörten sie das Land. Raubten, mordeten und versklavten die Russen. Brannten Moskau nieder und 1240 auch Kiew – die Mutter der russischen Städte – wie Viktor betonte. Die Russen, oder besser das, was von ihnen noch übrig war, gingen in die Wälder und kämpften weiter. Nur langsam versickerte im Riesenreich der Tatarensturm. Blutig wurde er zerrieben und zerbrochen. Die Angriffswucht der wilden Reiterheere schaffte es dann noch bis Kraków und Böhmen vorzudringen, reichte aber nicht mehr aus, um Westeuropa zu zerstören und zu versklaven.

Erst Iwan der Strenge (die Deutschen sagen, Iwan der Schreckliche) gewann im 16. Jhd. langsam die Oberhand über diese furchtbaren Feinde und befreite weite Teile Russlands.

Dieser Iwan hat viel russisches Blut geopfert, am Ende aber das Land gerettet.

Die Tataren – eine furchtbare Zeit für Russland und so unendlich lange!"

Ein paar Tage später zog Viktor einen dicken blauen Pfeil über die Blechtafel. Der zog sich in West-Ost-Richtung, aus dem Deutschen kommend, durch Polen und das Baltikum, bis fast vor Leningrad und endete dort abrupt. Begeistert nannte Viktor einen Namen, Alexander Newski, der 1242 ein deutsches Ritterheer auf dem Eise des Peipussees vernichtete. „Molodez" – Prachtkerl, sagte Viktor und erklärte, dass damit die Unterwerfung der nördlichen russischen Gebiete gestoppt wurde. Und wieder war viel russisches Blut geflossen.

Von Polen direkt bis nach Moskau kam dann ein langer violetter Strich dazu. „Die Polen", erklärte Viktor, „1612 eroberten sie Moskau und den Kreml. Einen falschen Zaren hatten sie gleich mitgebracht. Wollten sich wohl auf längere Zeit einrichten in Russland. Hat aber nicht geklappt. Wir haben sie über die Grenze zurückgejagt. Was hieß das für die Russen? Kämpfe, Brände, Tote und Elend – und alles für die Heimat."

Und weiter ließ Viktor das Rad der russischen Geschichte rollen. Und nun war es ein Zar, bei dessen Namen Viktors Augen strahlten: Peter der Große. Der Mann, der elf Berufe erlernt hatte, der den Bojaren die Bärte abschnitt und sie vom Ofen prügelte, der Westeuropa bereiste und das wunderbare Sankt Petersburg erbaute. Aber auch er war zu keiner Zeit sicher vor den Angriffen der Feinde Russlands. Über das Baltikum, durch Weißrussland und die Ukraine drangen sie tief ins russische Reich ein – die Schweden. Viktor zeichnete den Marsch der Schweden bis Poltawa mit dicker grüner Farbe ein. Hier vernichtete Peter der Große seinen Widersacher, Karl den XII. von Schweden, 1709. Viele russische Bauern mussten sterben in diesen Kriegen, aber auch beim Bau der neuen Hauptstadt. So hat auch dieser große Zar Sieg und Glück, aber auch Tod und Trauer über sein Volk gebracht. Er hat das Land modernisiert, er brachte Handel und Gewerbe in Gang. Öffnete das Tor zur Welt, aber er folterte und köpfte, sogar mit eigener Hand, ohne Erbarmen, wenn es um das Land und seine Herrschaft ging.

Viktor holte tief Luft: „Verstehst du nun ein wenig, das Gewaltige, das Furchtbare, das Leidvolle der russischen Geschichte?" Willy nickte und schwieg. Im Stillen dachte er dann an die schwermütigen Lieder, die das Volk oft am Abend sang und die er auch im Lager hören konnte.

Ein paar Tage später waren sie schon bei Katharina. „Katharina, die Deutsche, die total nach Männern verrückte Frau!", sagte Viktor und schmunzelte." Du hast von ihr sicher schon gehört?" Der Vater nickte. In Russland verehrt man sie trotzdem. Sie hat die vorrückenden Türken im Süden und auf der Krim geschlagen. Viktor zeichnete zwei rote Pfeile, aus dem Kaukasus und dem Schwarzmeergebiet kommend, in Richtung russisches Zentrum, ein.

„Die Türken, du weißt mein Freund, sind grausame Feinde! Zweimal waren sie auch vor Wien, es war immer sehr schwer und blutig, sie zurückzuschlagen. Und glaub mir, für einen russischen Bauern war es das Schlimmste, auf dem Sklavenmarkt in Konstantinopel verkauft zu werden. Es konnte aber auch passieren, dass sie unter der Knute der Tataren wie Sklaven schuften mussten. Denn die Tataren kamen verbündet mit den Türken wieder, sie glaubten wohl, die Geschichte ließe sich zurückdrehen.

Freilich hat Katharina auch den großen Bauernaufstand Pugatschows niedergeschlagen und tausende Bauern abschlachten lassen.

Das Land gerettet, viel Blut vergossen – russische Zaren, russische Geschichte!

Tage später malte Viktor einen dicken Pfeil, aus Westen kommend, direkt bis Moskau. 1812 - Napoleon, das kennst du auch schon!

Die Weiten des Landes, die Kosaken, die Bauern, der Winter, Zar Alexander und der schlaue Kutusow, sie haben ihn geschlagen, diesen übermütigen Kaiser der Franzosen. Die Grand Armee – 600.000 Soldaten gingen nach Russland, und wie viele kamen zurück? Aber welchen Preis haben auch die Russen gezahlt?

Als ob das alles noch nicht genug sei, 1917/1918 kam die Revolution, und es begann die Intervention. Alle waren sie auf einmal wieder da.

Die Polen in Kiew (kleine violette Striche), die Deutschen im Baltikum (kleine blaue Striche), und sogar die Franzosen und Engländer (kleine schwarze Striche) im Süden und auf der Krim. Ja, und stell dir vor, die Japaner und Amerikaner (kleine orange Striche) im Fernen Osten. Lenin und Stalin haben die Intervention zerschlagen. Aber was hat es die Russen gekostet?

„Manchmal", so fuhr Viktor fort, „denke ich, kann denn der Russe niemals friedlich in seinem Lande leben, was wollen sie nur alle, diese fremden Herrn mit ihren blutigen gierigen Händen?

Und dann kam Hitler und wir haben nach furchtbaren Jahren Berlin befreit, „und du, Willy, sitzt nun hier auf dieser Holzkiste in Wladimir, bist gefangen und rauchst mit mir Machorka."

Viktor schlug sich auf die Oberschenkel und lachte. Dann zeichnete er braune Pfeile ein. Aus Deutschland kommend, bis vor Moskau, vor Leningrad, nach Stalingrad und in den Kaukasus hinein. „Ich glaube, Braun war die Lieblingsfarbe des Führers", sagte er.

Und diesmal fragte der Vater: „Welchen Preis hatten die Russen wieder zu zahlen?" Unvorstellbar viel – darüber waren sich die beiden wortlos einig.

Viktor rauchte und schwieg. Viel später dann sagte er sehr nachdenklich: „Wer wird die nächsten Pfeile in unser Land hineindrücken? Werden sie vom Westen, oder vom Osten, vom Norden oder vom Süden kommen?

Verstehst du nun, dass wir vorsichtig, sehr vorsichtig sein müssen! Dass wir misstrauisch geworden sind, sehr misstrauisch! Wir glauben, nur wenn wir klug und stark sind, können wir überleben!" Der Russe schwieg lange, saß zusammengesunken auf seiner Kiste. Der Deutsche suchte nach seinem Rauchzeug in seinem kleinen dreckigen Stoffbeutel. Keiner wollte etwas sagen, was auch? Die Russlandkarte war förmlich durchsiebt von vielen bunten Pfeilen – die sagten alles!

Nach geraumer Zeit merkte der Deutsche sehr leise an: „aber die Russen, haben sie denn nie angegriffen, andere Völker unterworfen und Unrecht getan?

Der Russe musste sich zurückhalten, zog die Stirn in Falten, überlegte angestrengt und lange, endlich aber sagte er: „Du hast vielleicht recht, das ist die zweite Seite der Medaille, die wir Russen viel zu selten sehen. Die Kaukasier haben hart unter den russischen Kriegen gelitten. Wir waren an den drei Teilungen Polens beteiligt, wir haben Aufstände der Usbeken, Kirgisen und Tadshiken niedergeschlagen. Einen Krieg gab es auch mit den Finnen. Austeilen und einstecken!? Wir Russen denken, wir mussten im Laufe der Geschichte unendlich mehr einstecken! Ist das vielleicht nicht die ganze Wahrheit?"

Irgendwann erhob sich der Russe und ging ganz langsam zur Werkbank. Er wusch mit einem alten nassen Lappen die Schwarzblechtafel sauber. Die Grenzen der Sowjetunion und die vielen bunten Pfeile – die die Kriege, das Sterben und das Elend symbolisierten, aber auch den unendlichen Lebenswillen eines Volkes, sie verschwanden und zerrannen in einer feinen Spur schmutzigen Wassers.

Möge er nie wieder solche Pfeile auf die Landkarte Russlands malen müssen, dachte der Deutsche, und gab dem Russen die Hand.

Diese 800 Jahre Geschichte waren mehr als genug.

Der Konfirmandenanzug

Nun war es also soweit, die Konfirmation stand ins Haus. Pfarrer Wachter übte das ganze Frühjahr fleißig mit seinen Kandidaten: Kirchenlieder, Verse aus dem Evangelium, das Vaterunser und Fragen aus dem Neuen Testament. Alles sollte gut klappen, am Palmsonntag – eine Woche vor Ostern.

Die Jungen, besonders aber die Mädchen, waren aufgeregt. Bei denen ging es um die Konfirmationskleider, festlich, feierlich sollten sie sein, aber auch züchtig und dann auch noch schön. Den Rock bitte lang, aber bitte nicht zu lang. Da hatten die Mütter und die Dorfschneiderinnen zu tun.

Die Jungs hatten es einfacher, dunkler Anzug, weißes Hemd, dunkle Fliege – passte immer.

Für Rotschopf, mit einer an der Tür vom Vater gemessenen Größe von einem Meter fünfundvierzig, war natürlich kein Konfirmandenanzug von der Stange zu haben. Also musste der Schneider ran. „Oh, das wird teuer", sagte der Vater – „lass mal", sagte die Mutter – „wir haben doch nur den Einen, das kriegen wir schon hin". „Aber der Anzug soll etwas auf Zuwachs sein, sonst ist er, wenn er sechzehn ist, schon zu klein" – entgegnete der Vater. „Na gut", sagte die Mutter, „wir werden sehen, was der Fritzsch sagt".

Der Fritzsch war ein stattlicher Herr, Anfang der Sechzig, immer im dunklen klassischen Zweireiher, mit weißem Hemd und Krawatte. Er sprach nicht den breiten, harten, oft auch obszönen Dialekt der Kumpel und des Dorfes. Es konnte schon passieren, dass der Fritzsch die Mutter mit „gnädige Frau" ansprach. Oder dass er einer jungen Frau einen Handkuss gab, dabei die großen graublauen Augen verdrehte und schmollend sagte, „reizend sehen Sie heute wieder aus, Gnädigste!"

Die Männer lachten natürlich über diesen Typen. Viele der Frauen fanden ihn nett und kauften bei ihm, was er so hatte – Zwirn und Garne, Reißverschlüsse und Knöpfe aller Art, Strümpfe und Tücher,

Hemden und Blusen. Wollte jemand was Besonderes, er hatte fast immer seine Beziehungen und konnte es vielleicht organisieren! Das war nun schon was, im Frühjahr 1953 in der DDR, oder in der „Soffjetzoone", wie Adenauer immer sagte. Vor dem Fritzsch stand nun Rotschopf, die Mutter schräg hinter ihm.

„Wie bitte, ein Konfirmandenanzug soll es sein – für den?" Fritzsch maß Rotschopf vom Kopf bis zu den Schuhsohlen mit einem langen Blick, dann schluckte er, machte eine Pause – „für den jungen Herrn?" Junger Herr – hatte noch keiner zu Rotschopf gesagt, er wurde rot und gleich wieder blass.

Der Fritzsch begann Rotschopf zu vermessen. Die Länge der Beine, die Länge der Arme, den Brustumfang, die Größe im Ganzen und schüttelte dann den Kopf. Er blätterte in zwei Katalogen und verglich die Kleidergrößen. Nein, eine solche Größe, wie sie der junge Herr habe, gab es nicht in seinen Katalogen.

„Na mal sehen, ob das die Schneider hinkriegen", sagte er sehr nachdenklich. „Das muss eine Sonderanfertigung werden, und die kostet und kostet, und es dauert und dauert. Und ob es überhaupt geht?" Fritsch machte ein sehr betrübtes Gesicht. Die Mutter verlegte sich aufs Bitten. „Was soll denn der Junge zur Konfirmation sonst anziehen?", jammerte sie. Dem Rotschopf war's nur peinlich, der aalglatte Herr Fritzsch, der ganze Laden, dass er so klein war, die jammernde Mutter – einfach alles. Fast wäre er losgerannt, nur weg von hier.

Nach weiterem Nachdenken, Stirnrunzeln, hatte der Herr Fritzsch dann doch ein Einsehen. Er werde bei den Schneidern in Zwickau persönlich vorsprechen und sie bitten, sagte er nun. Denn er selbst hatte ja keine eigene Schneiderei mehr wie früher. Nein, nein, Gott bewahre, in diesen Zeiten und bei diesem Regime und diesen Steuern. Nein, er würde sehen, was sich tun lasse. Natürlich, das Menschenmögliche würde er tun, damit der junge Herr würdig vor Gottes Antlitz treten könne zu seiner Konfirmation – versprach er der Mutter.

Nachdem man sich über den Stoff, einen mittelschweren, dunkelblauen mit feinen hellen Streifen geeinigt hatte, ging es weiter mit den Fragen des Schnitts und der Knöpfe. Die Mutter fragte Rotschopf, der war hilflos überfordert und zuckte nur mit den Schultern. So musste die Mutter entscheiden. Aber eigentlich auch

Der Konfirmandenanzug

nicht. Denn nun schien es so, als ob der nette, redegewandte Herr Fritsch die Fragen vorher alle schon entschieden hatte. Er zeigte, erklärte, redete und redete bis der Mutter und Rotschopf klar war, wie der junge Herr zur Konfirmation aussehen sollte – so wie es Herr Fritzsch für gut befand.

Nun musste man sich noch über den Preis einigen. Als Fritzsch den Preis nannte, erschrak die Mutter sichtbar. Sie überschlug blitzschnell und stellte fest, der Preis machte ein Drittel des Monatslohns ihres schwer Untertage arbeitenden Mannes aus. Viel, eigentlich viel zu viel – ihr Gesicht wurde ablehnend und verschlossen. Die Freude am Kauf kam ins Wanken. Herr Fritzsch spürte und sah das natürlich sofort, er brachte einen Rabatt von 5-7 Prozent in Stellung – darüber würde sich reden lassen. Die Mutter wurde freundlicher und lenkte wieder ein.

Am Ende forderte die Mutter noch, dass der Anzug „auf Zuwachs" genäht werden sollte. Herr Fritzsch schaute erstaunt, runzelte die Stirn und mäkelte, „aber Gnädigste, wie soll ich denn das machen?"

Die Mutter wurde ein wenig rot und verlegen. Sie erklärte, dass ihr Mann ihr diese Weisung mit auf den Weg gegeben habe. Denn der Rotschopf würde doch bestimmt in den nächsten Jahren wachsen und der teure Anzug sollte ja noch über die Konfirmation hinaus passen.

Herrn Fritzschs Gesicht wurde vor Ärger dunkelrot, er knirschte mit den Zähnen und fauchte: „Soll der Anzug denn nun passen oder nicht? Ich mache hier schließlich Maßkonfektion!" Da erschrak die Mutter, „passen soll er schon", entgegnete sie ganz kleinlaut, „aber vielleicht geht es mit einer ganz kleinen Reserve!"

Herr Fritzsch hatte es auf einmal eilig. Bevor er sich leicht vor Mutter und Rotschopf verbeugte, knurrte er „ich werde mein Möglichstes tun, gnää Frau, junger Herr" und verschwand lautlos hinter einem dunklen Samtvorhang.

Nach vier Wochen war der Anzug fertig. Die Hosen waren ein wenig zu lang, der Hosenboden hing in den Knien, die Ärmel bedeckten die halbe Hand, die Schultern hingen links und rechts runter. In dem Sakko, auch in der Hose, war hinreichend Platz für einen mittleren Bauch eingebaut, für den Rotschopf nicht einmal eine Baustelle hatte.

Das wunderte den freundlichen Herrn Fritzsch überhaupt nicht. Er hatte alles schon so kommen sehen. „Das kommt vom Zuwachs und der Reserve, die sie haben wollten", erklärte er der Mutter. Die Mutter saß auf einem kleinen Nähhocker, war ratlos und den Tränen nahe. Rotschopf war mehr zum Lachen. Er dachte unentwegt an einen Film mit Charlie Chaplin.

Herr Fritzsch fasste sich schnell. „Ja", sagte er akzentuiert, „nun kommen also schon die Änderungen" – als sei es das Normalste von der Welt. „Hosen einschlagen und vernähen, Ärmel kürzen, Sakko umbauen – ja, dann könnte es schon gehen", bemerkte Herr Fritzsch.

„Die Weite der Hose dämpfen wir mit einem Gürtel, zusätzlich setzen wir bei dem jungen Herrn Hosenträger ein – dann rutscht sicher nichts mehr" – legte Her Fritzsch ergänzend fest. „Keine Sorge, gnädige Frau, die paar Änderungen macht meine Frau in Kürze für kundenfreundliche 20 Mark!" Die Mutter schluckte, gut, dass sie saß.

„Ja, und dann muss es eben so gehen!", beschied Herr Fritzsch nun endgültig. Damit war klar, er wollte mit der Sache in Kürze nichts mehr zu tun haben.

„Und nun muss es eben so gehen", sagte auch Rotschopf, als er das Festkostüm anzog. Er kam sich vor wie ein Pinguin. Die lange Hose kratzte überall. Wenn er ein paar Schritte machte, dachte er immer, dass er über etwas stolpern würde. Das Hemd war steif, die schwarze Schleife drückte fast den Hals ab. Der Sakko war ein fremdes, schweres Stück – nur nichts für ihn.

Nach der Kirche, er steckte immer noch in diesem Anzug, da kamen die Onkels und Tanten und brachten ihre Glückwünsche, Blumen und Geschenke. Nachmittags, nach dem Kaffe durfte er mit den Erwachsenen mit Schachtschnaps auf den neuen Lebensabschnitt anstoßen. Huh, war der Schachtschnaps furchtbar, er würgte und röchelte. Onkel Max, ein großer kräftiger Bergarbeiter, hieb ihm seine Pranke auf die Schulter und drückt Rotschopf ein Bierglas in die Hand. Er sei nun ein richtiger Mann und könne kräftig „Glückauf – Bier" trinken, das sei das Beste in der Gegend.

„Na, nun weht ein anderer Wind", sagte eine Tante, „nun beginnt der Ernst des Lebens!"

Der Konfirmandenanzug

Rotschopf wollte das nicht hören. Ernst des Lebens? Als ob das alles bisher nur Spaß gewesen sei!

„Gehst du weiter auf die Schule, oder fängst du auf dem Schacht an, wie dein Vater?", fragte eine Cousine. Rotschopf zuckte nur die Schultern, woher sollte er denn das wissen?

„Du wirst schon sehen, wie viele Verpflichtungen man als Erwachsener hat", sagte ein Nachbar, „manchmal kommt man gar nicht mehr zur Ruhe". „Nur eins ist wichtig", sagte eine Tante, „pass immer gut auf dein Geld auf. Wer mit Geld nicht umgehen kann, der ist verloren!" Danach drückte sie ihm einen zerknüllten Zehnmarkschein in die Hand.

Ein alter Kumpel aus der Nachbarschaft, der rein zufällig in die überfüllte Wohnung platzte, und schon von einer anderen Konfirmationsfeier kam, gratulierte und lallte mit dicker Schnapsfahne „nun wird alles anders, nun wird alles gaaanz anders!" Dann nahm er Rotschopf zur Seite, ließ die Schnapsfahne auf ihn los, presste sein Gesicht an Rotschopfs Ohr, und fragte: „Haste auch schon eine Freundin?" Dazu klopfte er im Takt mit seinem dicken Zeigefinger auf die Tischplatte – fast so wie die Häsinnen im Frühjahr. Und dann lachte er, bis ihm die Tränen kamen. Rotschopf rannte nach draußen, stürzte in seine Kammer, warf sich aufs Bett.

Was sollte das bloß alles werden? Jeder hatte heute eine andere Weisheit parat. Einig waren sich wahrscheinlich alle darin, dass für ihn alles anders werden sollte! Dabei hatte er sich so gut eingerichtet, mit der Schule, den Lehrern, seinen Freunden, den Hasen, dem Sandsieben und Kalklöschen, dem Steineschleppen und all den anderen Verpflichtungen, die er hatte. Das alles sollte nun in ein paar Monaten vorbei sein? Und alles hing zusammen mit dem Erwachsenwerden und diesem blöden Anzug.

Nein, er wollte nicht erwachsen werden. Musste denn das schon mit Vierzehn sein? Ja, vielleicht mit Fünfundzwanzig, darüber ließe sich reden, so dachte er. Das alles machte ihm richtig Angst. Er konnte doch nicht von einem zum andern Tag erwachsen werden, was dachten sich die Erwachsenen nur? Man wird doch auch nicht mit einem Schlag groß, oder kräftig, oder dick, oder klug? Alles braucht doch schließlich seine Zeit.

Er wurde da in einen Anzug hineingesteckt, der ihm oben und unten, hinten und vorne nicht passte. Nun sollte das wahrscheinlich auch mit seinem Leben so passieren, auch das würde ihm wahrscheinlich nicht passen.

Eigentlich muss sich doch alles Schritt für Schritt entwickeln, langsam muss es gehen, Geduld musste man haben, so dachte er.

Wenn er schon, bitte schön, unbedingt erwachsen werden musste, dann aber möglichst in einem langen, langen, sehr schönen Prozess. Das würde er dem Vater morgen sagen, wenn sich der Schnapsgeruch im Haus langsam wieder verzogen hat.

Biografie

Gottfried Rössel, geboren 1939 neben den Kohleschächten im Erzgebirge als Arbeiterkind. Erwachsen geworden in einer Grundschul-, Oberschul- und Lehrzeit voller Umbrüche. Studiert, promoviert und habilitiert im gespaltenen Berlin. Gearbeitet als Assistent, Oberassistent, Dozent und Professor – treu immer „im akademischen Ochsenzug." Den Wind um die Ohren bekommen, in den Führungsgremien des Staates und in den Zwängen der Wendejahre. Sich wiedergefunden als Forscher und Berater in München und Stuttgart, als Hochschullehrer am Ostseestrand. Bis heute immer weiter, denn – rasten ist rosten. Immer bemüht, nicht vor seiner Zeit zu sterben.